# 西游記

读·香山書院

·插图版·

第六册

〔明〕吴承恩·著

吉林出版集团有限责任公司

## 心猿识得丹头

三人急回来，果然没了师父；连行李、白马一并无踪。慌得个八戒两头乱跑，沙僧前后跟寻。孙大圣亦心焦性燥。正寻觅处，只见那路旁边斜身单着半截儿缰绳。他一把拿起，止不住眼中流泪，放声叫道：『师父啊！我去时辞别人和马，回来只见这些绳！』

# 第八十三回　心猿识得丹头　姹女还归本性

却说三藏着妖精送出洞外，沙和尚近前问曰：『师父出来，师兄何在？』八戒道：『他有算计，必定贴换师父出来也。』三藏用手指着妖精道：『你师兄在他肚里哩。』八戒笑道：『腌脏杀人，在肚里做甚？出来罢！』行者在里边叫道：『张开口，等我出来！』那怪真个把口张开。行者变得小小的，趴在咽喉之内，正欲出来，又恐他无理来咬，即将铁棒取出，吹口仙气，叫：『变！』变作个枣核钉儿，撑住他的上腭子，把身一纵，跳出口外，就把铁棒顺手带出，把腰一躬，还是原身法象，举起棒来就打。那妖精也随手取出两口宝剑，丁当架住。两个在山头上这场好杀：

双舞剑飞当面架，金箍棒起照头来。一个是天生猴属心猿体，一个是地产精灵姹女骸。他两个，恨冲怀，喜处生仇大会垓。那个要取元阳成配偶，这个要战纯阴结圣胎。棒举一天寒雾漫，剑迎满地黑尘筛。因长老，拜如来，恨苦相争显大才。水火不投母道损，阴阳难合各分开。两家斗罢多时节，地动山摇树木摧。

八戒见他们赌斗，口里絮絮叨叨，返恨行者。转身对沙僧道：『兄弟，师兄胡缠！才子在他肚里，轮起拳来，送他一个满肚红，扒开肚皮钻出来，却不了帐？怎么又从他口里出来；却与他争战，让他这等猖狂！』沙僧道：『正是。却也亏了师兄深洞中救出师父，返又与妖精厮战。且请师父自家坐着，我和你各持兵器，助助大哥，打倒妖精去来。』八戒摆手道：『不，不，不！他有神通，我们不济。』沙僧道：『说那里话！都是大家有益之事。虽说不济，却也放屁添风。』

那呆子一时兴发，掣了钉钯，叫声：『去来！』他两个不顾师父，一拥驾风赶上。举钉钯，使宝杖，望妖精乱打。那妖精战行者一个已是不能，又见他二人，怎生抵敌，急回头，抽身就走。行者喝道：『兄弟们赶上！』那妖精见他们赶得紧，即将右脚上花鞋脱下来，吹口仙气，念个咒语，叫『变！』即变作本身模样，使两口剑舞将来；将身一幌，化一阵清风，径直回去。这番也只说战他们不过，顾命而回，岂知又有这般样事！也是三藏灾星未退：他到了洞门前牌楼下，却见唐僧在那里独坐，他就近前一把抱住，抢了行李，咬断缰绳，连人和马，复又摄将进去不题。

且说八戒闪个空，一钯把妖精打落地，乃是一只花鞋。行者看见道：『你这两个呆子，看着师父罢了，谁要你来帮甚么功！』八戒道：『沙和尚，如何么！我说莫来。这猴子好的有些夹脑风。我们替他降了妖怪，返落得他生报怨！』行者道：『在那里降了妖怪！那妖怪昨日与我战时，使了一个遗鞋计哄了。你们走了，不知师父如何，我们快去看看！』

三人急回来，果然没了师父；连行李、白马一并无踪。慌得个八戒两头乱跑，沙僧前后跟寻。孙大圣亦心焦性燥。正寻觅处，只见那路旁边斜身单着半截儿缰绳。他一把拿起，止不住眼中流泪，放声叫道：『师父啊！我去时辞

别人和马，回来只见这些绳！』正是那『见鞍思俊马，滴泪想亲人』。八戒见他垂泪，忍不住仰天大笑。行者骂道：『你这个夯货，又是要散火哩！』八戒又笑道：『哥啊，不是这话。师父一定又被妖精摄进洞去了。常言道：「事无三不成。」你进洞两遭了，再进去一遭，管情救出师父来也。』行者揩了眼泪道：『也罢，到此地位，势不容已，我还进去。你两个没了行李、马匹耽心，却好生把守洞口。』

好大圣，即转身跳入里面，不施变化，就将本身法相。真个是：

古怪别腮心里强，自小为怪神力壮。高低面赛马鞍鞒，眼放金光如火亮。浑身毛硬似钢针，虎皮裙系明花响。上天撞散万云飞，下海混起千层浪。当天倚力打天王，挡退十万八千将。官封大圣美猴精，手中惯使金箍棒。今日西方任显能，复来洞内扶三藏。

你看他停住云光，径到了妖精宅外。见那门楼门关了，不分好歹，轮铁棒一下打开，闯将进去。那里边静悄悄，全无人迹。东廊下不见唐僧；亭子上桌椅，与各处家火，一件也无。原来他的洞里周围有三百余里，妖精窠穴甚多。前番摄唐僧在此，被行者寻着，今番摄了，又怕行者来寻，当时搬了，不知去向。恼得这行者跌脚捶胸，放声高叫道：『师父啊！你是个晦气转成的唐三藏，灾殃铸就的取经僧！噫，这条路且是走熟了，如何不在？却教老孙那里寻找也！』

正自吆喝爆燥之间，忽闻得一阵香烟扑鼻，他回了性道：『这香烟是从后面飘出，想是在后头哩。』拽开步，提着铁棒，走将进去看时，也不见动静。只见有三间倒坐儿，近后壁却铺一张龙吞口雕漆供桌，桌上有一个大流金香炉，炉内有香烟馥郁。那上面供养着一个大金字牌，牌上写着『尊父李天王之位』；略次些儿，写着『尊兄哪吒三太子位』。行者见了，满心欢喜，也不去搜妖怪，找唐僧，把铁棒捻作个绣花针儿，揌在耳朵里，轮开手，把那牌子并

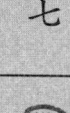

香炉拿将起来，返云光，径出门去。至洞口，唏唏哈哈，笑声不绝。

八戒、沙僧听见，掣放洞口，迎着行者道：『哥哥这等欢喜，想是救出师父也？』行者笑道：『不消我们救，只问这牌子要人。』八戒道：『哥啊，这牌子不是妖精，又不会说话，怎么问他要人？』行者放在地下道：『你们看！』沙僧近前看时，上写着『尊父李天王之位』、『尊兄哪吒三太子位』。沙僧道：『此意何也？』行者道：『这是那妖精家供养的。我闯入他住居之所，见人迹俱无，惟有此牌。想是李天王之女，三太子之妹，思凡下界，假扮妖邪，将我师父摄去。不问他要人，却问谁要？你两个且在此把守，等老孙执此牌位，径上天堂玉帝前告个御状，教天王爷儿们，还我师父。』八戒道：『哥啊，常言道：「告人死罪得死罪。」须是理顺，方可为之。况御状又岂是可轻易告的？你且与我说，怎的告他。』行者笑道：『我有主张。我把这牌位、香炉做个证见，另外再备纸状儿。』八戒道：『状儿上怎么写？你且念念我听。』行者道：

『告状人孙悟空，年甲在牒，系东土唐朝西天取经僧唐三藏徒弟。告为假妖摄陷人口事。今有托塔天王李靖同男哪吒太子，闺门不谨，走出亲女，在下方陷空山无底洞变化妖邪，迷害人命无数。今将吾师摄陷曲邃之所，渺无寻处。若不状告，切思伊父子不仁，故纵女氏成精害众。伏乞怜准，行拘至案，收邪救师，明正其罪，深为恩便。有此上告。』

八戒、沙僧闻其言，十分欢喜道：『哥啊，告的有理，必得上风。切须早来；稍迟恐妖精伤了师父性命。』行者道：『我快，我快！多时饭熟，少时茶滚就回。』

好大圣，执着这牌位、香炉，将身一纵，驾祥云，直至南天门外。时有把天门的大力天王与护国天王见了行者，一个个都控背躬身，不敢拦阻，让他进去。直至通明殿下，有张、葛、许、邱四大天师迎面作礼道：『大圣何来？』

行者道：『有纸状儿，要告两个人哩。』天师吃惊道：『这个赖皮，不知要告那个。』无奈，将他引入灵霄殿下启奏。蒙旨宣进。

行者将牌位、香炉放下，朝上礼毕，将状子呈上。葛仙翁接了，铺在御案。玉帝从头看了，见这等这等，即将原状批作圣旨，宣西方长庚太白金星领旨到云楼宫宣托塔李天王见驾。行者上前奏道：『望天主好生惩治；不然，又别生事端。』玉帝又吩咐：『原告也去。』行者道：『老孙也去？』四天师道：『万岁已出了旨意，你可同金星去来。』

行者真个随着金星，纵云头，早至云楼宫。原来是天王住宅，号云楼宫。金星见宫门首有个童子侍立。那童子认得金星，即入里报道：『太白金星老爷来了。』天王遂出迎迓。又见金星捧着旨意，即命焚香。及转身，又见行者跟入，天王即又作怒。你道他作怒为何？当年行者大闹天宫时，玉帝曾封天王为降魔大元帅，封哪吒太子为三坛海会之神，帅领天兵，收降行者，屡战不能取胜。还是五百年前败阵的仇气，有些恼他，故此作怒。他且忍不住道：『老长庚，你赍得是甚么旨意？』金星道：『是孙大圣告你的状子。』那天王本是烦恼，听见说个『告』字，一发雷霆大怒道：『他告我怎的？』金星道：『告你假妖摄陷人口事。你焚了香，请自家开读。』那天王气呼呼的，设了香案，望空谢恩。拜毕，展开旨意看了，原来是这般这般，如此如此，恨得他手扑着香案道：『这个猴头，他也错告我了！』金星道：『且息怒。现有牌位、香炉在御前作证，说是你亲女哩。』天王道：『我止有三个儿子，一个女儿。大小儿名金吒，侍奉如来，做前部护法。二小儿名木叉，在南海随观世音做徒弟。三小儿名哪吒，在我身边，早晚随朝护驾。一女年方七岁，名贞英，人事尚未省得，如何会做妖精！不信，抱出来你看。这猴头着实无礼！且莫说我是天上元勋，封受先斩后奏之职，就是下界小民，也不可诬告。律云：「诬告加三等。」』叫手下：『将缚妖索把这猴头捆了！』那庭下摆列着巨灵神、鱼肚将、药叉雄帅，一拥上前，把行者捆了。金星道：『李天王莫闯祸啊！我在御前同他领旨意来宣你的人。你那索儿颇重，一时捆坏他，阁气。』天王道：『金星啊，似他这等诈伪告扰，怎该容他！你且坐下，待我取砍妖刀砍了这个猴头，然后与你见驾回旨！』金星见他取刀，心惊胆战。对行者道：『你干事差了。御状可是轻易告的？你也不访的实，似这般乱弄，伤其性命，怎生是好？』行者全然不惧，笑吟吟的道：『老官儿放心，一些没事。老孙的买卖，原是这等做，一定先输后赢。』

说不了，天王轮过刀来，望行者劈头就砍。早有那三太子赶上前，将斩腰剑架住，叫道：『父王息怒。』天王大惊失色。噫，父见子以剑架刀，就当喝退，怎么返大惊失色？原来天王生此子时，他左手掌上有个『哪』字，右手掌上有个『吒』字，故名哪吒。这太子三朝儿就下海净身闯祸，踏倒水晶宫，捉住蛟龙要抽筋为绦子。天王知道，恐生后患，欲杀之。哪吒奋怒，将刀在手，割肉还母，剔骨还父，还了父精母血，一点灵魂，径到西方极乐世界告佛。佛正与众菩萨讲经，只闻得幢幡宝盖有人叫道：『救命！』佛慧眼一看，知是哪吒之魂，即将碧藕为骨，荷叶为衣，念动起死回生真言，哪吒遂得了性命。运用神力，法降九十六洞妖魔，神通广大。后来要杀天王，报那剔骨之仇。天王无奈，告求我佛如来。如来以和为尚，赐他一座玲珑剔透舍利子如意黄金宝塔，那塔上层层有佛，艳艳光明。唤哪吒以佛为父，解释了冤仇。所以称为托塔李天王者，此也。今日因闲在家，未曾托着那塔，恐哪吒有报仇之意，故吓个大惊失色。却即回手，向塔座上取了黄金宝塔，托在手间，问哪吒道：『孩儿，你以剑架住我刀，有何话说？』哪吒弃剑叩头道：『父王，是有女儿在下界哩。』天王道：『孩儿，我只生了你姊妹四个，那里又有个女儿哩？』哪吒道：『父王忘了。那女儿原是个妖精。三百年前成怪，在灵山偷食了如来的香花宝烛，如来差我父子天兵，将他拿住。拿住时，只该打死。如来吩咐道：「积水养鱼终不钓，深山喂鹿望长生。」当时饶了他性命。积此恩念，拜父王为父，拜孩儿为兄，在下方供设牌位，侍奉香火。不期他又成精，陷害唐僧，却被孙行者搜寻到巢穴之间，将牌位拿来，就做名告了御状。此是结拜之恩女，非负同胞之亲妹也。』

天王闻言，悚然惊讶道：『孩儿，我实忘了。他叫做甚么名字？』太子道：『他有三个名字：他的本身出处，唤做金鼻白毛老鼠精；因偷香花宝烛，改名唤做半截观音；如今饶他下界，又改了，唤做地涌夫人是也。』天王却才省悟。放下宝塔，便亲手来解行者。行者就放起刁来道：『那个敢解我！要便连绳儿抬去见驾，老孙的官事才赢！』慌得天王手软，太子无言，众家将委委而退。

那大圣打滚撒赖，只要天王去见驾。天王无计可施，哀求金星说个方便。金星道：『古人云：「万事从宽。」你干事忒紧了些儿，就把他捆住，又要杀他。这猴子是个有名的赖皮，你如今教我怎的处！若论你令郎讲起来，虽是

心猿识得丹头
姹女还归本性

即将铁棒取出，吹口仙气，叫：『变！』变作个枣核钉儿，撑住他的上腭子，把身一纵，跳出口外，就把铁棒顺手带出，把腰一躬，还是原身法象，举起棒来就打。那妖精也随手取出两口宝剑，丁当架住。两个在山头上这场好杀。

恩女，不是亲女，却也晚亲义重，不拘怎生折辨，你也有个罪名。』天王道：『老星怎说个方便，就没罪了。』金星道：『我也要和解你们，却只是无情可说。』天王笑道：『你把那奏招安授官衔的事说说，他也罢了。』

真个金星上前，将手摸着行者道：『大圣，看我薄面，解了绳好去见驾。』行者道：『老官儿，不用解。我会滚法，一路滚就滚到也。』金星笑道：『你这猴忒恁寡情。我昔日也曾有些恩义儿到你，你这些些事儿，就不依我。』行者道：『你与我有甚恩义？』金星道：『你当年在花果山为怪，伏虎降龙，强消死籍，聚群妖大肆猖狂，上天欲要擒你，是老身力奏，降旨招安，把你宣上天堂，封你做「弼马温」。你吃了玉帝仙酒，后又招安，也是老身力奏，封你做「齐天大圣」。你又不守本分，偷桃盗酒，窃老君之丹，如此如此，才得个无灭无生。若不是我，你如何得到今日？』行者道：『古人说得好，「死了莫与老头儿同墓，干净会揭挑人！」我也只是做弼马温，闹天宫罢了，再无甚大事。也罢，也罢，看你老人家面皮，还教他自己来解。』天王才敢向前，解了缚，请行者着衣上坐，一一上前施礼。

行者朝了金星道：『老官儿，何如？我说先输后赢，买卖儿原是这等做。快催他去见驾，莫误了我的师父。』金星道：『莫忙。弄了这一会，也吃钟茶儿去。』行者道：『你吃他的茶，受他的私，卖放犯人，轻慢圣旨，你得何罪？』金星道：『不吃茶，不吃茶！连我也赖将起来了！李天王，快走，快走！』天王那里敢去，怕他没的说做有的，放起刁来，口里胡说乱道，怎生与他折辨；没奈何，又央金星，教说方便。金星道：『我有一句话儿，你可依我？』行者道：『绳捆刀砍之事，我也通看你面，还有甚话？你说，你说，说得好，就依你；说得不好，莫怪。』

金星道：『「一日官事十日打。」你告了御状，说妖精是天王的女儿，天王说不是，你两个只管在御前折辨，反复不已。我说天上一日，下界就是一年。这一年之间，那妖精把你师父，陷在洞中，莫说成亲，若有个喜花下儿子，也生了一个小和尚儿，却不误了大事？』行者低头想道：『是啊！我离八戒、沙僧，只说多时饭熟，少时茶滚就回；今已弄了这半会，却不迟了？老官儿，既依你说，这旨意如何回缴？』金星道：『教李天王点兵，同你下去降妖，我去回旨。』行者道：『你怎么样回？』金星道：『我只说原告脱逃，被告免提。』行者笑道：『好啊！我倒看你面情罢了，你倒说我脱逃！教他点兵在南天门外等我，我即和你回旨缴状去。』天王害怕道：『他这一去，若有言语，是臣背君也。』行者道：『你把老孙当甚么样人？我也是个大丈夫！「一言既出，驷马难追。」岂又有污言顶你？』

天王即谢了行者。行者与金星回旨。天王点起本部天兵，径出南天门外。金星与行者回见玉帝道：『陷唐僧者，乃金鼻白毛老鼠成精，假设天王父子牌位。天王知之，已点兵收怪去了，望天尊赦罪。』玉帝已知此情，降天恩免究。行者即返云光，到南天门外。见天王、太子，布列天兵等候。噫！那些神将，风滚滚，雾腾腾，接住大圣，一齐坠下云头，早到了陷空山上。

八戒、沙僧眼巴巴正等，只见天兵与行者来了。呆子迎着天王施礼道：『累及，累及！』天王道：『天蓬元帅，你却不知。只因我父子受他一炷香，致令妖精无理，困了你师父。来迟莫怪。这个山就是陷空山了？但不知他的洞门还向那边开？』行者道：『我这条路且是走熟了。只是这个洞叫做个无底洞，周围有三百余里。妖精窠穴甚多。前番我师父在那两滴水的门楼里，今番静悄悄，鬼影也没个，不知又搬在何处去也。』天王道：『「任他设尽千般计，难脱天罗地网中。」到洞门前，再作道理。』大家就行。

咦，约有十余里，就到了那大石边。行者指那缸口大的门儿道：『兀的便是也。』天王道：『「不入虎穴，安得虎子！」谁敢当先？』行者道：『我当先。』三太子道：『我奉旨降妖，我当先。』那呆子便莽撞起来，高声叫道：『当头还要我老猪！』天王道：『不须罗噪，但依我分摆：孙大圣和太子同领着兵将下去，我们三人在口上把守，做

## 姹女还归本性

行者口里嘻嘻嗄嗄。天王掣开洞口，迎着行者道：『今番却见你师父也。』行者道：『多谢了！多谢了！』就引三藏拜谢天王，次及太子。沙僧、八戒只是要碎剐那老精，天王道：『他是奉玉旨拿的，轻易不得。我们还要去回旨哩。』

个里应外合，教他上天无路，入地无门，才显些手段。』众人都答应了一声：『是。』

你看那行者和三太子，领了兵将，望洞里只是一溜。驾起云光，闪闪烁烁，抬头一望，果然好个洞啊：

依旧双轮日月，照般一望山川。珠渊玉井暖韬烟，更有许多堪羡。叠叠朱楼画阁，嶷嶷赤壁青田。三春杨柳九秋莲，兀的洞天罕见。

顷刻间，停住了云光，径到那妖精旧宅。挨门儿搜寻，吆吆喝喝，一重又一重，一处又一处，把那三百里地，草都踏光了，那见个妖精？那见个三藏？都只说：『这孽畜一定是早出了这洞，远远去哩。』那晓得在那东南黑角落上，望下去，另有个小洞。洞里一重小小门，一间矮矮屋，盆栽了几种花，檐傍着数竿竹，黑气氲氲，暗香馥馥。老怪摄了三藏，搬在这里逼住成亲，只说行者再也找不着。谁知他命合该休：那些小怪，在里面，一个个吚吚嘈嘈，挨挨簇簇。中间有个大胆些的，伸起颈来，望洞外略看一看，一头撞着个天兵，一声嚷道：『在这里！』那行者恼起性来，捻着金箍棒，一下闯将进去，那里边窄小，窝着一窩妖精。三太子纵起天兵，一齐拥上，一个个那里去躲？

行者寻着唐僧，和那龙马，和那行李。那老怪寻思无路，看着哪吒太子，只是磕头求命。太子道：『这是玉旨来拿你，不当小可。我父子只为受了一炷香，险些儿「和尚拖木头，做出了寺」！』啐声：『天兵，取下缚妖索，把那些妖精都捆了！』老怪也少不得吃场苦楚。返云光，一齐出洞。行者口里嘻嘻嗄嗄。天王掣开洞口，迎着行者道：『今番却见你师父也。』行者道：『多谢了！多谢了！』就引三藏拜谢天王，次及太子。沙僧、八戒只是要碎剐那老精，天王道：『他是奉玉旨拿的，轻易不得。我们还要去回旨哩。』

一边天王同三太子领着天兵神将，押住妖精，去奏天曹，听候发落；一边行者拥着唐僧，沙僧收拾行李，八戒拢马，请唐僧骑马，齐上大路。这正是：

割断丝罗干金海，打开玉锁出樊笼。

毕竟不知前去何如，且听下回分解。

## 难灭伽持圆大觉

真个三藏依言，一行都闪下路来，到一个坑坎之下，坐定。行者道：『兄弟，你两个好生保守师父，待老孙变化了，去那城中看看，寻一条僻路，连夜去也。』三藏叮嘱道：『徒弟啊，莫当小可。王法不容。你须仔细！』行者笑道：『放心，放心！老孙自有道理。』

## 第八十四回　难灭伽持圆大觉　法王成正体天然

话说唐三藏固住元阳，出离了烟花苦套，随行者投西前进。不觉夏时，正值那熏风初动，梅雨丝丝。好光景：

冉冉绿阴密，风轻燕引雏。
新荷翻沼面，修竹渐扶苏。
芳草连天碧，山花遍地铺。
溪边蒲插剑，榴火壮行图。

师徒四众，耽炎受热，正行处，忽见那路旁有两行高柳，柳阴中走出一个老母，右手下搀着一个小孩儿，对唐僧高叫道：『和尚，不要走了，快早儿拨马东回，进西去都是死路。』唬得个三藏跳下马来，打个问讯道：『老菩萨，古人云：「海阔从鱼跃，天空任鸟飞。」怎么西进便没路了？』那老母用手朝西指道：『那里去，有五六里远近，乃是灭法国。那国王前生那世里结下冤仇，今世里无端造罪。二年前许下一个罗天大愿，要杀一万个和尚。这两年陆陆续续，杀够了九千九百九十六个无名和尚，只要等四个有名的和尚，凑成一万，好做圆满哩。你们去，若到城中，都是送命王菩萨！』三藏闻言，心中害怕，战兢兢的道：『老菩萨，深感盛情，感谢不尽！但请问可有不进城的方便路儿，我贫僧转过去罢。』那老母笑道：『转不过去，转不过去。只除是会飞的，就过去了也。』八戒在旁边卖嘴道：『妈妈儿莫说黑话。我们都会飞哩。』

行者火眼金睛，其实认得好歹——那老母搀着孩儿，原是观音菩萨与善财童子——慌得倒身下拜，叫道：『菩萨，弟子失迎，失迎！』那菩萨一朵祥云，轻轻驾起，吓得个唐长老立身无地，只情跪着磕头。八戒、沙僧也慌跪下，朝天礼拜。一时间，祥云缥渺，径回南海而去。

行者起来，扶着师父道：『请起来，菩萨已回宝山也。』三藏起来道：『悟空，你既认得是菩萨，何不早说？』行者笑道：『你还问话不了，我即下拜，怎么还是不早哩？』八戒、沙僧对行者道：『感蒙菩萨指示，前边必是灭法国，要杀和尚，我等怎生奈何？』行者道：『呆子休怕！我们曾遭着那毒魔狠怪，虎穴龙潭，更不曾伤损；此间乃是一国凡人，有何惧哉？只奈这里不是住处。天色将晚，且有乡村人家，上城买卖回来的，看见我们是和尚，嚷出名去，不当稳便。且引师父找下大路，寻个僻静之处，却好商议。』真个三藏依言，一行都闪下路来，到一个坑坎之下，坐定。行者道：『兄弟，你两个好生保守师父，待老孙变化了，去那城中看看，寻一条僻路，连夜去也。』三藏叮嘱道：『徒弟啊，莫当小可。王法不容。你须仔细！』行者笑道：『放心，放心！老孙自有道理。』

好大圣，话毕，将身一纵，唿哨的跳在空中。怪哉：

上面无绳扯，下头没棍撑。

一般同父母，他便骨头轻。

伫立在云端里，往下观看。只见那城中喜气冲融，祥光荡漾。行者道：『好个去处！为何灭法？』看一会，渐渐天昏，又见那：

十字街灯光灿烂，九重殿香蔼钟鸣。七点皎星照碧汉，八方客旅卸行踪。六军营，隐隐的画角才吹；五鼓楼，点点的铜壶初滴。四边宿雾昏昏，三市寒烟蔼蔼。两两夫妻归绣幕，一轮明月上东方。

他想着：『我要下去，到街坊打看路径，这般个嘴脸，撞见人，必定说是和尚；等我变一变了。』捻着诀，念动真言，摇身一变，变做个扑灯蛾儿：

形细翼硗轻巧，灭灯扑烛投明。本来面目化生成，腐草中间灵应。每爱炎光触焰，忙忙飞绕无停。紫衣香翅赶流萤，最喜夜深风静。

但见他翩翩翻翻，飞向六街三市。傍房檐，近屋角。正行时，忽见那隅头拐角上一湾子人家，人家门首挂着个灯笼儿。他道：『这人家过元宵哩？怎么挨排儿都点灯笼？』他硬硬翅，飞近前来，仔细观看。正当中一家子方灯笼上，写着『安歇往来商贾』六字，下面又写着『王小二店』四字。行者才知是开饭店的。又伸头打一看，看见有八九个人，都吃了晚饭，宽了衣服，卸了头巾，洗了脚手，各各上床睡了。行者暗喜道：『师父过得去了。』你道他怎么就知过得去？他要起个不良之心，等那些人睡着，要偷他的衣服、头巾，装做俗人进城。

噫，有这般不遂意的事！正思忖处，只见那小二走向前，吩咐：『列位官人，仔细些。我这里君子小人不同，各人的衣物、行李都要小心着。』你想那在外做买卖的人，那样不仔细？又听得店家吩咐，越发谨慎。他都爬起来道：

『主人家说得有理。我们走路的人辛苦，只怕睡着，急忙不醒，一时失所，奈何？你将这衣服、头巾、搭联都收进去，待天将明，交付与我们起身。』那王小二真个把些衣物之类，尽情都搬进他屋里去了。行者性急，展开翅，就飞入里面，丁在一个头巾架上。又见王小二去门首摘了灯笼，放下吊搭，关了门窗，却才进房，脱衣睡下。那王小二有个婆子，带了两个孩子，哇哇聒噪，急忙不睡。那婆子又拿了一件破衣，补补纳纳，也不见睡。行者暗想道：『若等这婆子睡了下手，却不误了师父？』又恐更深，城门闭了，他就忍不住，飞下去，望灯上一扑。真是『舍身投火焰，焦额探残生』。那盏灯早已息了。他又摇身一变，变作个老鼠，喷喷哇哇的叫了两声，跳下来，拿着衣服、头巾，往外就走。那婆子慌慌张张的道：『老头子！不好了！夜耗子成精也！』

行者闻言，又弄手段，拦着门，厉声高叫道：『王小二，莫听你婆子胡说。我不是夜耗子成精。明人不做暗事。吾乃齐天大圣临凡，保唐僧往西天取经。你这国王无道，特来借此衣冠，装扮我师父。一时过了城去，就便送还。』那王小二听言，一毂辘起来，黑天摸地，又是着忙的人，捞着裤子当衫子，左穿也穿不上，右套也套不上。

那大圣使个摄法，早已驾云出去。复翻身，径至路下坑坎边前。三藏见星光月皎，探身凝望，见是行者，来至近前，即开口叫道：『徒弟，可过得灭法国么？』行者上前放下衣物道：『师父，要过灭法国，和尚做不成。』八戒道：『哥，你勒掯那个哩？不做和尚也容易，只消半年不剃头，就长出毛来也。』行者道：『那里等得半年！眼下就都要做俗人哩！』那呆子慌了道：『但你说话，通不察理。我们如今都是和尚，眼下要做俗人，却怎么戴得头巾？就是边儿勒住，也没收顶绳处。』三藏喝道：『不要打花，且干正事！端的何如？』

行者道：『师父，他这城池，我已看了。虽是国王无道杀僧，却倒是个真天子，城头上有祥光喜气。城中的街道，我也认得。这里的乡谈，我也省得，会说。却才在饭店内借了这几件衣服、头巾，我们且扮作俗人，进城去借了宿，至四更天就起来，教店家安排了斋吃；捱到五更时候，挨城门而去，奔大路西行，就有人撞见扯住，也好折辨：只说是上邦钦差的，灭法王不敢阻滞，放我们来的。』沙僧道：『师兄处的最当。且依他行。』真个长老无奈，脱了褊衫，去了僧帽，穿了俗人的衣服，戴了头巾。沙僧也换了。八戒的头大，戴不得巾儿，被行者取了些针线，把头巾扯开，两顶缝做一顶，与他搭在头上；拣件宽大的衣服，与他穿了。然后自家也换上一套道：『列位，这一去，把「师父徒弟」四个字儿且收起。』八戒道：『除了此四字，怎的称呼？』行者道：『都要做弟兄称呼：师父叫做唐大官儿，你叫做朱三官儿，沙僧叫做沙四官儿，我叫做孙二官儿。但到店中，你们切休言语，只让我一个开口答话。等他问甚么买卖，只说是贩马的客人。把这白马做个样子，说我们是十弟兄，我四个先来赁店房卖马。那店家必然款待我们，我们受用了，临行时，等我拾块瓦查儿，变块银子谢他，却就走路。』长老无奈，只得曲从。

四众忙忙的牵马挑担，跑过那边。此处是个太平境界，入更时分，尚未关门。径直进去，行到王小二店门首，只听得里边叫哩。有的说：『我不见了头巾！』有的说：『我不见了衣服！』行者只推不知，引着他们，往斜对门一家安歇。那家子还未收灯笼，即近门叫道：『店家，可有闲房儿，我们安歇？』那里边有个妇人答应道：『有，有，有。请官人们上楼。』说不了，就有一个汉子来牵马。行者把马儿递与牵进去。他引着师父，从灯影儿后面，径上楼门。那楼上有方便的桌椅，推开窗格，映月光齐坐下。只见有人点上灯来。行者拦门，一口吹息道：『这般月亮不用灯。』

那人才下去，又一个丫环拿四碗清茶。行者接住。楼下又走上一个妇人来，约有五十七八岁的模样，一直上楼，站着旁边。问道：『列位客官，那里来的？有甚宝货？』行者道：『我们是北方来的，有几匹粗马贩卖。』那妇人道：『贩马的客人尚还小。』行者道：『这一位是唐大官，这一位是朱三官，这一位是沙四官，我学生是孙二官。』

妇人笑道：『异姓。』行者道：『正是异姓同居。我们共有十个弟兄，我四个先来赁店房打火；还有六个在城外借歇；领着一群马，因天晚不好进城。待我们赁了房子，明早都进来。只等卖了马才回。』那妇人道：『一群有多少马？』行者道：『大小有百十匹儿，都像我这个马的身子，却只是毛片不一。』妇人笑道：『孙二官人诚然是个客纲客纪。早是来到舍下，第二个人家也不敢留你。我舍下院落宽阔，槽札齐备，草料又有，凭你几百匹马都养得下。却一件：我舍下在此开店多年，也有个贱名。先夫姓赵，不幸去世久矣。我唤做赵寡妇店。我店里三样儿待客。如今先小人，后君子，先把房钱讲定后，好算帐。』行者道：『说得是。你府上是那三样待客？常言道：「货有高低三等价，客无远近一般看。」你怎么说三样待客？你可试说说我听。』

赵寡妇道：『我这里是上、中、下三样。上样者：五果五菜的筵席。狮仙斗糖桌面，二位一张，请小娘儿来陪唱

难灭伽持圆大觉
法王成正体天然

师徒四众，耽炎受热，正行处，忽见那路旁有两行高柳，柳阴中走出一个老母，右手下搀着一个小孩儿，对唐僧高叫道：『和尚，不要走了，快早儿拨马东回，进西去都是死路。』唬得个三藏跳下马来，打个问讯道：『老菩萨，古人云：「海阔从鱼跃，天空任鸟飞。」怎么西进便没路了？』

陪歇。每位该银五钱，连房钱在内。』行者笑道：『相应啊！我那里五钱银子还不够请小娘儿哩。』寡妇又道：『中样者：合盘桌儿，只是水果、热酒，筛来凭自家猜枚行令，不用小娘儿，每位只该二钱银子。』行者道：『一发相应！下样儿怎么？』妇人道：『不敢在尊客面前说。』行者道：『也说说无妨。我们好拣相应的干。』妇人道：『下样者：没人伏侍，锅里有方便的饭，凭他怎么吃；吃饱了，拿个草儿，打个地铺，方便处睡觉；天光时，凭赐几文饭钱，决不争竞。』八戒听说道：『造化，造化！老朱的买卖到了！等我看着锅吃饱了饭，灶门前睡他娘！』行者道：『兄弟，说那里话！你我在江湖上，那里不赚几两银子！把上样的安排将来。』

那妇人满心欢喜，即叫：『看好茶来。厨下快整治东西。』遂下楼去，忙叫：『宰鸡宰鹅，煮腌下饭。』又叫：『杀猪杀羊，今日用不了，明日也可用。看好酒。拿白米做饭，白面捍饼。』三藏在楼上听见道：『孙二官，怎好？他去宰鸡鹅，杀猪羊，倘送将来，我们都是长斋，那个敢吃？』行者道：『我有主张。』去那楼门边跌跌脚道：『赵妈妈，你上来。』那妈妈上来道：『二官人有甚吩咐？』行者道：『今日且莫杀生，我们今日斋戒。』寡妇惊讶道：『官人们是长斋，是月斋？』行者道：『俱不是，我们唤做「庚申斋」。今朝乃是庚申日，当斋；只过三更后，就是辛酉，便开斋了。你明日杀生罢。如今且去安排些素的来，定照上样价钱奉上。』

那妇人越发欢喜。跑下去教：『莫宰！莫宰！取些木耳、闽笋、豆腐、面筋，园里拔些青菜，做粉汤，发面蒸卷子，再煮白米饭，烧香茶。』咦！那些当厨的庖丁，都是每日家做惯的手段，霎时间就安排停当，摆在楼上。又有现成的狮仙糖果，四众任情受用。又问：『可吃素酒？』行者道：『止唐大官不用，我们也吃几杯。』寡妇又取了一壶暖酒。他三个方才斟上，忽听得乒乓板响。行者道：『妈妈，底下倒了甚么家火了？』寡妇道：『不是，是我小庄上几个客子送租米来晚了，教他在底下睡；因客官到，没人使用，教他们抬轿子去院中请小娘儿陪你们。想是轿杠撞得楼板响。』行者道：『早是说哩。快不要去请。一则斋戒日期，二则兄弟们未到。索性明日进来，一家请个表子，在府上要耍时，待卖了马起身。』寡妇道：『好人！好人！又不失了和气，又养了精神。』教：『抬进轿子来，不要请去。』四众吃了酒饭。收了家火，都散讫。

三藏在行者耳根边悄悄的道：『那里睡？』行者道：『就在楼上睡。』三藏道：『不稳便。我们都辛辛苦苦的，倘若睡着，这家子一时再有人来收拾，见我们或滚了帽子，露出光头，认得是和尚，嚷将起来，却怎么好？』行者道：『是啊！』又去楼前跌跌脚。寡妇又上来道：『孙官人又有甚吩咐？』行者道：『我们在那里睡？』妇人道：『楼上好睡。又没蚊子，又是南风。大开着窗子，忒好睡觉。』行者道：『睡不得。我这朱三官儿有些寒湿气，沙四官儿有些漏肩风。唐大哥只要在黑处睡，我也有些儿羞明。此间不是睡处。』

那妈妈走下去，倚着柜栏叹气。他有个女儿，抱着个孩子近前道：『母亲，常言道：「十日滩头坐，一日行九滩。」如今炎天，虽没甚买卖，到交秋时，还做不了的生意哩。你嗟叹怎么？』妇人道：『儿啊，不是愁没买卖。今日晚间，已是将收铺子，入更时分，有这四个马贩子来赁店房，他要上样管待。实指望赚他几钱银子，他却吃斋，又赚不得他钱，故此嗟叹。』那女儿道：『他既吃了饭，不好往别人家去。明日还好安排荤酒，如何赚不得他钱？』妇人又道：『他都有病，怕风，羞亮，都要在黑处睡。你想家中都是些单浪瓦儿的房子，那里去寻黑暗处？不若舍一顿饭与他吃了，教他往别家去罢。』女儿道：『母亲，我家有个黑处，又无风色，甚好，甚好。』妇人道：『是那里？』女儿道：『父亲在日曾做了一张大柜。那柜有四尺宽，七尺长，三尺高下，里面可睡六七个人。教他们往柜里睡去罢。』妇人道：『不知可好，等我问他一声。孙官人，舍下蜗居，更无黑处，止有一张大柜，不透风，又不透亮，往柜里睡去如何？』行者道：『好！好！好！』即着几个客子把柜抬出，打开盖儿，请他们下楼。行者引着师父，沙僧拿担，顺灯影后径到柜边。八戒不管好歹，就先蹶进柜去。沙僧把行李递入，搀着唐僧进去，沙僧也到里边。行者道：『我的马在那里？』旁有伏侍的道：『马在后屋拴着吃草料哩。』行者道：『牵来。把槽抬来，紧挨着柜儿拴住。』方才进去，叫：『赵妈妈，盖上盖儿，插上锁钉，锁上锁子，还替我们看看，那里透亮，使些纸儿糊糊，明日早些儿来开。』寡妇道：『忒小心了！』遂此各各关门去睡不题。

却说他四个到了柜里。可怜啊！一则乍戴个头巾，二来天气炎热，又闷住了气，略不透风，他都摘了头巾，脱了衣服，又没把扇子，只将僧帽扑扑扇扇。你挨着我，我挤着你。直到有二更时分，却都睡着。惟行者有心闯祸，偏他睡不着，伸过手，将八戒腿上一捻。那呆子缩了脚，口里哼哼的道：『睡了罢！辛辛苦苦的，有甚么心肠还捻手捻脚的耍子？』行者捣鬼道：『我们原来的本身是五千两，前者马卖了三千两，如今两搭联里现有四千两，这一群马还卖他三千两，也有一本一利。够了，够了！』八戒要睡的人，那里答对。

岂知他这店里走堂的，挑水的，烧火的，素与强盗一伙。听见行者说有许多银子，他就着几个溜出去，伙了二十多个贼，明火执杖的来打劫马贩子。冲开门进来，唬得那赵寡妇娘女们战战兢兢的关了房门，尽他外边收拾。原来那贼不要店中家火，只寻客人。到楼上不见形迹，收着火把，四下照看，只见天井中一张大柜，柜脚上拴着一匹白马，柜盖紧锁，掀翻不动。众贼道：『走江湖的人，都有手眼。看这柜势重，必是行囊财帛锁在里面。我们偷了马，抬柜出城，打开分用，却不是好？』那些贼果找起绳杠，把柜抬着就走，幌阿幌的。八戒醒了道：『哥哥，睡罢。摇甚么？』行者道：『莫言语！没人摇。』三藏与沙僧忽地也醒了，道：『是甚人抬着我们哩？』行者道：『莫嚷，莫嚷！等他抬！抬到西天，也省得走路。』

那贼得了手，不往西去，倒抬向城东，杀了守门的军，打开城门出去。当时就惊动六街三市，各铺上火甲人夫，都报与巡城总兵、东城兵马司。那总兵、兵马，事当干己，即点人马弓兵，出城赶贼。那贼见官军势大，不敢抵敌，放下大柜，丢了白马，各自落草逃走。众官军不曾拿得半个强盗，只是夺下柜，捉住马，得胜而回。总兵在灯光下，见那马，好马：

鬃分银线，尾身单玉条。说甚么八骏龙驹，赛过了骕骦款段。千金市骨，万里追风。登山每与青云合，啸月浑如白雪匀。真是蛟龙离海岛，人间喜有玉麒麟。

总兵官把自家马儿不骑，就骑上这个白马，帅军兵进城，把柜子抬在总府，同兵马写个封皮封了，令人巡守，待天明启奏，请旨定夺。官军散讫不题。

却说唐长老在柜里埋怨行者道：『你这个猴头，害杀我也！若在外边，被人拿住，送与灭法国王，还好折辨；

法王成正体天然

正慌忙处，只见那六院嫔妃，宫娥彩女，大小太监，皆光着头跪下道：『主公，我们做了和尚耶！』国王见了，眼中流泪道：『想是寡人杀害和尚……』即传旨吩咐：『汝等不得说出落发之事，恐文武群臣，褒贬国家不正。且都上殿设朝。』

如今锁在柜里，被贼劫去，又被官军夺来，明日见了国王，现现成成的开刀请杀，却不凑了他一万之数？』行者道：『外面有人！打开柜，拿出来不是捆着，便是吊着。且忍耐些儿，免了捆吊。明日见那昏君，老孙自有对答，管你一毫儿也不伤。且放心睡睡。』

挨到三更时分，行者弄个手段，顺出棒来，吹口仙气，叫『变！』即变做三尖头的钻儿，挨柜脚两三钻，钻了一个眼子。收了钻，摇身一变，变做个蝼蚁儿，爬将出去。现原身，踏起云头，径入皇宫门外。那国王正在睡浓之际。他使个『大分身普会神法』，将左臂上毫毛都拔下来，吹口仙气，叫：『变！』都变做小行者。右臂上毛，也都拔下来，吹口仙气，叫『变』！都变做瞌睡虫；念一声『唵』字真言，教当坊土地，领众布散皇宫内院，五府六部，各衙门大小官员宅内，但有品职者，都与他一个瞌睡虫，人人稳睡，不许翻身。又将金箍棒取在手中，掂一掂，幌一幌，叫声：『宝贝，变！』即变做千百口剃头刀儿；他拿一把，吩咐小行者各拿一把，都去皇宫内院、五府六部、各衙门里剃头。咦！这才是：

法王灭法法无穷，法贯乾坤大道通。
万法原因归一体，三乘妙相本来同。
钻开玉柜明消息，布散金毫破蔽蒙。
管取法王成正果，不生不灭去来空。

这半夜剃削成功。念动咒语，喝退土地神祇。将身一抖，两臂上毫毛归伏。将剃头刀总捻成真，依然认了本性，还是一条金箍棒，收来些小之形，藏于耳内。复翻身还做蝼蚁，钻入柜内。现了本相，与唐僧守困不题。

却说那皇宫内院，宫娥彩女，天不亮起来梳洗，一个个都没了头发。穿宫的大小太监，也都没了头发。一拥齐来，到于寝宫外，奏乐惊寝，个个噙泪，不敢传言。少时，那三宫皇后醒来，也没了头发。忙移灯到龙床下看处，锦被窝中，睡着一个和尚，皇后忍不住言语出来，惊醒国王。那国王急睁睛，见皇后的光头，他连忙爬起来道：『梓童，你如何这等？』皇后道：『主公亦如此也。』那皇帝摸摸头，唬得三尸呻咋，七魄飞空，道：『朕当怎的来耶！』正慌忙处，只见那六院嫔妃，宫娥彩女，大小太监，皆光着头跪下道：『主公，我们做了和尚耶！』国王见了，眼中流泪道：『想是寡人杀害和尚……』即传旨吩咐：『汝等不得说出落发之事，恐文武群臣，褒贬国家不正。且都上殿设朝。』

却说那五府六部，合衙门大小官员，天不明都要去朝王拜阙。原来这半夜一个个也没了头发。各人都写表启奏此事。只听那：

静鞭三响朝皇帝，表奏当今剃发因。

毕竟不知那总兵官夺下柜里贼赃如何，与唐僧四众的性命如何，且听下回分解。

## 心猿妒木母

那妖精闻言，喝道：『你原来是唐僧的徒弟。我一向闻得唐僧的肉好吃，正要拿你哩。你却撞得来，我肯饶你？不要走，看杵！』八戒道：『孽畜！你原来是个染博士出身！』妖精道：『我怎么是染博士？』八戒道：『不是染博士，怎么会使棒槌？』那怪那容分说，近前乱打。

## 第八十五回　心猿妒木母　魔主计吞禅

话说那国王早朝，文武多官俱执表章启奏道：『主公，望赦臣等失仪之罪。』国王道：『众卿礼貌如常，有何失仪？』众卿道：『主公啊，不知何故，臣等一夜把头发都没了。』国王执了这没头发之表，下龙床对群臣道：『果然不知何故。朕宫中大小人等，一夜也尽没了头发。』君臣们都各汪汪滴泪道：『从此后，再不敢杀戮和尚也。』

王复上龙位，众官各立本班。王又道：『有事出班来奏，无事卷帘散朝。』只见那武班中闪出巡城总兵官，文班中走出东城兵马使，当阶叩头道：『臣蒙圣旨巡城，夜来获得贼赃一柜，白马一匹。微臣不敢擅专，请旨定夺。』国王大喜道：『连柜取来。』

二臣即退至本衙，点起齐整军士，将柜抬出。三藏在内，魂不附体道：『徒弟们，这一到国王前，如何理说？』

行者笑道：『莫嚷！我已打点停当了。开柜时，他就拜我们为师哩。只教八戒不要争竞长短。』八戒道：『但只免杀，就是无量之福，还敢争竞哩！』说不了，抬至朝外，入五凤楼，放在丹墀之下。

二臣请国王开看，国王即命打开。方揭了盖，猪八戒就忍不住往外一跳，唬得那多官胆战，口不能言。又见孙行者搀出唐僧，沙和尚搬出行李。八戒见总兵官牵着马，走上前，咄的一声道：『马是我的，拿过来！』吓得那官儿翻跟头，跌倒在地。四众俱立在阶中。那国王看见是四个和尚，忙下龙床，宣召三宫妃后，下金銮宝殿，同群臣拜问道：『长老何来？』三藏道：『是东土大唐驾下差往西方天竺国大雷音寺拜活佛取真经的。』国王道：『老师远来，为何在这柜里安歇？』三藏道：『贫僧知陛下有愿心杀和尚，不敢明投上国，扮俗人，夜至宝方饭店里借宿。因怕人识破原身，故此在柜中安歇。不幸被贼偷出，被总兵捉获抬来。今得见陛下龙颜，所谓拨云见日。望陛下赦放贫僧，海深恩便也！』国王道：『老师是天朝上国高僧，朕失迎迓。朕常年有愿杀僧者，曾因僧谤了朕，朕许天愿，要杀一万和尚做圆满。不期今夜归依，教朕等为僧。如今君臣后妃，发都剃落了，望老师勿吝高贤，愿为门下。』八戒听言，呵呵大笑道：『既要拜为门徒，有何贽见之礼？』国王道：『师若肯从，愿将国中财宝献上。』行者道：『莫说财宝，我和尚是有道之僧。你只把关文倒换了，送我们出城，保你皇图永固，福寿长臻。』那国王听说，即着光禄寺大排筵宴。君臣合同，拜归于一。即时倒换关文，求三藏改换国号。行者道：『陛下「法国」之名甚好，但只「灭」字不通；自经我过，可改号「钦法国」，管教你海晏河清千代胜，风调雨顺万方安。』国王谢了恩。摆整朝銮驾，送唐僧四众出城西去。君臣们秉善归真不题。

却说长老辞别了钦法国王，在马上欣然道：『悟空，此一法甚善，大有功也。』沙僧道：『哥啊，是那里寻这许多整容匠，连夜剃这许多头？』行者把那施变化弄神通的事说了一遍。师徒们都笑不合口。

正欢喜处，忽见一座高山阻路。唐僧勒马道：『徒弟们，你看这面前山势崔巍，切须仔细！』行者笑道：『放心！放心！保你无事！』三藏道：『休言无事。我见那山峰挺立，远远的有些凶气，暴云飞出，渐觉惊惶，满身麻木，神思不安。』行者笑道：『你把乌巢禅师的《多心经》早已忘了。』三藏道：『我记得。』行者道：『你虽记得，还有四句颂子，你却忘了哩。』三藏道：『那四句？』行者道：

『佛在灵山莫远求，灵山只在汝心头。
人人有个灵山塔，好向灵山塔下修。』

三藏道：『徒弟，我岂不知？若依此四句，千经万典，也只是修心。』行者道：『不消说了。心净孤明独照，心存万境皆清。差错些儿成惰懈，千年万载不成功。但要一片志诚，雷音只在眼下。似你这般恐惧惊惶，神思不安，大道远矣，雷音亦远矣。且莫胡疑，随我去。』那长老闻言，心神顿爽，万虑皆休。

四众一同前进。不几步，到于山上。举目看时：

那山真好山，细看色班班。顶上云飘荡，崖前树影寒。飞禽淅沥，走兽凶顽。林内松千干，峦头竹几竿。吼叫是苍狼夺食，咆哮是饿虎争餐。野猿长啸寻鲜果，麋鹿攀花上翠岚。风洒洒，水潺潺，时闻幽鸟语间关。几处藤萝牵又扯，满溪瑶草杂香兰。磷磷怪石，削削峰岩。狐狢成群走，猴猿作队顽。行客正愁多险峻，奈何古道又湾还！

师徒们怯怯惊惊，正行之时，只听得呼呼一阵风起。三藏害怕道：『风起了！』行者道：『春有和风，夏有熏风，秋有金风，冬有朔风：四时皆有风。风起怕怎的？』三藏道：『这风来得甚急，决然不是天风。』行者道：『自古来，风从地起，云自山出。怎么得个天风？』说不了，又见一阵雾起。那雾真个是：

漠漠连天暗，蒙蒙匝地昏。
日色全无影，鸟声无处闻。
宛然如混沌，仿佛似飞尘。
不见山头树，那逢采药人。

三藏一发心惊道：『悟空，风还未定，如何又这般雾起？』行者道：『且莫忙。请师父下马，你兄弟二个在此保守，等我去看看是何吉凶。』

好大圣，把腰一躬，就到半空。用手搭在眉上，圆睁火眼，向下观之，果见那悬岩边坐着一个妖精。你看他怎生模样：

炳炳文斑多采艳，昂昂雄势甚抖擞。
坚牙出口如钢钻，利爪藏蹄似玉钩。
金眼圆睛禽兽怕，银须倒竖鬼神愁。
张狂哮吼施威猛，嗳雾喷风运智谋。

又见逼左右手下有三四十个小妖摆列，他在那里逼法的喷风嗳雾。行者暗笑道：『我师父也有些儿先兆。他说不是天风，果然不是，却是个妖精在这里弄喧儿哩。若老孙使铁棒往下就打，这叫做「捣蒜打」，打便打死了，只是坏了老孙的名头。』那行者一生豪杰，再不晓得暗算计人。他道：『我且回去，照顾猪八戒照顾，教他来先与这妖精见一仗。若是八戒有本事，打倒这妖，算他一功；若无手段，被这妖拿去，等我再去救他，才好出名。』他想道：『八戒有些躲懒，不肯出头，却只是有些口紧，好吃东西。等我哄他一哄，看他怎么说。』

即时落下云头，到三藏前。三藏问道：『悟空，风雾处吉凶何如？』行者道：『这会子明净了，没甚风雾。』三藏道：『正是，觉到退下些去了。』行者笑道：『师父，我常时间还看得好，这番却看错了。我只说风雾之中恐有妖怪，原来不是。』三藏道：『是甚么？』行者道：『前面不远，乃是一庄村。村上人家好善，蒸的白米干饭，白面馍馍斋僧哩。这些雾，想是那些人家蒸笼之气，也是积善之应。』八戒听说，认了真实，扯过行者，悄悄的道：『哥哥，你先吃了他的斋来的？』行者道：『吃不多儿，因那菜蔬太咸了些，不喜多吃。』八戒道：『啐！凭他怎么咸，我也尽肚吃他一饱！十分作渴，便回来吃水。』行者道：『你要吃么？』八戒道：『正是，我肚里有些饥了，先要去吃些儿，不知如何？』行者道：『兄弟莫题。古书云：「父在，子不得自专。」师父又在此，谁敢先去？』八戒笑道：『你若不言语，我就去了。』行者道：『我不言语，看你怎么得去。』

那呆子吃嘴的见识偏有，走上前，唱个大喏道：『师父，适才师兄说，前村里有人家斋僧。你看这马，有些要打搅人家，便要草要料，却不费事？幸如今风雾明净，你们且略坐坐，等我去寻些嫩草儿，先喂喂马，然后再往那家子化斋去罢。』唐僧欢喜道：『好啊！你今日却怎肯这等勤谨？快去快来。』那呆子暗暗笑着便走。行者赶上扯住道：『兄弟，他那里斋僧，只斋俊的，不斋丑的。』八戒道：『这等说，又要变化是。』行者道：『正是。你变变儿去。』好呆子，他也有三十六般变化，走到山凹里，捻着诀，念动咒语，摇身一变，变做个矮瘦和尚。手里敲个木鱼，口里哼阿哼的，又不会念经，只哼的是『上大人……』。

却说那怪物收风敛雾，号令群妖，在于大路口上，摆开一个圈子阵，专等行客。这呆子晦气，不多时，撞到当中，被群妖围住，这个扯住衣服，那个扯着丝绦，推推拥拥，一齐下手。八戒道：『不要扯，等我一家家吃将来。』群妖道：『和尚，你要吃甚的？』八戒道：『你们这里斋僧，我来吃斋的。』群妖道：『你想这里斋僧，不知我这里专要吃僧。我们都是山中得道的妖仙，专要把你们和尚拿到家里，上蒸笼蒸熟吃哩。你倒还想来吃斋！』八戒闻言，心中害怕，才报怨行者道：『这个弼马温，其实惫懒！他哄我说是这村里斋僧，这里那得村庄人家，那里斋甚么僧，却原来是些妖精！』那呆子被他扯急了，即便现出原身，腰间掣钉钯，一顿乱筑，筑退那些小妖。

小妖急跑去报与老怪道：『大王，祸事了！』老怪道：『有甚祸事？』小妖道：『山前来了一个和尚，且是生得干净。我说拿家来蒸他吃，若吃不了，留些儿防天阴，不想他会变化。』老妖道：『变化甚的模样？』小妖道：『那里成个人相！长嘴大耳朵，背后又有鬃。双手轮一根钉钯，没头没脸的乱筑，唬得我们跑回来报大王也。』老怪道：『莫怕，等我去看。』轮着一条铁杵，走近前看时，见呆子果然丑恶。他生得：

碓嘴初长三尺零，獠牙觜出赛银钉。

心猿妒木母
魔主计吞禅

那呆子听得是行者声音，仗着势，愈长威风，一顿钯，向前乱筑。那妖精抵敌不住，道：『这和尚先前不济，这会子怎么又发起狠来。』八戒道：『我的儿，不可欺负我！我家里人来也！』一发向前，没头没脸筑去。那妖精委架不住，领群妖败阵去了。

一双圆眼光如电，两耳扇风唿唿声。
脑后鬃长排铁箭，浑身皮糙癞还青。
手中使件蹊跷物，九齿钉钯个个惊。

妖精硬着胆喝道：『你是那里来的，叫甚名字？快早说来，饶你性命！』八戒笑道：『我的儿，你是也不认得你猪祖宗哩！上前来，说与你听：

巨口獠牙神力大，玉皇升我天蓬帅。掌管天河八万兵，天宫快乐多自在。只因酒醉戏宫娥，那时就把英雄卖。一嘴拱倒斗牛宫，吃了王母灵芝菜。玉皇亲打二千锤，把吾贬下三天界。教吾立志养元神，下方却又为妖怪。正在高庄喜结亲，命低撞着孙兄在。金箍棒下受他降，低头才把沙门拜。背马挑包做夯工，前生少了唐僧债。铁脚天蓬本姓猪，法名改作猪八戒。』

那妖精闻言，喝道：『你原来是唐僧的徒弟。我一向闻得唐僧的肉好吃，正要拿你哩。你却撞得来，我肯饶你？不要走，看杵！』八戒道：『孽畜！你原来是个染博士出身！』妖精道：『我怎么是染博士？』八戒道：『不是染博士，怎么会使棒槌？』那怪那容分说，近前乱打。他两个在山凹里，这一场好杀：

九齿钉钯，一条铁棒。钯丢解数滚狂风，杵运机谋飞骤雨。一个是无名恶怪阻山程，一个是有罪天蓬扶性主。性正何愁怪与魔，山高不得金生土。那个杵架犹如蟒出潭，这个钯来却似龙离浦。喊声叱咤振山川，吆喝雄威惊地府。两个英雄各逞能，舍身却把神通赌。

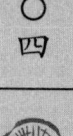

八戒长起威风，与妖精厮斗，那怪喝令小妖把八戒一齐围住不题。

却说行者在唐僧背后，忽失声冷笑。沙僧道：『哥哥冷笑，何也？』行者道：『猪八戒真个呆呀！听见说斋僧，就被我哄去了，这早晚还不见回来：若是一顿钯打退妖精，你看他得胜而回，争嚷功果；若战他不过，被他拿去，却是我的晦气，背前面后，不知骂了多少弼马温哩！悟净，你休言语，等我去看看。』

好大圣，他也不使长老知道，悄悄的脑后拔了一根毫毛，吹口仙气，叫：『变！』即变做本身模样，陪着沙僧，随着长老。他的真身出个神，跳在空中观看，但见那呆子被怪围绕，钉钯势乱，渐渐的难敌。

行者忍不住，按落云头，厉声高叫道：『八戒不要忙，老孙来了！』那呆子听得是行者声音，仗着势，愈长威风，一顿钯，向前乱筑。那妖精抵敌不住，道：『这和尚先前不济，这会子怎么又发起狠来？』八戒道：『我的儿，不可欺负我！我家里人来也！』一发向前，没头没脸筑去。那妖精委架不住，领群妖败阵去了。行者见妖精败去，他就不曾近前，拨转云头，径回本处，把毫毛一抖，收上身来。长老的肉眼凡胎，那里认得。

不一时，呆子得胜，也自转来，累得那粘涎鼻涕，白沫生生，气呼呼的，走将来，叫声：『师父！』长老见了，惊讶道：『八戒，你去打马草的，怎么这般狼狈回来？想是山上人家有人看护，不容你打草么？』呆子放下钯，捶胸跌脚道：『师父，莫要问，说起来就活活羞杀人！』

长老道：『为甚么羞来？』八戒道：『师兄捉弄我！他先头说风雾里不是妖精，没甚凶兆，是一庄村人家好善，蒸白米干饭、白面馍馍斋僧的，我就当真，想着肚里饥了，先去吃些儿，假倚打草为名；岂知若干妖怪，把我围了，苦战了这一会，若不是师兄的哭丧棒相助，我也莫想得脱罗网回来也！』行者在旁笑道：『这呆子胡说！你若做了贼，就攀上一牢人。是我在这里看着师父，何曾侧离？』长老道：『是啊，悟空不曾离我。』那呆子跳着嚷道：『师父，你不晓得，他有替身！』长老道：『悟空，端的可有怪么？』行者瞒不过，躬身笑道：『是有个把小妖儿，他不敢惹我们。八戒，你过来，一发照顾你照顾。我们既保师父，走过险峻山路，就似行军的一般。』八戒道：『行军便怎的？』行者道：『你做个开路将军，在前剖路。那妖精不来便罢，若来时，你与他赌斗。打倒妖精，算你的功果。』八戒量着那妖精手段与他差不多，却说：『我就死在他手内也罢，等我先走！』行者笑道：『这呆子先说晦气话，怎么得长进！』八戒道：『哥啊，你知道「公子登筵，不醉即饱；壮士临阵，不死带伤」？先说句错话儿，后便有威风。』行者欢喜，即忙背了马，请师父骑上，沙僧挑着行李，相随八戒，一路入山不题。

却说那妖精帅几个败残的小妖，径回本洞，高坐在那石崖上，默默无言。洞中还有许多看家的小妖，都上前问道：『大王常时出去，喜喜欢欢回来，今日如何烦恼？』老妖道：『小的们，我往常出洞巡山，不管那里的人与兽，定捞几个来家，养赡汝等；今日造化低，撞见一个对头。』小妖问：『是那个对头？』老妖道：『是一个和尚，乃东土唐僧取经的徒弟，名唤猪八戒。我被他一顿钉钯，把我筑得败下阵来。好恼啊！我这一向，常闻得人说，唐僧乃十世修行的罗汉，有人吃他一块肉，可以延寿长生。不期他今日到我山里，正好拿住他蒸吃，不知他手下有这等徒弟！』

说不了，班部丛中闪上一个小妖，对老妖哽哽咽咽哭了三声，又嘻嘻哈哈的笑了三声。老妖喝道：『你又哭又笑，何也？』小妖跪下道：『大王才说要吃唐僧，唐僧的肉不中吃。』老妖道：『人都说吃他一块肉可以长生不老，与天同寿，怎么说他不中吃？』小妖道：『若是中吃，也到不得这里，别处妖精，也都吃了。他手下有三个徒弟哩。』老妖道：『你知是那三个？』小妖道：『他大徒弟是孙行者，三徒弟是沙和尚。这个是他二徒弟猪八戒。』老妖道：『沙和尚比猪八戒如何？』小妖道：『也差不多儿。』『那个孙行者比他如何？』小妖吐舌道：『不敢说！那孙行者神通广大，变化多端！他五百年前曾大闹天宫，上方二十八宿、九曜星官、十二元辰、五卿四相、东西星斗、南北二神、五岳四渎、普天神将，也不曾惹得他过，你怎敢要吃唐僧？』老妖道：『你怎么晓得他这等详细？』小妖道：『我当初在狮驼岭狮驼洞与那大王居住，那大王不知好歹，要吃唐僧，被孙行者使一条金箍棒，打进门来，可怜就打得犯了骨牌名，都「断么绝六」；还亏我有些见识，从后门走了，来到此处，蒙大王收留。故此知他手段。』老妖听言，大惊失色。这正是『大将军怕谶语』。他闻得自家人这等说，安得不惊。

正都在悚惧之际，又一个小妖上前道：『大王莫恼，莫怕。常言道：「事从缓来。」若是要吃唐僧，等我定个计策拿他。』老妖道：『你有何计？』小妖道：『我有个「分瓣梅花计」。』老妖道：『怎么叫做「分瓣梅花计」？』小妖道：『如今把洞中大小群妖，点将起来，千中选百，百中选十，十中只选三个，须是有能干，会变化的，都变做大王的模样，顶大王之盔，贯大王之甲，执大王之杵，三处埋伏。先着一个战猪八戒，再着一个战孙行者，再着一个战沙和尚：舍着三个小妖，调开他弟兄三个，大王却在半空伸下拿云手去捉这唐僧，就如「探囊取物」，就如「鱼水

**魔主计吞禅**

这和尚也不分好歹，即掣杖，对面挡住那妖精铁杵，恨苦相持。吆吆喝喝，乱嚷乱斗，渐渐的调远。那老怪在半空中，见唐僧独坐马上，伸下五爪钢钩，把唐僧一把挝住。那师父丢了马，脱了镫，被妖精一阵风径摄去了。

盆内捻苍蝇」，有何难哉！」老妖闻此言，满心欢喜，道：「此计绝妙，绝妙！这一去，拿不得唐僧便罢；若是拿了唐僧，决不轻你，就封你做个前部先锋。」小妖叩头谢恩，叫点妖怪。即将洞中大小妖精点起，果然选出三个有能的小妖，俱变做老妖，各执铁杵，埋伏等待唐僧不题。

却说这唐长老无虑无忧，相随八戒上大路，行够多时，只见那路旁边扑禄的一声响亮，跳出一个小妖，奔向前边，要捉长老。孙行者叫道：「八戒！妖精来了，何不动手？」那呆子不认真假，掣钉钯赶上乱筑。那妖精使铁杵急架相迎。他两个一往一来的，在山坡下正然赌斗，又见那草科里响一声，又跳出个怪来，就奔唐僧。行者道：「师父！不好了！八戒的眼拙，放那妖精来拿你了，等老孙打他去！」急掣棒迎上前喝道：「那里去！看棒！」那妖精更不打话，举杵来迎。他两个在草坡下一撞一冲，正相持处，又听得山背后呼的风响，又跳出个妖精来，径奔唐僧。沙僧见了，大惊道：「师父！大哥与二哥的眼都花了，把妖精放将来拿你了！你坐在马上，等老沙拿他去！」这和尚也不分好歹，即掣杖，对面挡住那妖精铁杵，恨苦相持。吆吆喝喝，乱嚷乱斗，渐渐的调远。那老怪在半空中，见唐僧独坐马上，伸下五爪钢钩，把唐僧一把挝住。那师父丢了马，脱了镫，被妖精一阵风径摄去了。可怜！这正是

禅性遭魔难正果，江流又遇苦灾星。

老妖按下风头，把唐僧拿到洞里，叫：「先锋！」那定计的小妖上前跪倒，口中道：「不敢，不敢！」老妖道：「何出此言？大将军一言既出，如白染皂。当时说拿不得唐僧便罢，拿了唐僧，封你为前部先锋。今日你果妙计成功，岂可失信于你？你可把唐僧拿来，着小的们挑水刷锅，搬柴烧火，把他蒸一蒸，我和你都吃他一块肉，以图延寿长生也。」

先锋道：「大王，且不可吃。」老怪道：「既拿来，怎么不可吃？」先锋道：「大王吃了他不打紧，猪八戒也

做得人情，沙和尚也做得人情，但恐孙行者那主子刮毒。他若晓得我们吃了，他也不来和我们厮打，他只把那金箍棒往山腰里一搠，搠个窟窿，连山都掬倒了，我们安身之处也无之矣！』老怪道：『先锋，凭你有何高见？』先锋道：『依着我，把唐僧送在后园，绑在树上，两三日不要与他饭吃，一则图他里面干净；二则等他三人不来门前寻找，打听得他们回去了，我们却把他拿出来，自自在在的受用，却不是好？』老怪笑道：『正是，正是！先锋说得有理！』

一声号令，把唐僧拿入后园，一条绳绑在树上。众小妖都去前面去听候。你看那长老苦捱着绳缠索绑，紧缚牢拴，止不住腮边流泪，叫道：『徒弟呀！你们在那山中擒怪，甚路里赶妖？我被泼魔捉来，此处受灾，何日相会？痛杀我也！』

正自两泪交流，只见对面树上有人叫道：『长老，你也进来了！』长老正了性道：『你是何人？』那人道：『我是本山中的樵子，被那山主前日拿来，绑在此间，今已三日，算计要吃我哩。』长老滴泪道：『樵夫啊，你死只是一身，无甚挂碍，我却死得不甚干净。』樵子道：『长老，你是个出家人，上无父母，下无妻子，死便死了，有甚么不干净？』长老道：『我本是东土往西天取经去的，奉唐朝太宗皇帝御旨拜活佛，取真经，要超度那幽冥无主的孤魂。今若丧了性命，可不盼杀那君王，孤负那臣子？那枉死城中，无限的冤魂，却不大失所望，永世不得超生；一场功果，尽化作风尘，这却怎么得干净也？』樵子闻言，眼中堕泪道：『长老，你死也只如此，我死又更伤情。我自幼失父，与母鳏居，更无家业，止靠着打柴为生。老母今年八十三岁，只我一人奉养。倘若身丧，谁与他埋尸送老？苦哉，苦哉！痛杀我也！』长老闻言，放声大哭道：『可怜，可怜！山人尚有思亲意，空教贫僧会念经！事君事亲，皆同一理。你为亲恩，我为君恩。』正是那

流泪眼观流泪眼，断肠人送断肠人。

且不言三藏身遭困苦。却说孙行者在草坡下战退小妖，急回来路旁边，不见了师父，止存白马、行囊。慌得他牵马挑担，向山头找寻。咦！正是那：

有难的江流专遇难，降魔的大圣亦遭魔。

毕竟不知寻找师父下落如何，且听下回分解。

# 第八十六回　木母助威征怪物　金公施法灭妖邪

话说孙大圣牵着马，挑着担，满山头寻叫师父，忽见猪八戒气呼呼的跑将来道：『哥哥，你喊怎的？』行者道：『师父不见了，你可曾看见？』八戒道：『我原来只跟唐僧做和尚的，你又捉弄我，教做甚么将军！我舍着命，与那妖精战了一会，得命回来。师父是你与沙僧看着的，反来问我？』行者道：『兄弟，我不怪你。你不知怎么眼花了，把妖精放回来拿师父。我去打那妖精，教沙和尚看着师父的，如今连沙和尚也不见了。』八戒笑道：『想是沙和尚带师父那里出恭去了。』说不了，只见沙僧来到。行者问道：『沙僧，师父那里去了？』沙僧道：『你两个眼都昏了，把妖精放将来拿师父，老沙去打那妖精的，师父自家在马上坐来。』行者气得暴跳道：『中他计了！中他计了！』沙僧道：『中他甚么计？』行者道：『这是「分瓣梅花计」，把我弟兄们调开，他劈心里捞了师父去了。天，天，天！

木母助威征怪物

## 木母助威征怪物

那小妖奔至前门，从那打破的窟窿处，歪着头，往外张，见是个长嘴大耳朵，即回头高叫：『大王莫怕他！这个是猪八戒，没甚本事，不敢无理。他若无理，开了门，拿他进来凑蒸。怕便只怕那毛脸雷公嘴的和尚。』八戒在外边听见道：『哥啊，他不怕我，只怕你哩。师父定在他家了。你快上前。』

却怎么好！』止不住腮边泪滴。八戒道：『不要哭！一哭就脓包了。横竖不远，只在这座山上，我们寻去来。』

三人没计奈何，只得入山找寻。行了有二十里远近，只见那悬崖之下，有一座洞府：

削峰掩映，怪石嵯峨。奇花瑶草馨香，红杏碧桃艳丽。崖前古树，霜皮溜雨四十围；门外苍松，黛色参天二千尺。双双野鹤，常来洞口舞清风；对对山禽，每向枝头啼白昼。簇簇黄藤如挂索，行行烟柳似垂金。方塘积水，深穴依山：方塘积水，隐穷鳞未变的蛟龙；深穴依山，住多年吃人的老怪。果然不亚神仙境，真是藏风聚气巢。

行者见了，两三步，跳到门前看处，那石门紧闭，门上横安着一块石版，石版上有八个大字，乃『隐雾山折岳连环洞』。行者道：『八戒，动手啊！此间乃妖精住处，师父必在他家也。』那呆子仗势行凶，举钉钯尽力筑将去，把他那石头门筑了一个大窟窿，叫道：『妖怪！快送出我师父来，免得钉钯筑倒门，一家子都是了帐！』守门的小妖，急急跑入报道：『大王，闯出祸来了！』老怪道：『有甚祸？』小妖道：『门前有人把门打破，嚷道要师父哩！』老怪大惊道：『不知是那个寻将来也？』先锋道：『莫怕！等我出去看看。』

那小妖奔至前门，从那打破的窟窿处，歪着头，往外张，见是个长嘴大耳朵，即回头高叫：『大王莫怕他！这个是猪八戒，没甚本事，不敢无理。他若无理，开了门，拿他进来凑蒸。怕便只怕那毛脸雷公嘴的和尚。』八戒在外边听见道：『哥啊，他不怕我，只怕你哩。师父定在他家了。你快上前。』行者骂道：『泼孽畜！你孙外公在这里！送我师父出来，饶你命罢！』先锋道：『大王，不好了！孙行者也寻将来了！』老怪报怨道：『都是你定的甚么「分瓣分瓣」，却惹得祸事临门！怎生结果？』先锋道：『大王放心，且休埋怨。我记得孙行者是个宽洪海量的猴头，虽则他神通广大，却好奉承。我们拿个假人头出去哄他一哄，奉承他几句，只说他师父是我们吃了。若还哄得他去了，唐僧还是我们受用，哄不过再作理会。』老怪道：『那里得个假人头？』先锋道：『等我做一个儿看。』

好妖怪，将一把衡钢刀斧，把柳树根砍做个人头模样，喷上些人血，糊糊涂涂的，着一个小怪，使漆盘儿拿至门下，叫道：『大圣爷爷，息怒容禀。』孙行者果好奉承，听见叫声大圣爷爷，便就止住八戒：『且莫动手，看他有甚话说。』拿盘的小怪道：『你师父被我大王拿进洞来，洞里小妖村顽，不识好歹，这个来吞，那个来啃，抓的抓，咬的咬，把你师父吃了，只剩了一个头在这里也。』行者道：『既吃了便罢，只拿出人头来，我看是真是假。』

那小怪从门窟里抛出那个头来。猪八戒见了就哭道：『可怜啊！那们个师父进去，弄做这们个师父出来也！』行者道：『呆子，你且认认是真是假。就哭！』八戒道：『不羞！人头有个真假的？』行者道：『这是个假人头。』八戒道：『怎认得是假？』行者道：『真人头抛出来，扑搭不响；假人头抛得象梆子声。你不信，等我抛了你听。』拿起来往石头上一掼，当的一声响亮。沙和尚道：『哥哥，响哩！』行者道：『响便是个假的。我教他现出本相来你看。』急掣金箍棒，扑的一下，打破了。八戒看时，乃是个柳树根。呆子忍不住骂起来道：『我把你这伙毛团！你将我师父藏在洞里，拿个柳树根哄你猪祖宗，莫成我师父是柳树精变的！』

慌得那拿盘的小怪，战兢兢跑去报道：『难，难，难！难，难，难！』老妖道：『怎么有许多难？』小妖道：『猪八戒与沙和尚倒哄过了，孙行者却是个「贩古董的——识货，识货」。他就认得是个假人头。如今得个真人头与他，或者他就去了。』老怪道：『怎么得个真人头？我们那剥皮亭内有吃不了的人头选一个来。』众妖即至亭内拣了个新鲜的头，教啃净头皮，滑塔塔的，还使盘儿拿出，叫：『大圣爷爷，先前委是个假头。这个真正是唐老爷的头，我大王留了镇宅子的，今特献出来也。』扑通的把个人头又从门窟里抛出，血滴滴的乱滚。

孙行者认得是个真人头，没奈何就哭。八戒、沙僧也一齐放声大哭。八戒噙着泪道：『哥哥，且莫哭。天气不是好天气，恐一时弄臭了。等我拿将去，乘生气埋下再哭。』行者道：『也说得是。』那呆子不嫌秽污，把个头抱在怀里，跑上山崖。向阳处，寻了个藏风聚气的所在，取钉钯筑了一个坑，把头埋了；又筑起一个坟冢。才叫沙僧：『你与哥哥哭着，等我去寻些甚么供养供养。』他就走向涧边，攀几根大柳枝，拾几块鹅卵石，回至坟前，把柳枝儿插在左右，鹅卵石堆在面前。行者问道：『这是怎么说？』八戒道：『这柳枝权为松柏，与师父遮遮坟顶；这石子权当点心，与师父供养供养。』行者喝道：『夯货！人已死了，还将石子儿供他！』八戒道：『表表生人意，权为孝道心。』行者道：『且休胡弄！教沙僧在此：一则庐墓，二则看守行李、马匹。我和你去打破他的洞府，拿住妖魔，碎尸万段，与师父报仇去来。』沙和尚滴泪道：『大哥言之极当。你两个着意，我在此处看守。』

好八戒，即脱了皂锦直裰，束一束着体小衣，举钯随着行者。二人努力向前，不容分辨，径自把他石门打破，喊声振天，叫道：『还我活唐僧来耶！』那洞里大小群妖，一个个魂飞魄散，都报怨先锋的不是。老妖问先锋道：『这些和尚打进门来，却怎处治？』先锋道：『古人说得好：「手插鱼篮——避不得腥。」一不做，二不休；左右帅领家兵杀那和尚去来！』老怪闻言，无计可奈，真个传令，叫：『小的们，各要齐心，将精锐器械跟我去出征。』果然一齐呐喊，杀出洞门。

这大圣与八戒，急退几步，到那山场平处，抵住群妖，喝道：『那个是出名的头儿？那个是拿我师父的妖怪？』那群妖扎下营盘，将一面锦绣花旗闪一闪，老怪持铁杵，应声高呼道：『那泼和尚，你认不得我？我乃南山大王，数百年放荡于此。你唐僧已是我拿吃了，你敢如何？』行者骂道：『这个大胆的毛团！你能有多少的年纪，敢称「南山」二字？李老君乃开天辟地之祖，尚坐于太清之右；佛如来是治世之尊，还坐于大鹏之下；孔圣人是儒教之尊，亦仅呼为「夫子」。你这个孽畜，敢称甚么南山大王，数百年之放荡！不要走！吃你外公老爷一棒！』那妖精侧身闪过，使杵抵住铁棒，睁圆眼问道：『你这嘴脸象个猴儿模样，敢将许多言语压我！你有甚么手段，在吾门下猖狂？』行者笑道：『我把你个无名的孽畜！是也不知老孙！你站住，硬着胆，且听我说：

祖居东胜大神洲，天地包含几万秋。花果山头仙石卵，卵开产化我根苗。生来不比凡胎类，圣体原从日月俦。本性自修非小可，天姿颖悟大丹头。官封大圣居云府，倚势行凶斗斗牛。十万神兵难近我，满天星宿易为收。名扬宇宙方方晓，智贯乾坤处处留。今幸皈依从释教，扶持长老向西游。逢山开路无人阻，遇水支桥有怪愁。林内施威擒虎豹，崖前覆手捉貔貅。东方果正来西域，那个妖邪敢出头！孽畜伤师真可恨，管教时下命将休！』

那怪闻言，又惊又恨，咬着牙，跳近前来，使铁杵望行者就打。行者轻轻的用棒架住，还要与他讲话，那八戒忍不住，掣钯乱筑那怪的先锋。先锋帅众齐来。这一场在山中平地处混战，真是好杀：

东土天邦上国僧，西方极乐取真经。南山大豹喷风雾，路阻深山独显能。施巧计，弄乖伶，无知误捉大唐僧。相逢行者神通广，更遭八戒有声名。群妖混战山平处，尘土纷飞天不清。那阵上小妖呼啸，枪刀乱举；这壁厢神僧叱喝，钯棒齐兴。大圣英雄无敌手，悟能精壮喜神生。南禺老怪，部下先锋，都为唐僧一块肉，致令舍死又亡生。这两个因师性命成仇隙，那两个为要唐僧忒恶情。往来斗经多半会，冲冲撞撞没输赢。

孙大圣见那些小妖勇猛，连打不退，即使个分身法，把毫毛拔下一把，嚼在口中，喷出去，叫声：『变！』都变做本身模样，一个使一条金箍棒，从前边往里打进。那一二百个小妖，顾前不能顾后，遮左不能遮右，一个个各自逃生，败走归洞。这行者与八戒，从阵里往外杀来。可怜那些不识俊的妖精，搪着钯，九孔血出；挽着棒，骨肉如泥！唬得那南山大王滚风生雾，得命逃回。那先锋不能变化，早被行者一棒打倒，现出本相，乃是个铁背苍狼怪。八戒上前扯着脚，翻过来看了道：『这厮从小儿也不知偷了人家多少猪牙子、羊羔儿吃了！』行者将身一抖，收上毫毛道：『呆子！不可迟慢！快赶老怪，讨师父的命去来！』八戒回头，就不见那些小行者，道：『哥哥的法相儿都去了！』行者道：『我已收来也。』八戒道：『妙啊！妙啊！』两个喜喜欢欢，得胜而回。

却说那老怪逃了命回洞，吩咐小妖搬石块，挑土，把前门堵了。那些得命的小妖，一个个战兢兢的，把门都堵了，再不敢出头。这行者引八戒，赶至门首吆喝，内无人答应。八戒使钯筑时，莫想得动。行者知之，道：『八戒，莫费气力，他把门已堵了。』八戒道：『堵了门，师仇怎报？』行者道：『且回上墓前，看看沙僧去。』

二人复至本处，见沙僧还哭哩。八戒越发伤悲，丢了钯，伏在坟上，手扑着土哭道：『苦命的师父啊！远乡的师父啊！那里再得见你耶！』行者道：『兄弟，且莫悲切。这妖精把前门堵了，一定有个后门出入。你两个只在此间，等我再去寻看。』八戒滴泪道：『哥啊！仔细着！莫连你也捞去了，我们不好哭得：哭一声师父，哭一声师兄，就要哭得乱了。』行者道：『没事，我自有手段！』

好大圣，收了棒，束束裙，拽开步，转过山坡，忽听得潺潺水响。且回头看处，原来是涧中水响，上溜头冲泄下来。又见涧那边有座门儿，门左边有一个出水的暗沟，沟中流出红水来。他道：『不消讲！那就是后门了。若要是原嘴脸，恐有小妖开门看见认得，等我变作个水蛇儿过去。……且住！变水蛇恐师父的阴灵儿知道，怪我出家人变蛇缠长；变作个小螃蟹儿过去罢。……也不好，恐师父怪我出家人脚多。』即做一个水老鼠，『飕』的一声撺过去，从那出水的沟中，钻至里面天井中。探着头儿观看，只见那向阳处有几个小妖，拿些人肉巴子，一块块的理着晒哩。行者道：『我的儿啊！那想是师父的肉，吃不了，晒干巴子防天阴的。我要现本相，赶上前，一棍子打杀，显得我有勇无谋；且再变化进去，寻那老怪，看是何如。』跳出沟，摇身又一变，变做个有翅的蚂蚁儿。真个是：

力微身小号玄驹，日久藏修有翅飞。
闲渡桥边排阵势，喜来床下斗仙机。
善知雨至常封穴，垒积尘多遂作灰。
巧巧轻轻能爽利，几番不觉过柴扉。

他展开翅，无声无影，一直飞入中堂。只见那老怪烦烦恼恼正坐，有一个小妖，从后面跳将来报道：『大王万千之喜！』老妖道：『喜从何来？』小妖道：『我才在后门外涧头上探看，忽听得有人大哭。即跐上峰头望望，原来是猪八戒、孙行者、沙和尚在那里拜坟痛哭。想是把那个人头认做唐僧的头葬下，扛作坟墓哭哩。』行者在暗中听说，心内欢喜道：『若出此言，我师父还藏在那里，未曾吃哩。等我再去寻寻，看死活如何，再与他说话。』

木母助威征怪物
金公施法灭妖邪

孙大圣见那些小妖勇猛，连打不退，即使个分身法，把毫毛拔下一把，嚼在口中，喷出去，叫声：『变！』都变做本身模样，一个使一条金箍棒，从前边往里打进。那一二百个小妖，顾前不能顾后，遮左不能遮右，一个个各自逃生，败走归洞。这行者与八戒，从阵里往外杀来。

好大圣，飞在中堂，东张西看，见旁边有个小门儿，关得甚紧；即从门缝儿里钻去看时，原是个大园子，隐隐的听得悲声，径飞入深处，但见一丛大树，树底下绑着两个人，一个正是唐僧。行者见了，心痒难挠，忍不住，现了本相，近前叫声『师父。』那长老认得，滴泪道：『悟空，你来了？快救我一救！悟空！悟空！』行者道：『师父莫只管叫名字：面前有人，怕走了风汛。你既有命，我可救得你。那怪只说已将你吃了，拿个假人头哄我，我们与他恨苦相持。师父放心，且再熬熬儿，等我把那妖精弄倒，方好来解救。』

大圣念声咒语，却又摇身还变做个蚂蚁儿，复入中堂，丁在正梁之上。只见那些未伤命的小妖，簇簇攒攒，纷纷嚷嚷。内中忽跳出一个小妖，告道：『大王，他们见堵了门，攻打不开，死心塌地，舍了唐僧，将假人头弄做个坟墓。今日哭一日，明日再哭一日，后日复了三，好道回去。打听得他们散了啊，把唐僧拿出来，碎劖碎剁，把些大料煎了，香喷喷的大家吃一块儿，也得个延年长寿。』又一个小妖拍着手道：『莫说，莫说，还是蒸了吃的有味。』又一个说：『煮了吃，还省柴。』又一个道：『他本是个稀奇之物，还着些盐儿腌腌，吃得长久。』

行者在那梁中听见，心中大怒道：『我师父与你有甚毒情，这般算计吃他！』即将毫毛拔了一把，口中嚼碎，轻轻吹出，暗念咒语，都教变做瞌睡虫儿，往那众妖脸上抛去。一个个钻入鼻中，小妖渐渐打盹，不一时，都睡倒了。只有那个老妖睡不稳，他两只手揉头搓脸，不住的打涕喷，捏鼻子。行者道：『莫是他晓得了？与他个双揲灯！』又拔一根毫毛，依母儿做了，抛在他脸上，钻于鼻孔内。两个虫儿，一个从左进，一个从右入。那老妖趴起来，伸伸腰，打两个呵欠，呼呼的也睡倒了。

行者暗喜，才跳下来，现出本相。耳朵里取出棒来，幌一幌，有鸭蛋粗细，当的一声，把旁门打破，跑至后园，高叫：『师父！』长老道：『徒弟，快来解解绳儿；绑坏我了！』行者道：『师父不要忙，等我打杀妖精，再来解你。』急抽身跑至中堂。正举棍要打，又滞住手道：『不好！等解了师父来打。』复至园中，又思量道：『等打了来救。』如此者两三番，却才跳跳舞舞的到园里。长老见了，悲中作喜道：『猴儿，想是看见我不曾伤命，所以欢喜得没是处，故这等作跳舞也？』行者才至前，将绳解了，挽着师父就走。又听得对面树上绑的人叫道：『老爷舍大慈悲，也救我一命！』长老立定身，叫：『悟空，那个人也解他一解。』行者道：『他是甚么人？』长老道：『他比我先拿进一日。他是个樵子，说有母亲年老，甚是思想，倒是个尽孝的。一发连他都救了罢。』

行者依言，也解了绳索，一同带出后门，𧿹上石崖，过了陡涧。长老谢道：『贤徒，亏你救了他与我命！悟能、悟净都在何处？』行者道：『他两个都在那里哭你哩。你可叫他一声。』长老果厉声高叫道：『八戒！八戒！』那呆子哭得昏头昏脑的，揩揩鼻涕眼泪道：『沙和尚，师父回家来显魂哩！在那里叫我们不是？』行者上前，喝了一声道：『夯货！显甚么魂？这不是师父来了？』那沙僧抬头见了，忙忙跪在面前道：『师父，你受了多少苦啊！哥哥怎生救得你来也？』行者把上项事说了一遍。

八戒闻言，咬牙恨齿，忍不住举起钯把那坟冢，一顿筑倒，掘出那人头，一顿筑得稀烂。唐僧道：『你筑他为何？』八戒道：『师父啊，不知他是那家的亡人，教我朝着他哭！』长老道：『亏他救了我命哩。你兄弟们打上他门，嚷着要我，想是拿他来搪塞；不然啊，就杀了我也。还把他埋一埋，见我们出家人之意。』那呆子听长老此言，遂将一包稀烂骨肉埋下，也扛起个坟墓。

行者却笑道：『师父，你请略坐坐，等我剿除去来。』即又跳下石崖，过涧入洞，把那绑唐僧与樵子的绳索拿入中堂，那老妖还睡着了，即将他四马攒蹄捆倒，使金箍棒掬起来，握在肩上，径出后门。猪八戒远远的望见道：『哥哥好干这握头事！再寻一个儿趁头挑着不好？』行者到跟前放下，八戒举钯就筑。行者道：『且住！洞里还有小妖

怪，未拿哩。』八戒道：『哥啊，有便带我进去打他。』行者道：『打又费工夫了，不若寻些柴，教他断根罢。』

那樵子闻言，即引八戒去东凹里寻了些破梢竹、败叶松、空心柳、断根藤、黄蒿、老荻、芦苇、干桑，挑了若干，送入后门里。行者点上火，八戒两耳扇起风。那大圣将身跳上，抖一抖，收了瞌睡虫的毫毛。那些小妖及醒来，烟火齐着。可怜！莫想有半个得命。连洞府烧得精空，却回见师父。师父听见老妖方醒声唤，便叫：『徒弟，妖精醒了。』八戒上前一钯，把老怪筑死，现出本相，原来是个艾叶花皮豹子精。行者道：『花皮会吃老虎，如今又会变人。这顿打死，才绝了后患也！』长老谢之不尽，攀鞍上马。那樵子道：『老爷，向西南去不远，就是舍下。请老爷到舍，见见家母，叩谢老爷活命之恩，送老爷上路。』

长老欣然，遂不骑马，与樵子并四众同行。向西南迤逦前来，不多路，果见那：

石径重漫苔藓，柴门篷络藤花。
四面山光连接，一林鸟雀喧哗。
密密松篁交翠，纷纷异卉奇葩。
地僻云深之处，竹篱茅舍人家。

远见一个老妪，倚着柴扉，眼泪汪汪的，儿天儿地的痛哭。这樵子看见是他母亲，丢了长老，急忙忙先跑到柴扉前，跪下叫道：『母亲！儿来也！』老妪一把抱住道：『儿啊！你这几日不来家，我只说是山主拿你去，害了性命，是我心疼难忍。你既不曾被害，何以今日才来？你绳担、柯斧俱在何处？』樵子叩头道：『母亲，儿已被山主拿去，绑在树上，实是难得性命。幸亏这几位老爷！这老爷是东土唐朝往西天取经的罗汉。那老爷倒也被山主拿去绑在树上。他那三位徒弟老爷，神通广大，把山主一顿打死，却是个艾叶花皮豹子精；概众小妖，俱尽烧死，却将那老老爷解下救出，连孩儿都解救出来。此诚天高地厚之恩！不是他们，孩儿也死无疑了。如今山上太平，孩儿彻夜行走，也无事矣。』

那老妪听言，一步一拜，拜接长老四众，都入柴扉茅舍中坐下。娘儿两个磕头称谢不尽，慌慌忙忙的，安排些素斋酬谢。八戒道：『樵哥，我见你府上也寒薄，只可将就一饭，切莫费心大摆布。』樵子道：『不瞒老爷说。我这山间实是寒薄，没甚么香蕈、蘑菰、川椒、大料，只是几品野菜奉献老爷，权表寸心。』八戒笑道：『聒噪，聒噪。放快些儿就是。我们肚中饥了。』樵子道：『就有，就有！』果然不多时，展抹桌凳，摆将上来。果是几盘野菜。但见那：

嫩焯黄花菜，酸虀白鼓丁。浮蔷马齿苋，江荠雁肠英。燕子不来香且嫩，芽儿拳小脆还青。烂煮马蓝头，白

## 金公施法灭妖邪

那樵子闻言，即引八戒去东凹里寻了些破梢竹、败叶松、空心柳、断根藤、黄蒿、老荻、芦苇、干桑，挑了若干，送入后门里。行者点上火，八戒两耳扇起风。那大圣将身跳上，抖一抖，收了瞌睡虫的毫毛。那些小妖及醒来，烟火齐着。可怜！莫想有半个得命。连洞府烧得精空，却回见师父。

爊狗脚迹。猫耳朵，野落荜，灰条熟烂能中吃；剪刀股，牛塘利，倒灌窝螺操帚荠。碎米荠，莴菜荠，几品青香又滑腻。油炒乌英花，菱科甚可夸；蒲根菜并茭儿菜，四般近水实清华。看麦娘，娇且佳；破破纳，不穿他，苦麻台下藩篱架。雀儿绵单，猢狲脚迹，油灼灼煎来只好吃。斜蒿青蒿抱娘蒿，灯娥儿飞上板荞荞。羊耳秃，枸杞头，加上乌蓝不用油。几般野菜一餐饭，樵子虔心为谢酬。

师徒们饱餐一顿，收拾起程。那樵子不敢久留，请母亲出来，再拜，再谢。樵子只是磕头，取了一条枣木棍，结束了衣裙，出门相送。沙僧牵马，八戒挑担，行者紧随左右，长老在马上拱手道：『樵哥，烦先引路，到大路上相别。』一齐登高下坂，转涧寻坡。长老在马上思量道：『徒弟啊！

自从别主来西域，递递迢迢去路遥。

水水山山灾不脱，妖妖怪怪命难逃。

心心只为经三藏，念念仍求上九霄。

碌碌劳劳何日了，几时行满转唐朝！』

樵子闻言道：『老爷切莫忧思。这条大路，向西方不满千里，就是天竺国，极乐之乡也。』长老闻言，翻身下马道：『有劳远涉。既是大路，请樵哥回府，多多拜上令堂老安人：适间厚扰盛斋，贫僧无甚相谢，只是早晚诵经，保佑你母子平安，百年长寿。』那樵子喏喏相辞，复回本路。师徒遂一直投西。正是：

降怪解冤离苦厄，受恩上路用心行。

毕竟不知还有几日得到西天，且听下回分解。

### 凤仙郡冒天止雨

四天师即引行者至披香殿里看时，见有一座米山，约有十丈高下；一座面山，约有二十丈高下。米山边有一只拳大之鸡，在那里紧一嘴，慢一嘴，嗛那米吃。面山边有一只金毛哈巴狗儿，在那里长一舌、短一舌的餂那面吃。

## 第八十七回 凤仙郡冒天止雨 孙大圣劝善施霖

大道幽深，如何消息，说破鬼神惊骇。挟藏宇宙，剖判玄光，真乐世间无赛。灵鹫峰前，宝珠拈出，明映五般光彩。照乾坤上下群生，知者寿同山海。

却说三藏师徒四众，别樵子下了隐雾山，奔上大路。行经数日，忽见一座城池相近。三藏道：『悟空，你看那前面城池，可是天竺国么？』行者摇手道：『不是，不是！如来处虽称极乐，却没有城池，乃是一座大山，山中有楼台殿阁，唤做灵山大雷音寺。就到了天竺国，也不是如来住处。天竺国还不知离灵山有多少路哩。那城想是天竺之外郡。到边前方知明白。』

不一时至城外。三藏下马，入到三层门里，见那民事荒凉，街衢冷落。又到市口之间，见许多穿青衣者，左右摆列，有几个冠带者，立于房檐之下。他四众顺街行走，那些人更不逊避。猪八戒村愚，把长嘴掬一掬，叫道：『让路，让路！』那些人猛抬头，看见模样，一个个骨软筋麻，跌跌蹡蹡，都道：『妖精来了！妖精来了！』唬得那檐下冠带者，战兢兢躬身问道：『那方来者？』三藏恐他们闯祸，一力当先，对众道：『贫僧乃东土大唐驾下拜天竺国大雷音寺佛祖求经者。路过宝方，一则不知地名，二则未落人家，才进城甚失回避，望列公恕罪。』那官人却才施礼道：『此处乃天竺外郡，地名凤仙郡。连年干旱，郡侯差我等在此出榜，招求法师祈雨救民也。』行者闻言道：『你的榜文何在？』众官道：『榜文在此，适间才打扫廊檐，还未张挂。』行者道：『拿来我看看。』众官即将榜文展开，挂在檐下。行者四众上前同看。榜上写着：

大天竺国凤仙郡郡侯上官，为榜聘明师，招求大法事。兹因郡土宽弘，军民殷实，连年亢旱，累岁干荒。民田菑而军地薄，河道浅而沟浍空。井中无水，泉底无津。富室聊以全生，穷民难以活命。斗粟百金之价，束薪五两之资。十岁女易米三升，五岁男随人带去。城中惧法，典衣当物以存身；乡下欺公，打劫吃人而顾命。为此出给榜文，仰望十方贤哲，祷雨救民，恩当重报。愿以千金奉谢，决不虚言。须至榜者。

行者看罢，对众官道：『「郡侯上官」何也？』众官道：『上官乃是姓。此我郡侯之姓也。』行者笑道：『此姓却少。』八戒道：『哥哥不曾读书。《百家姓》后有一句「上官欧阳」。』三藏道：『徒弟们，且休闲讲。那个会求雨，与他求一场甘雨，以济民瘼，此乃万善之事；如不会，就行，莫误了走路。』行者道：『祈雨有甚难事！我老孙翻江搅海，换斗移星，踢天弄井，吐雾喷云，担山赶月，唤雨呼风：那一件儿不是幼年耍子的勾当？何为稀罕！』

众官听说，着两个急去郡中报道：『老爷，万千之喜至也！』那郡侯正焚香默祝，听得报声喜至，即问：『何喜？』那官道：『今日领榜，方至市口张挂，即有四个和尚，称是东土大唐差往天竺国大雷音拜佛求经者，见榜即道能祈甘雨，特来报知。』

那郡侯即整衣步行，不用轿马多人，径至市口，以礼敦请。忽有人报道：『郡侯老爷来了。』众人闪过。那郡侯一见唐僧，不怕他徒弟丑恶，当街心倒身下拜道：『下官乃凤仙郡郡侯上官氏，熏沐拜请老师祈雨救民。望师大舍慈悲，运神功，拔济拔济！』三藏答礼道：『此间不是讲话处。待贫僧到那寺观，却好行事。』郡侯道：『老师同到小衙，自有洁净之处。』

师徒们遂牵马挑担，径至府中，一一相见。郡侯即命看茶摆斋。少顷斋至，那八戒放量舌餐，如同饿虎。唬得那些捧盘的心惊胆战，一往一来，添汤添饭，就如走马灯儿一般，刚刚供上，直吃得饱满方休。斋毕，唐僧谢了斋，却问：『郡侯大人，贵处干旱几时了？』郡侯道：

『敝地大邦天竺国，凤仙外郡吾司牧。
一连三载遇干荒，草子不生绝五谷。
大小人家买卖难，十门九户俱啼哭。
三停饿死二停人，一停还似风中烛。
下官出榜遍求贤，幸遇真僧来我国。
若施寸雨济黎民，愿奉千金酬厚德！』

行者听说，满面喜生，呵呵的笑道：『莫说，莫说！若说千金为谢，半点甘雨全无。但论积功累德，老孙送你一场大雨。』那郡侯原来十分清正贤良，爱民心重，即请行者上坐，低头下拜道：『老师果舍慈悲，下官必不敢悖德。』行者道：『且莫讲话，请起。但烦你好生看着我师父，等老孙行事。』沙僧道：『哥哥，怎么行事？』行者道：『你和八戒过来，就在他这堂下随着我做个羽翼，等老孙唤龙来行雨。』八戒、沙僧谨依使令。三个人都在堂下。郡侯焚香礼拜。三藏坐着念经。

行者念动真言，诵动咒语，即时见正东上，一朵乌云，渐渐落至堂前，乃是东海老龙王敖广。那敖广收了云脚，化作人形，走向前，对行者躬身施礼道：『大圣唤小龙来，那方使用？』行者道：『请起。累你远来，别无甚事；此间乃凤仙郡，连年干旱，问你如何不来下雨？』老龙道：『启上大圣得知，我虽能行雨，乃上天遣用之辈。上天不差，岂敢擅自来此行雨？』行者道：『我因路过此方，见久旱民苦，特着你来此施雨救济，如何推托？』龙王道：『岂敢推托？但大圣念真言呼唤，不敢不来。一则未奉上天御旨，二则未曾带得行雨神将，怎么动得雨部？大圣既有拔济之心，容小龙回海点兵，烦大圣到天宫奏准，请一道降雨的圣旨，请水官放出龙来，我却好照旨意数目下雨。』

行者见他说出理来，只得发放老龙回海。他即跳出罡斗，对唐僧备言龙王之事。唐僧道：『既然如此，你去为之，切莫打诳语。』行者即吩咐八戒、沙僧：『保着师父，我上天宫去也。』好大圣，说声去，寂然不见。那郡侯胆战心惊道：『孙老爷那里去了？』八戒笑道：『驾云上天去了。』郡侯十分恭敬，传出飞报，教满城大街小巷，不拘公卿士庶，军民人等，家家供养龙王牌位，门设清水缸，缸插杨柳枝，侍奉香火，拜天不题。

却说行者一驾筋斗云，径到西天门外，早见护国天王引天丁、力士上前迎接道：『大圣，取经之事完乎？』行者道：『也差不远矣。今行至天竺国界，有一外郡，名凤仙郡。彼处三年不雨，民甚艰苦，老孙欲祈雨拯救。呼得龙王到彼，他言无旨，不敢私自为之。特来朝见玉帝请旨。』天王道：『那壁厢敢是不该下雨哩。我向时闻得说：那郡侯撒泼，冒犯天地，上帝见罪，立有米山、面山、黄金大锁；直等此三事倒断，才该下雨。』行者不知此意是何，要见玉帝。天王不敢拦阻，让他进去。

径至通明殿外，又见四大天师迎道：『大圣到此何干？』行者道：『因保唐僧，路至天竺国界，凤仙郡无雨，郡侯召师祈雨。老孙呼得龙王，意命降雨，他说未奉玉帝旨意，不敢擅行，特来求旨，以苏民困。』四大天师道：『那方不该下雨。』行者笑道：『该与不该，烦为引奏引奏，看老孙的人情何如。』葛仙翁道：『俗语云：「苍蝇包网儿——好大面皮！」』许旌阳道：『不要乱谈，且只带他进去。』邱洪济、张道陵与葛、许四真人引至灵霄殿下，启奏道：『万岁，有孙悟空路至天竺国凤仙郡，欲与求雨，特来请旨。』玉帝道：『那厮三年前十二月二十五日，朕出行监观万天，浮游三界，驾至他方，见那上官正不仁，将斋天素供，推倒喂狗，口出秽言，造有冒犯之罪，朕即立以三事，在于披香殿内。汝等引孙悟空去看。若三事倒断，即降旨与他；如不倒断，且休管闲事。』

四天师即引行者至披香殿里看时，见有一座米山，约有十丈高下；一座面山，约有二十丈高下。米山边有一只拳大之鸡，在那里紧一嘴，慢一嘴，嗛那米吃。面山边有一只金毛哈巴狗儿，在那里长一舌、短一舌的餂那面吃。左边悬一座铁架子，架上挂一把金锁，约有一尺三四寸长短，锁梃有指头粗细，下面有一盏明灯，灯焰儿燎着那锁梃。行者不知其意，回头问天师曰：『此何意也？』天师道：『那厮触犯了上天，玉帝立此三事，直等鸡嗛了米尽，狗餂得面尽，灯焰燎断锁梃，那方才该下雨哩。』

行者闻言，大惊失色，再不敢启奏。走出殿，满面含羞。四大天师笑道：『大圣不必烦恼，这事只宜作善可解。若有一念善慈，惊动上天，那米、面山即时就倒，锁梃即时就断。你去劝他归善，福自来矣。』行者依言，不上灵霄辞玉帝，径来下界复凡夫。须臾，到西天门，又见护国天王。天王道：『请旨如何？』行者将米山、面山、金锁之事说了一遍，道：『果依你言，不肯传旨。适间天师送我，教劝那厮归善，即福原也。』遂相别，降云下界。

那郡侯同三藏、八戒、沙僧、大小官员人等接着，都簇簇攒攒来问。行者将郡侯喝了一声道：『只因你这厮三年前十二月二十五日冒犯了天地，致令黎民有难，如今不肯降雨！』郡侯慌得跪伏在地道：『老师如何得知三年前事？』行者道：『你把那斋天的素供，怎么推倒喂狗？可实实说来！』

那郡侯不敢隐瞒，道：『三年前十二月二十五日，献供斋天，在于本衙之内，因妻不贤，恶言相斗，一时怒发无知，推倒供桌，泼了素馔，果是唤狗来吃了。这两年忆念在心，神思恍惚，无处可以解释。不知上天见罪，遗害黎民。今遇老师降临，万望明示，上界怎么样计较。』

行者道：『那一日正是玉皇下界之日。见你将斋供喂狗，又口出秽言，玉帝即立三事记汝。』八戒问道：『哥，是那三事？』行者道：『披香殿立一座米山，约有十丈高下；一座面山，约有二十丈高下。米山边有拳大的一只小鸡，在那里紧一嘴、慢一嘴的嗛那米吃；面山边有一个金毛哈巴狗儿，在那里长一舌，短一舌的餂那面吃。左边又一座铁架子，架上挂一把黄金大锁，锁梃儿有指头粗细，下面有一盏明灯，灯焰儿燎着那锁梃。直等那鸡嗛米尽，狗餂面尽，灯燎断锁梃，他这里方才该下雨哩。』八戒笑道：『不打紧！不打紧！哥肯带我去，变出法身来，一顿把他的米面都吃了，锁梃弄断了，管取下雨。』行者道：『呆子莫胡说！此乃上天所设之计，你怎么得见？』三藏道：『似这等说，怎生是好？』行者道：『不难，不难。我临行时，四天师曾对我言，但只作善可解。』那郡侯拜伏在地，哀告道：『但凭老师指教，下官一一皈依也。』行者道：『你若回心向善，趁早儿念佛看经，我还替你作为；汝若仍前不改，我亦不能解释，不久天即诛之，性命不能保矣。』

那郡侯磕头礼拜，誓愿皈依。当时召请本处僧道，启建道场，各各写发文书，申奏三天。郡侯领众拈香瞻拜，答天谢地，引罪自责。三藏也与他念经。一壁厢又出飞报，教城里城外大家小户，不论男女人等，都要烧香念佛。自此时，一片善声盈耳。

行者却才欢喜。对八戒、沙僧道：『你两个好生护持师父，等老孙再与他去去来。』八戒道：『哥哥，又往那里去？』行者道：『这郡侯听信老孙之言，果然受教，恭敬善慈，诚心念佛，我这去再奏玉帝，求些雨来。』沙僧道：『哥哥既要去，不必迟疑，且耽搁我们行路，必求雨一坛，庶成我们之正果也。』

好大圣，又纵云头，直至天门外。还遇着护国天王。天王道：『你今又来做甚？』行者道：『那郡侯已归善矣。』天王亦喜。正说处，早见直符使者，捧定了道家文书，僧家关牒，到天门外传递。那符使见了行者，施礼道：『此意乃大圣劝善之功。』行者道：『你将此文牒送去何处？』符使道：『直送至通明殿上，与天师传递到玉皇大天尊前。』行者道：『如此，你先行，我当随后而去。』那符使入天门去了。护国天王道：『大圣，不消见玉帝了。你只往九天应元府下，借点雷神，径自声雷掣电，还他就有雨下也。』

凤仙郡冒天止雨

孙大圣劝善施霖

那郡侯即整衣步行，不用轿马多人，径至市口，以礼敦请。忽有人报道：『郡侯老爷来了。』众人闪过。那郡侯一见唐僧，不怕他徒弟丑恶，当街心倒身下拜道：『下官乃凤仙郡郡侯上官氏，熏沐拜请老师祈雨救民。望师大舍慈悲，运神功，拔济拔济！』

真个行者依言，入天门里，不上灵霄殿求请旨意，转云步，径往九天应元府，见那雷门使者、纠录典者、廉访典者都来迎着，施礼道：『大圣何来？』行者道：『有事要见天尊。』三使者即为传奏。天尊随下九凤丹霞之扆，整衣出迎。相见礼毕，行者道：『有一事特来奉求。』天尊道：『何事？』行者道：『我因保唐僧，至凤仙郡，见那干旱之甚，已许他求雨，特来告借贵部官将到彼声雷。』天尊道：『我知那郡侯冒犯上天，立有三事，不知可该下雨哩。』行者笑道：『我昨日已见玉帝请旨。玉帝着天师引我去披香殿看那三事，乃是米山、面山、金锁。只要三事倒断，方该下雨。我愁难得倒断，天师教我劝化郡侯等众作善，以为「人有善念，天必从之」，庶几可以回天心，解灾难也。今已善念顿生，善声盈耳。适间直符使者已将改行从善的文牒奏上玉帝去了，老孙因特造尊府，告借雷部官将相助相助。』天尊道：『既如此，差邓、辛、张、陶，帅领闪电娘子，即随大圣下降凤仙郡声雷。』

那四将同大圣，不多时，至于凤仙境界。即于半空中作起法来。只听得唿鲁鲁的雷声，又见那淅沥沥的闪电。真个是：

电掣紫金蛇，雷轰群蛰哄。荧煌飞火光，霹雳崩山洞。列缺满天明，震惊连地纵。红销一闪发萌芽，万里江山都撼动。

那凤仙郡，城里城外，大小官员，军民人等，整三年不曾听见雷电；今日见有雷声霍闪，一齐跪下，头顶着香炉，有的手拈着柳枝，都念：『南无阿弥陀佛！南无阿弥陀佛！』这一声善念，果然惊动上天。正是那古诗云：

『人心生一念，天地悉皆知。
善恶若无报，乾坤必有私。』

且不说孙大圣指挥雷将，掣电轰雷于凤仙郡，人人归善。却说那上界直符使者，将僧道两家的文牒，送至通明殿，四天师传奏灵霄殿。玉帝见了道：『那厮们既有善念，看三事如何。』正说处，忽有披香殿看管的将官报道：『所立米面山俱倒了。霎时间米面皆无。锁梃亦断。』奏未毕，又有当驾天官引凤仙郡土地、城隍、社令等神齐来拜奏道：『本郡郡主并满城大小黎庶之家，无一家一人不皈依善果，礼佛敬天。今启垂慈，普降甘雨，救济黎民。』玉帝闻言大喜，即传旨：『着风部、云部、雨部，各遵号令，去下方，按凤仙郡界，即于今日今时，声雷布云，降雨三尺零四十二点。』时有四大天师奉旨，传与各部随时下界，各逞神威，一齐振作。

行者正与邓、辛、张、陶，令闪电娘子在空中调弄，只见众神都到，合会一天。那其间风云际会，甘雨滂沱。好雨：

漠漠浓云，蒙蒙黑雾。雷车轰轰，闪电灼灼。滚滚狂风，淙淙骤雨。所谓一念回天，万民满望。全亏大圣施元运，万里江山处处阴。好雨倾河倒海，蔽野迷空。檐前垂瀑布，窗外响玲珑。万户千门人念佛，六街三市水流洪。东西河道条条满，南北溪湾处处通。槁苗得润，枯木回生。田畴麻麦盛，村堡豆粮升。客旅喜通贩卖，农夫爱尔耘耕。从今黍稷多条畅，自然稼穑得丰登。风调雨顺民安乐，海晏河清享太平。

一日雨下足了三尺零四十二点，众神祇渐渐收回。孙大圣厉声高叫道：『那四位众神，且暂停云从，待老孙去叫郡侯拜谢列位。列位可拨开云雾，各现真身，与这凡夫亲眼看看，他才信心供奉也。』众神听说，只得都停在空中。

这行者按落云头，径至郡里。早见三藏、八戒、沙僧，都来迎接。那郡侯一步一拜来谢。行者道：『且慢谢我。我已留住四部神祇，你可传召多人同此拜谢，教他向后好来降雨。』郡侯随传飞报，召众同酬，都一个个拈香朝拜。只见那四部神祇，开明云雾，各现真身。四部者，乃雨部、雷部、云部、风部。只见那：

龙王显象，雷将舒身。云童出现，风伯垂真。龙王显象，银须苍貌世无双；雷将舒身，钩嘴威颜诚莫比。云

童出现，谁如玉面金冠；风伯垂真，曾似燥眉环眼。齐齐显露青霄上，各各挨排现圣仪。凤仙郡界人才信，顶礼拈香恶性回。今日仰朝天上将，洗心向善尽皈依。

众神祇宁待了一个时辰，人民拜之不已。孙行者又起在云端，对众作礼道：『有劳，有劳！请列位各归本部。老孙还教郡界中人家，供养高真，遇时节醮谢。列位从此后，五日一风，十日一雨，还来拯救拯救。』众神依言，各各转部不题。

却说大圣坠落云头，与三藏道：『事毕民安，可收拾走路矣。』那郡侯闻言，急忙行礼道：『孙老爷说那里话！今此一场，乃无量无边之恩德。下官这里差人办备小宴，奉答厚恩。仍买治民间田地，与老爷起建寺院，立老爷生祠，勒碑刻名，四时享祀。虽刻骨镂心，难报万一，怎么就说走路的话！』三藏道：『大人之言虽当，但我等乃西方挂搭行脚之僧，不敢久住。一二日间，定走无疑。』那郡侯那里肯放。连夜差多人治办酒席，起盖祠宇。

次日，大开佳宴，请唐僧高坐；孙大圣与八戒、沙僧列坐。郡侯同本郡大小官员部臣把杯献馔，细吹细打，款待了一日。这场果是欣然。有诗为证：

田畴久旱逢甘雨，河道经商处处通。
深感神僧来郡界，多蒙大圣上天宫。
解除三事从前恶，一念皈依善果弘。
此后愿如尧舜世，五风十雨万年丰。

一日筵，二日宴；今日酬，明日谢；扳留将有半月，只等寺院生祠完备。一日，郡侯请四众往观。唐僧惊讶道：『功程浩大，何成之如此速耶？』郡侯道：『下官催趱人工，昼夜不息，急急命完，特请列位老爷看看。』行者笑道：『果是贤才能干的好贤侯也！』即时都到新寺。见那殿阁巍峨，山门壮丽，俱称赞不已。行者请师父留一寺名。三藏道：『有，留名当唤做「甘霖普济寺」。』郡侯称道：『甚好，甚好！』用金贴广招僧众，侍奉香火。殿左边立起四众生祠，每年四时祭祀；又起盖雷神、龙神等庙，以答神功。看毕，即命趱行。那一郡人民，知久留不住，各备赆仪，分文不受。因此，合郡官员人等，盛张鼓乐，大展旌幢，送有三十里远近，犹不忍别，遂掩泪目送，直至望不见方回。这正是：

硕德神僧留普济，齐天大圣广施恩。

毕竟不知此去还有几日方见如来，且听下回分解。

### 禅到玉华施法会

他三个各逞雄才，使了一路，按下祥云，把兵器收了。到唐僧面前问讯，谢了师恩，各各坐下不题。那三个小王子，急回宫里，告奏老王道：『父王万千之喜！今有莫大之功也！适才可曾看见半空中舞弄么？』老王道：『我才见半空霞彩，就于宫院内同你母亲等众焚香启拜，更不知是那里神仙降聚也。』

## 第八十八回　禅到玉华施法会　心猿木母授门人

话说唐僧喜喜欢欢别了郡侯，在马上向行者道：『贤徒，这一场善果，真胜似比丘国搭救儿童，皆尔之功也。』沙僧道：『比丘国只救得一千一百一十一个小儿，怎似这场大雨，滂沱浸润，活够者万万千千性命！弟子也暗自称赞大师兄的法力通天，慈恩盖地也。』八戒笑道：『哥的恩也有，善也有，却只是外施仁义，内包祸心。但与老猪走，就要作践人。』行者道：『我在那里作践你？』八戒道：『也够了，也够了！常照顾我捆，照顾我吊，照顾我煮，照顾我蒸！今在凤仙郡施了恩惠与万万之人，就该住上半年，带挈我吃几顿自在饱饭，却只管催趱行路！』长老闻言，喝道：『这个呆子，怎么只思量掳嘴！快走路，再莫斗口！』八戒不敢言，掬掬嘴，挑着行囊，打着哈哈，师徒们奔上大路。此时光景如梭，又值深秋之候。但见：

水痕收，山骨瘦。红叶纷飞，黄花时候。霜晴觉夜长，月白穿窗透。家家烟火夕阳多，处处湖光寒水溜。白蘋香，红蓼茂。桔绿橙黄，柳衰谷秀。荒村雁落碎芦花，野店鸡声收菽豆。

四众行够多时，又见城垣影影。长老举鞭遥指叫：『悟空，你看那里又有一座城池，却不知是甚去处。』行者道：『你我俱未曾到，何以知之？且行至边前问人。』说不了，忽见树丛里走出一个老者，手持竹杖，身着轻衣，足踏一对棕鞋，腰束一条扁带，慌得唐僧滚鞍下马，上前道个问讯。那老者扶杖还礼道：『长老那方来的？』唐僧合掌道：『贫僧东土唐朝差往雷音拜佛求经者。今至宝方，遥望城垣，不知是甚去处，特问老施主指教。』那老者闻言，口称：『有道禅师，我这敝处，乃天竺国下郡，地名玉华县。县中城主，就是天竺皇帝之宗室，封为玉华王。此王甚贤，专敬僧道，重爱黎民。老禅师若去相见，必有重敬。』三藏谢了。那老者径穿树林而去。

三藏才转身对徒弟备言前事。他三人欣喜，扶师父上马。三藏道：『没多路，不须乘马。』四众遂步至城边街道观看。原来那关厢人家，做买做卖的，人烟凑集，生意亦甚茂盛。观其声音相貌，与中华无异。三藏吩咐：『徒弟们谨慎。切不可放肆。』那八戒低了头，沙僧掩着脸，惟孙行者搀着师父。两边人都来争看，齐声叫道：『我这里只有降龙伏虎的高僧，不曾见降猪伏猴的和尚。』八戒忍不住，把嘴一掬道：『你们可曾看见降猪王的和尚？』唬得满街上人，跌跌蹡蹡，都往两边闪过。行者笑道：『呆子，快藏了嘴，莫装扮。仔细脚下过桥。』那呆子低着头，只是笑。过了吊桥，入城门内，又见那大街上酒楼歌馆，热闹繁华。果然是神州都邑。有诗为证，诗曰：

锦城铁瓮万年坚，临水依山色色鲜。
百货通湖船入市，千家沽酒店垂帘。

楼台处处人烟广，巷陌朝朝客贾喧。
不亚长安风景好，鸡鸣犬吠亦般般。

三藏心中暗喜道：『人言西域诸番，更不曾到此。细观此景，与我大唐何异！所为极乐世界，诚此之谓也。』又听得人说，白米四钱一石，麻油八厘一斤，真是五谷丰登之处。

行够多时，方到玉华王府。府门左右，有长史府、审理厅、典膳所、待客馆。三藏道：『徒弟，此间是府，等我进去，朝王验牒而行。』八戒道：『师父进去，我们可好在衙门前站立？』三藏道：『你不看这门上是「待客馆」三字！你们都去那里坐下，看有草料，买些喂马。我见了王，倘或赐斋，便来唤你等同享。』行者道：『师父放心前去。老孙自当理会。』那沙僧把行李挑至馆中。馆中有看馆的人役，见他们面貌丑陋，也不敢问他，也不敢教他出去，只得让他坐下不题。

却说老师父换了衣帽，拿了关文，径至王府前。早见引礼官迎着问道：『长老何来？』三藏道：『东土大唐差来大雷音拜佛祖求经之僧，今到贵地，欲倒换关文，特来朝参千岁。』引礼官即为传奏。那王子果然贤达，即传旨召进。

三藏至殿下施礼。王子即请上殿赐坐。三藏将关文献上。王子看了，又见有各国印信手押，也就欣然将宝印了，押了花字，收折在案；问道：『国师长老，自你那大唐至此，历遍诸邦，共有几多路程？』三藏道：『贫僧也未记程途。但先年蒙观音菩萨在我王御前显身，曾留了颂子，言西方十万八千里。贫僧在路，已经过一十四遍寒暑矣。』王子笑道：『十四遍寒暑，即十四年了。想是途中有甚耽搁。』三藏道：『一言难尽！万蛰千魔，也不知受了多少苦楚，才到得宝方！』那王子十分欢喜。即着典膳官备素斋管待。三藏：『启上殿下，贫僧有三个小徒，在外等候，不敢领斋，但恐迟误行程。』王子教：『当殿官，快去请长老三位徒弟，进府同斋。』

当殿官随出外相请。都道：『未曾见，未曾见。』有跟随的人道『待客馆中坐着三个丑貌和尚，想必是也。』当殿官同众至馆中，即问看馆的道：『那个是大唐取经僧的高徒？我主有旨，请吃斋也。』八戒正坐打盹，听见一个『斋』字，忍不住，跳起身来答道：『我们是，我们是。』当殿官一见了，魂飞魄丧，都战战的道：『是个猪魈，猪魈！』行者听见，一把扯住八戒道：『兄弟，放斯文些，莫撒村野。』那众官见了行者，又道：『是个猴精，猴精！』沙僧拱手道：『列位休得惊恐。我三人都是唐僧的徒弟。』众官见了，又道：『灶君，灶君！』孙行者即教八戒牵马，沙僧挑担，同众入玉华王府。当殿官先入启知。

那王子举目见那等丑恶，却也心中害怕。三藏合掌道：『千岁放心。顽徒虽是貌丑，却都心良。』八戒朝上唱个喏道：『贫僧问讯了。』王子愈觉心惊。三藏道：『顽徒都是山野中收来的，不会行礼，万望赦罪。』王子奈着惊恐，教典膳官请众僧官去暴纱亭吃斋。

三藏谢了恩，辞王下殿，同至亭内，埋怨八戒道：『你这夯货，全不知一毫礼体！索性不开口，便也罢了；怎么那般粗鲁！一句话，足足冲倒泰山！』行者笑道：『还是我不唱喏的好，也省些力气。』沙僧道：『他唱喏又不等齐，预先就抒着个嘴吆喝。』八戒道：『活淘气！活淘气！师父前日教我，见人打个问讯儿是礼；今日打问讯，又说不好，教我怎的干么！』三藏道：『我教你见了人打个问讯，不曾教你见王子就此歪缠！常言道：「物有几等物，人有几等人。」如何不分个贵贱？』正说处，见那典膳官带领人役，调开桌椅，摆上斋来。师徒们却不言语，各各吃斋。

却说那王子退殿进宫，宫中有三个小王子，见他面容改色，即问道：『父王今日为何有此惊恐？』王子道：『适

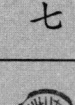

才有东土大唐差来拜佛取经的一个和尚，倒换关文，却一表非凡。我留他吃斋，他说有徒弟在府前，我即命请。少时进来，见我不行大礼，打个问讯，我已不快。及抬头看时，一个个丑似妖魔，心中不觉惊骇，故此面容改色。』原来那三个小王子比众不同，一个个好武好强，便就伸拳掳袖道：『莫敢是那山里走来的妖精，假装人象；待我们拿兵器出去看来！』

好王子，大的个拿一条齐眉棍，第二个轮一把九齿钯，第三个使一根乌油黑棒子，雄纠纠，气昂昂的，走出王府。吆喝道：『甚么取经的和尚！在那里？』时有典膳官员人等跪下道：『小王，他们在这暴纱亭吃斋哩。』小王子不分好歹，闯将进去，喝道：『汝等是人是怪，快早说来，饶你性命！』唬得三藏面容失色，丢下饭碗，躬着身道：『贫僧乃唐朝来取经者。人也，非怪也。』小王子道：『你便还象个人，那三个丑的，断然是怪！』八戒只管吃饭不睬。沙僧与行者欠身道：『我等俱是人。面虽丑而心良，身虽夯而性善。汝三个却是何来，却这样海口轻狂？』旁有典膳等官道：『三位是我王之子小殿下。』八戒丢了碗道：『小殿下，各拿兵器怎么？莫是要与我们打哩？』

二王子掣开步，双手舞钯，便要打八戒。八戒嘻嘻笑道：『你那钯只好与我这钯做孙子罢了！』即揭衣，腰间取出钯来，幌一幌，金光万道；丢了解数，有瑞气千条；把个王子唬得手软筋麻，不敢舞弄。行者见大的个使一条齐眉棍，跳阿跳的，即耳朵里取出金箍棒来，幌一幌，碗来粗细，有丈二三长短；着地下一捣，捣了有三尺深浅，竖在那里，笑道：『我把这棍子送你罢！』那王子听言，即丢了自己棍，去取那棒，双手尽气力一拔，莫想得动分毫；再又端一端，摇一摇，就如生根一般。第三个撒起莽性，使乌油杆棒来打。被沙僧一手劈开，取出降妖宝杖，拈一拈，艳艳光生，纷纷霞亮，唬得那典膳等官，一个个呆呆挣挣，口不能言。三个小王子一齐下拜道：『神师，神师！我等凡人不识，万望施展一番，我等好拜授也。』行者走近前，轻轻的把棒拿将起来道：『这里窄狭，不好展手，等我跳在空中，耍一路儿，你们看看。』

好大圣，唿哨一声，将筋斗一纵，两只脚踏着五色祥云，起在半空，离地约有三百步高下，把金箍棒丢开个撒花盖顶，黄龙转身，一上一下，左旋右转。起初时人与棒似锦上添花，次后来不见人，只见一天棒滚。八戒在底下喝声采，也忍不住手脚，厉声喊道：『等老猪也去耍耍来！』好呆子，驾起风头，也到半空，丢开钯，上三下四，左五右六，前七后八，满身解数，只听得呼呼风响。正使到热闹处，沙僧对长老道：『师父，也等老沙去操演操演。』好和尚，双着脚一跳，轮着杖，也起在空中，只见那锐气氤氲，金光缥缈，双手使降妖杖丢一个丹凤朝阳，饿虎扑食，紧迎慢挡，捷转忙撺。弟兄三个即展神通，都在那半空中，一齐扬威耀武。这才是：

真禅景象不凡同，大道缘由满太空。

## 禅到玉华施法会
## 心猿木母授门人

当时父子四人，不摆驾，不张盖，步行到暴纱亭。他四众收拾行李，欲进府谢斋，辞王起行；偶见玉华王父子上亭来倒身下拜，慌得长老舒身，扑地还礼；行者等闪过旁边，微微冷笑。众拜毕，请四众进府堂上坐。四众欣然而入。

金木施威盈法界，刀圭展转合圆通。
神兵精锐随时显，丹器花生到处崇。
天竺虽高还戒性，玉华王子总归中。

唬得那三个小王子，跪在尘埃。暴纱亭大小人员，并王府里老王子，满城中军民男女，僧尼道俗，一应人等，家家念佛磕头，户户拈香礼拜。果然是：

见象归真度众僧，人间作福享清平。
从今果正菩提路，尽是参禅拜佛人。

他三个各逞雄才，使了一路，按下祥云，把兵器收了。到唐僧面前问讯，谢了师恩，各各坐下不题。

那三个小王子，急回宫里，告奏老王道：『父王万千之喜！今有莫大之功也！适才可曾看见半空中舞弄么？』老王道：『我才见半空霞彩，就于宫院内同你母亲等众焚香启拜，更不知是那里神仙降聚也。』小王子道：『不是那里神仙，就是那取经僧三个丑徒弟。一个使金箍铁棒，一个使九齿钉钯，一个使降妖宝杖，把我三个的兵器，比的通没有分毫。我们教他使一路，他嫌「地上窄狭，不好支吾，等我起在空中，使一路你看。」他就各驾云头，满空中祥云缥缈，瑞气氤氲。才然落下，都坐在暴纱亭里。做儿的十分欢喜，欲要拜他为师，学他手段，保护我邦。此诚莫大之功！不知父王以为何如？』老王闻言，信心从愿。

当时父子四人，不摆驾，不张盖，步行到暴纱亭。他四众收拾行李，欲进府谢斋，辞王起行；偶见玉华王父子上亭来倒身下拜，慌得长老舒身，扑地还礼；行者等闪过旁边，微微冷笑。众拜毕，请四众进府堂上坐。四众欣然而入。老王起身道：『唐老师父，孤有一事奉求，不知三位高徒，可能容否？』三藏道：『但凭千岁吩咐，小徒不敢不从。』老王道：『孤先见列位时，只以为唐朝远来行脚僧，其实肉眼凡胎，多致轻亵。适见孙师、猪师、沙师起舞在空，方知是仙是佛。孤三个犬子，一生好弄武艺，今谨发虔心，欲拜为门徒，学些武艺。万望老师开天地之心，普运慈舟，传度小儿，必以倾城之资奉谢。』行者闻言，忍不住呵呵笑道：『你这殿下，好不会事！我等出家人，巴不得要传几个徒弟。你令郎既有从善之心，切不可说起分毫之利；但只以情相处，足为爱也。』王子听言，十分欢喜。随命大排筵宴，就于本府正堂摆列。噫！一声旨意，即刻俱完。但见那：

结彩飘摇，香烟馥郁。戗金桌子挂绞绡，幌人眼目；彩漆椅儿铺锦绣，添座风光。树果新鲜，茶汤香喷。三五道闲食清甜，一两餐馒头丰洁。蒸酥蜜煎更奇哉，油札糖浇真美矣。有几瓶香糯素酒，斟出来，赛过琼浆；献几番阳羡仙茶，捧到手，香欺丹桂。般般品品皆齐备，色色行行尽出奇。

一壁厢叫承应的歌舞吹弹，撮弄演戏。他师徒们并王父子，尽乐一日。不觉天晚，散了酒席。又叫即于暴纱亭铺设床帏，请师安宿；待明早竭诚焚香，再拜求传武艺。众皆听从，即备香汤，请师沐浴，众却归寝。此时那：

众鸟高栖万籁沉，诗人下榻罢哦吟。
银河光显天弥亮，野径荒凉草更深。
砧杵叮咚敲别院，关山杳窎动乡心。
寒蛩声朗知人意，呖呖床头破梦魂。

一宵晚景题过。明早，那老王父子，又来相见这长老。昨日相见，还是王礼；今日就行师礼。那三个小王子，对行者、八戒、沙僧当面叩头，拜问道：『尊师之兵器，还借出与弟子们看看。』八戒闻言，欣然取出钉钯，抛在地下。沙僧将宝杖抛出，倚在墙边。二王子与三王子跳起去便拿，就如蜻蜓撼石柱，一个个挣得红头赤脸，莫想拿动半分毫。大王子见了，叫道：『兄弟，莫费力了。师父的兵器，俱是神兵，不知有多少重哩！』八戒笑道：『我的钯也没多重，只有一藏之数，连柄五千零四十八斤。』三王子问沙僧道：『师父宝杖多重？』沙僧笑道：『也是五千零四十八斤。』大王子求行者的金箍棒看。行者去耳朵里取出一个针儿来，迎风幌一幌，就有碗来粗细，直直的竖立面前。那王父子都皆悚惧，众官员个个心惊。三个小王子礼拜道：『猪师、沙师之兵，俱随身带在衣下，即可取之。孙师为何自耳中取出？见风即长，何也？』行者笑道：『你不知我这棒不是凡间等闲可有者。这棒是：

鸿蒙初判陶熔铁，大禹神人亲所设。湖海江河浅共深，曾将此棒知之切。开山治水太平时，流落东洋镇海阙。日久年深放彩霞，能消能长能光洁。老孙有分取将来，变化无方随口诀。要大弥于宇宙间，要小却似针儿节。棒名如意号金箍，天上人间称一绝。重该一万三千五百斤，或粗或细能生灭。也曾助我闹天宫，也曾随我攻地阙。伏虎降龙处处通，炼魔荡怪方方彻。举头一指太阳昏，天地鬼神皆胆怯。混沌仙传到至今，原来不是凡间铁。』

那王子听言，个个顶礼不尽。三人向前重重拜礼，虔心求授。行者道：『你三人不知学那般武艺。』王子道：『愿使棍的就学棍，惯使钯的就学钯，爱用杖的就学杖。』行者笑道：『教便也容易，只是你等无力量，使不得我们的兵器，恐学之不精，如「画虎不成反类狗」也。古人云：「训教不严师之惰，学问无成子之罪。」汝等既有诚心，可去焚香来拜了天地，我先传你些神力，然后可授武艺。』

三个小王子闻言，满心欢喜。即便亲抬香案，沐手焚香，朝天礼拜。拜毕，请师传法。行者转下身来，对唐僧行礼道：『告尊师，恕弟子之罪。自当年在两界山蒙师父大德救脱弟子，秉教沙门，一向西来，虽不曾重报师恩，却也曾渡水登山，竭尽心力。今来佛国之乡，幸遇贤王三子，投拜我等，欲学武艺。彼既为我等之徒弟，即为我师之徒孙也。谨禀过我师，庶好传授。』三藏十分大喜。八戒、沙僧见行者行礼，也那转身朝三藏磕头道：『师父，我等愚鲁，拙口钝腮，不会说话，望师父高坐法位，也让我两个各招个徒弟耍耍；也是西方路上之忆念。』三藏俱欣然允之。

行者才教三个王子就于暴纱亭后，静室之间，画了罡斗；教三人都俯伏在内，一个个瞑目宁神。这里却暗暗念动真言，诵动咒语，将仙气吹入他三人心腹之中，把元神收归本舍，传与口诀，各授得万千之膂力，运添了火候，却象个脱胎换骨之法。运遍了子午周天，那三个小王子，方才苏醒，一齐爬将起来，抹抹脸，精神抖擞，一个个骨壮筋强：大王子就拿得金箍棒，二王子就轮得九齿钯，三王子就举得降妖杖。

老王见了，欢喜不胜。又排素宴，启谢他师徒四众。就在筵前各传各授：学棍的演棍，学钯的演钯，学杖的演杖。虽然打几个转身，丢几般解数，终是有些着力：走一路，便喘气嘘嘘，不能耐久。盖他那兵器都有变化，其进退攻扬，随消随长，皆有变化自然之妙，此等终是凡夫，岂能以遽及也。当日散了筵宴。

次日，三个王子又来称谢道：『感蒙神师授赐了膂力，纵然轮得师的神器，只是转换艰难；意欲命工匠依师神器式样，减削斤两，打造一般，未知师父肯容否？』八戒道：『好！好！好！说得象话。我们的器械，一则你们使不得，二则我们要护法降魔，正该另造另造。』王子又随宣召铁匠，买办钢铁万斤，就于王府内前院搭厂，支炉铸造。先一日将钢铁炼熟，次日请行者三人将金箍棒、九齿钯、降妖杖，都取出放在篷厂之间，看样造作，遂此昼夜不收。

噫！这兵器原是他们随身之宝，一刻不可离者，各藏在身，自有许多光彩护体；今放在厂院中几日，那霞光有万道冲天，瑞气有千般罩地。其夜有一妖精，离城只有七十里远近，山唤豹头山，洞唤虎口洞，夜坐之间，忽见霞光瑞气，即驾云头而看。原是州城之光彩，他按下云来，近前观看，乃是这三般兵器放光。妖精又喜又爱道：『好宝贝！

好宝贝！这是甚人用的，今放在此……也是我的缘法，拿了去呀！拿了去呀！』他爱心一动，弄起威风，将三般兵器，一股收之，径转本洞。正是那：

道不须臾离，可离非道也。
神兵尽落空，枉费参修者。

毕竟不知怎生寻得这兵器，且听下回分解。

黄狮精虚设钉钯宴

沙僧仗着胆，同八戒、行者进于洞内。到二层厂厅之上，只见正中间桌上，高高的供养着一柄九齿钉钯，真个是光彩映目；东山头靠着一条金箍棒，西山头靠着一条降妖杖。那怪王随后跟着道：『客人，那中间放光亮的就是钉钯。你看便看，只是出去千万莫与人说。』沙僧点头称谢了。

## 第八十九回 黄狮精虚设钉钯宴 金木土计闹豹头山

却说那院中几个铁匠，因连日辛苦，夜间俱自睡了。及天明起来打造，篷下不见了三般兵器，一个个呆挣神惊，四下寻找。只见那三个王子出宫来看，那铁匠一齐磕头道：『小主啊，神师的三般兵器，都不知那里去了！』

小王子听言，心惊胆战道：『想是师父今夜收拾去了。』急奔暴纱亭看时，见白马尚在廊下，忍不住叫道：『师父还睡哩！』沙僧道：『起来了。』即将房门开了，让王子进里看时，不见兵器，慌慌张张问道：『师父的兵器都收来了？』行者跳起道：『不曾收啊！』王子道：『三般兵器，今夜都不见了。』八戒连忙爬起道：『我的钯在么？』小王道：『适才我等出来，只见众人前后找寻不见，弟子恐是师父收了，却才来问。老师的宝贝，俱是能长能消，想必藏在身边哄弟子哩。』行者道：『委的未收。都寻去来。』

随至院中篷下，果然不见踪影。八戒道：『定是这伙铁匠偷了！快拿出来！略迟了些儿，就都打死！打死！』那铁匠慌得磕头滴泪道：『爷爷！我们连日辛苦，夜间睡着，及至天明起来，遂不见了。我等乃一概凡人，怎么拿得动，望爷爷饶命！饶命！』行者无语，暗恨道：『还是我们的不是。既然看了式样，就该收在身边，怎么却丢放在此！那宝贝霞彩光生，想是惊动甚么歹人，今夜窃去也。』八戒不信道：『哥哥说那里话！这般个太平境界，又不是旷野深山，怎得个歹人来！定是铁匠欺心，他见我们的兵器光彩，认得是三件宝贝，连夜走出王府，伙些人来，抬的抬，拉的拉，偷出去了！拿过来打呀！打呀！』众匠只是磕头发誓。

正嚷处，只见老王子出来，问及前事，却也面无人色，沉吟半晌，道：『神师兵器，本不同凡，就有百十余人也禁挫不动；况孤在此城，今已五代，不是大胆海口，孤也颇有个贤名在外；这城中军民匠作人等，也颇惧孤之法度，断是不敢欺心。望神师再思可矣。』

行者笑道：『不用再思，也不须苦赖铁匠。我问殿下：你这州城四面，可有甚么山林妖怪？』王子道：『神师此问，甚是有理。孤这州城之北，有一座豹头山。山中有一座虎口洞。往往人言洞内有仙，又言有虎狼，又言有妖怪。孤未曾访得端的，不知果是何物。』行者笑道：『不消讲了，定是那方歹人，知道俱是宝贝，一夜偷将去了。』叫：『八戒、沙僧，你都在此保着师父，护着城池，等老孙寻访去来。』又叫铁匠们不可住了炉火，一一炼造。

好猴王，辞了三藏，唿哨一声，形影不见。早跨到豹头山上。原来那城相去只有三十里，一瞬即到。径上山峰观看，果然有些妖气。真是：

龙脉悠长，地形远大。尖峰挺挺插天高，陡涧沉沉流水急。山前有瑶草铺茵，山后有奇花布锦。乔松老柏，古树修篁。山鸦山鹊乱飞鸣，野鹤野猿皆啸唳。悬崖下，麋鹿双双；峭壁前，獾狐对对。一起一伏远来龙，九曲九湾潜地脉。埂头相接玉华州，万古千秋兴胜处。

行者正然看时，忽听得山背后有人言语，急回头视之，乃两个狼头妖怪，朗朗的说着话，向西北上走。行者揣道：『这定是巡山的怪物，等老孙跟他去听听，看他说些甚的。』捻着诀，念个咒，摇身一变，变做个蝴蝶儿，展开翅，翩翩翻翻，径自赶上。果然变得有样范：

一双粉翅，两道银须。乘风飞去急，映日舞来徐。渡水过墙能疾俏，偷香弄絮甚欢娱。体轻偏爱鲜花味，雅态芳情任卷舒。

他飞在那个妖精头直上，飘飘荡荡，听他说话。那妖猛的叫道：『二哥，我大王连日侥幸：前月里得了一个美人儿，在洞内盘桓，十分快乐。昨夜里又得了三般兵器，果然是无价之宝。明朝开宴庆「钉钯会」哩。我们都有受用。』这个道：『我们也有些侥幸：拿这二十两银子买猪羊去。如今到了乾方集上，先吃几壶酒儿。把东西开个花帐儿，落他二三两银子，买件绵衣过寒，却不是好？』两个怪说说笑笑的，上大路急走如飞。

行者听得要庆钉钯会，心中暗喜；欲要打杀他，争奈不管他事；况手中又无兵器。他即飞向前边，现了本相，在路口上立定。那怪看看走到身边，被他一口法唾喷将去，念一声『唵吽吒唎』，即使个定身法，把两个狼头精定住。眼睁睁，口也难开；直挺挺，双脚站住。又将他扳翻倒，揭衣搜捡，果是有二十两银子，着一条搭包儿打在腰间裙带上，又各挂着一个粉漆牌儿，一个上写着『刁钻古怪』，一个上写着『古怪刁钻』。

好大圣，取了他银子，解了他牌儿，返跨步回至州城。到王府中，见了王子、唐僧并大小官员、匠作人等，具言前事。八戒笑道：『想是老猪的宝贝，霞彩光明，所以买猪羊，治筵席庆贺哩。但如今怎得他来？』行者道：『我兄弟三人俱去。这银子是买办猪羊的，且将这银子赏了匠人，教殿下寻几个猪羊。八戒，你变做刁钻古怪，我变做古怪刁钻，沙僧装做个贩猪羊的客人，走进那虎口洞里，得便处，各人拿了兵器，打绝那妖邪，回来却收拾走路。』沙僧笑道：『妙，妙，妙！不宜迟！快走！』老王果依此计，即教管事的买办了七八口猪，四五腔羊。

他三人辞了师父，在城外大显神通。八戒道：『哥哥，我未曾看见那刁钻古怪，怎生变得他模样？』行者道：『那怪被老孙使了定身法定住在那里，直到明日此时方醒。我记得他的模样，你站下，等我教你变。如此如彼，就是他的模样了。』那呆子真个口里念着咒，行者吹口仙气，霎时就变得与那刁钻古怪一般无二，将一个粉牌儿带在腰间。行者即变做古怪刁钻，腰间也带了一个牌儿。沙僧打扮得象个贩猪羊的客人。一起儿赶着猪羊，上大路，径奔山来。不多时，进了山凹里，又遇见一个小妖。他生得嘴脸也恁地凶恶！看那：

圆滴溜两只眼，如灯幌亮；红刺女虽一头毛，似火飘光。糟鼻子，猛猍口，獠牙尖利；查耳朵，砍额头，青脸泡浮。身穿一件浅黄衣，足踏一双莎蒲履。雄雄纠纠若凶神，急急忙忙如恶鬼。

那怪左胁下挟着一个彩漆的请书匣儿，迎着行者三人叫道：『古怪刁钻，你两个来了？买了几口猪羊？』行者道：『这赶的不是？』那怪朝沙僧道：『此位是谁？』行者道：『就是贩猪羊的客人。还少他几两银子，带他来家取的。你往那里去？』那怪道：『我往竹节山去请老大王明早赴会。』行者绰他的口气儿，就问：『共请多少人？』那怪道：『请老大王坐首席，连本山大王共头目等众，约有四十多位。』正说处，八戒道：『去罢，去罢。猪羊都四散走了。』行者道：『你去邀着，等我讨他帖儿看看。』那怪见自家人，即揭开取出，递与行者。行者展开看时，上写着：

明辰敬治肴酌，庆『钉钯嘉会』，屈尊过山一叙。幸勿外，至感。右启祖翁九灵元圣老大人尊前。门下孙黄狮顿首百拜。

行者看毕，仍递与那怪。那怪放在匣内，径往东南上去了。

沙僧问道：『哥哥，帖儿上是甚么话头？』行者道：『乃庆钉钯会的请帖。名字写着「门下孙黄狮顿首百拜」。请的是祖翁九灵元圣老大人。』沙僧笑道：『黄狮想必是个金毛狮子成精。但不知九灵元圣是个何物？』八戒听言，笑道：『是老猪的货了！』行者道：『怎见得是你的货？』八戒道：『古人云：「癞母猪专赶金毛狮子。」故知是老猪之货物也。』他三人说说笑笑，赶着猪羊。却就望见虎口洞口。但见那门儿外：

周围山绕翠，一脉气连城。

峭壁扳青蔓，高崖挂紫荆。

**黄狮精虚设钉钯宴**
**金木土计闹豹头山**

他们在豹头山战斗多时，那妖精抵敌不住，向沙僧前喊一声：『看铲！』沙僧让个身法躲过，妖精得空而走，向东南巽宫上乘风飞去。八戒拽步要赶，行者道：『且让他去。自古道：「穷寇勿追。」且只来断他归路。』八戒依言。

鸟声深树匝，花影洞门迎。
不亚桃源洞，堪宜避世情。

渐渐近于门口，又见一丛大大小小的杂项妖精，在那花树之下顽耍。忽听得八戒『呵呵』赶猪羊到时，都来迎接，便就捉猪的捉猪，捉羊的捉羊，一齐捆倒。

早惊动里面妖王，领十数个小妖，出来问道：『你两个来了？买了多少猪羊？』行者道：『买了八口猪，七腔羊，共十五个牲口。猪银该一十六两，羊银该九两。前者领银二十两，仍欠五两。这个就是客人，跟来找银子的。』妖王听说，即唤：『小的们，取五两银子，打发他去。』行者道：『这客人，一则来找银子，二来要看看嘉会。』那妖大怒，骂道：『你这个刁钻儿惫懒！你买东西罢了，又与人说甚么会不会！』八戒上前道：『主人公得了宝贝，诚是天下之奇珍，就教他看看怕怎的？』那怪咄的一声道：『你这古怪也可恶！我这宝贝，乃是玉华州城中得来的，倘这客人看了，去那州中传说，说得人知，那王子一时来访求，却如之何？』行者道：『主公，这个客人，乃乾方集后边的人，去州许远，又不是他城中人也，那里去传说？二则他肚里也饥了，我两个也未曾吃饭。家中有现成酒饭，赏他些吃了，打发他去罢。』说不了，有一小妖，取了五两银子，递与行者。行者将银子递与沙僧道：『客人，收了银子，我与你进后面去吃些饭来。』

沙僧仗着胆，同八戒、行者进于洞内。到二层厂厅之上，只见正中间桌上，高高的供养着一柄九齿钉钯，真个是光彩映目；东山头靠着一条金箍棒，西山头靠着一条降妖杖。那怪王随后跟着道：『客人，那中间放光亮的就是钉钯。你看便看，只是出去千万莫与人说。』沙僧点头称谢了。

噫！这正是『物见主，必定取』。那八戒一生是个鲁夯的人，他见了钉钯，那里与他叙甚么情节，跑上去，拿下

来，轮在手中，现了本相。丢了解数，望妖精劈脸就筑。这行者、沙僧也奔至两山头各拿器械，现了原身。三弟兄一齐乱打，慌得那怪王急抽身闪过，转入后边，取一柄四明铲，杆长镈利，赶到天井中，支住他三般兵器，厉声喝道：『你是甚么人，敢弄虚头，骗我宝贝！』行者骂道：『我把你这个贼毛团！你是认我不得！我们乃东土圣僧唐三藏的徒弟。因至玉华州倒换关文，蒙贤王教他三个王子拜我们为师，学习武艺，将我们宝贝作样，打造如式兵器。因放在院中，被你这贼毛团夤夜入城偷来，倒说我弄虚头骗你宝贝。不要走，就把我们这三件兵器，各奉承你几下尝尝！』那妖精就举铲来敌。这一场，从天井中斗出前门。看他三僧攒一怪！好杀：

呼呼棒若风，滚滚钯如雨。降妖杖举满天霞，四明铲伸云生绮。好似三仙炼大丹，火光彩幌惊神鬼。行者施威甚有能，妖精盗宝多无礼！天蓬八戒显神通，大将沙僧英更美。弟兄合意运机谋，虎口洞中兴斗起。那怪豪强弄巧乖，四个英雄堪厮比。当时杀至日头西，妖邪力软难相抵。

他们在豹头山战斗多时，那妖精抵敌不住，向沙僧前喊一声：『看铲！』沙僧让个身法躲过，妖精得空而走，向东南巽宫上乘风飞去。八戒拽步要赶，行者道：『且让他去。自古道：「穷寇勿追。」且只来断他归路。』八戒依言。

三人径至洞口，把那百十个若大若小的妖精，尽皆打死。原来都是些虎狼彪豹，马鹿山羊。被大圣使个手法，将他那洞里细软物件并打死的杂项兽身与赶来的猪羊，通皆带出。沙僧就取出干柴放起火来。八戒使两个耳朵搧风，把一个巢穴霎时烧得干净，却将带出的诸物，即转州城。

此时城门尚开，人家未睡。老王父子与唐僧俱在暴纱亭盼望。只见他们扑哩扑剌的丢下一院子死兽、猪羊及细软物件。一齐叫道：『师父，我们已得胜回来也！』那殿下喏喏相谢。唐长老满心欢喜。三个小王子跪拜于地，沙僧搀起道：『且莫谢，都近前看看那物件。』王子道：『此物俱是何来？』行者笑道：『那虎狼彪豹，马鹿山羊，都是成精的妖怪。被我们取了兵器，打出门来。那老妖是个金毛狮子。他使一柄四明铲，与我等战到天晚，败阵逃生，往东南上走了。我等不曾赶他，却扫除他归路，打杀这些群妖，搜寻他这些物件，带将来的。』

老王听说，又喜又忧。喜的是得胜而回，忧的是那妖日后报仇。行者道：『殿下放心。我已虑之熟，处之当矣。一定与你扫除尽绝，方才起行，决不至贻害于后。我午间去时，撞见一个青脸红毛的小妖送请书。我看他帖子上写着：「明辰敬治肴酌庆钉钯嘉会，屈尊车从过山一叙。幸勿外，万感！右启祖翁九灵元圣老大人尊前。」名字是「门下孙黄狮顿首百拜」。才子那妖精败阵，必然向他祖翁处去会话。明辰断然寻我们报仇，当情与你扫荡干净。』老王称谢了，摆上晚斋。师徒们斋毕，各归寝处不题。

却说那妖精果然向东南方奔到竹节山。那山中有一座洞天之处，唤名九曲盘桓洞。洞中的九灵元圣是他的祖翁。当夜足不停风，行至五更时分，到于洞口，敲门而进。小妖见了道：『大王，昨晚有青脸儿下请书，老爷留他住到今早，欲同他去赴你钉钯会，你怎么又绝早亲来邀请？』妖精道：『不好说，不好说！会成不得了！』正说处，见青脸儿从里边走出道：『大王，你来怎的？老大王爷爷起来就同我去赴会哩。』妖精慌张张的，只是摇手不言。

少顷，老妖起来了，唤入。这妖精丢了兵器，倒身下拜，止不住腮边泪落。老妖道：『贤孙，你昨日下柬，今早正欲来赴会，你又亲来，为何发悲烦恼？』

妖精叩头道：『小孙前夜对月闲行，只见玉华州城中有光彩冲空。急去看时，乃是王府院中三般兵器放光：一件是九齿渗金钉钯，一件是宝杖，一件是金箍棒。小孙即使神法摄来，立名「钉钯嘉会」，着小的们买猪羊果品等物，设宴庆会，请祖爷爷赏之，以为一乐。昨差青脸来送柬之后，只见原差买猪羊的刁钻儿等赶着几个猪羊，又带了一个贩卖的客人来找银子。他定要看看会去，是小孙恐他外面传说，不容他看。他又说肚中饥饿，讨些饭吃，因教他后边吃饭。他走到里边，看见兵器，说是他的。三人就各抢去一件，现出原身：一个是毛脸雷公嘴的和尚，一个是长嘴大耳朵的和尚，一个是晦气色脸的和尚。他都不分好歹，喊一声乱打。是小孙急取四明铲赶出与他相持，问是甚么人敢弄虚头。他道是东土大唐差往西天去的唐僧之徒弟，因过州城，倒换关文，被王子留住，习学武艺，将他这三件兵器作样子打造，放在院内，被我偷来：遂此不忿相持。不知那三个和尚叫做甚名，却真有本事。小孙一人敌他三个不过，所以败走祖爷处。望拔刀相助，拿那和尚报仇，庶见我祖爱孙之意也！』

老妖闻言，默想片时，笑道：『原来是他。我贤孙，你错惹了他也！』妖精道：『祖爷知他是谁？』老妖道：『那长嘴大耳者，乃猪八戒；晦气色脸者，乃沙和尚；这两个犹可。那毛脸雷公嘴者，叫做孙行者。这个人其实神通

金木土计闹豹头山

这行者、沙僧也奔至两山头各拿器械，现了原身。三弟兄一齐乱打，慌得那怪王急抽身闪过，转入后边，取一柄四明铲，杆长鐏利，赶到天井中，支住他三般兵器，厉声喝道：『你是甚么人，敢弄虚头，骗我宝贝！』

广大：五百年前曾大闹天宫，十万天兵也不曾拿得住。他专意寻人的。他便就是个搜山揭海，破洞攻城，闯祸的个都头！你怎么惹他？也罢，等我和你去，把那厮连玉华王子都擒来替你出气！』那妖精听说，即叩头而谢。

当时老妖点猱狮、雪狮、狻猊、白泽、伏狸、抟象诸孙，各执锋利器械，黄狮引领，各纵狂风，径至豹头山界。只闻得烟火之气扑鼻，又闻得有哭泣之声。仔细看时，原来是刁钻、古怪二人在那里叫主公哭主公哩。妖精近前喝道：『你是真刁钻儿，假刁钻儿？』二怪跪倒，噙泪叩头道：『我们怎是假的？昨日这早晚领了银子去买猪羊，走至山西边大冲之内，见一个毛脸雷公嘴的和尚，他啐了我们一口，我们就脚软口强，不能言语，不能移步；被他扳倒，把银子搜了去，牌儿解了去，我两个昏昏沉沉，直到此时才醒。及到家，见烟火未息，房舍尽皆烧了。又不见主公并大小头目。故在此伤心痛哭。不知这火是怎生起的？』

那妖精闻言，止不住泪如泉涌，双脚齐跌，喊声振天，恨道：『那秃厮！十分作恶！怎么干出这般毒事，把我洞府烧尽，美人烧死，家当老小一空。气杀我也，气杀我也！』老妖叫猱狮扯他过来道：『贤孙，事已至此，徒恼无益。且养全锐气，到州城里拿那和尚去。』那妖精犹不肯住哭，道：『老爷！我那们个山场，非一日治的；今被这秃厮尽毁，我却要此命做甚的！』挣起来，往石崖上撞头磕脑，被雪狮、猱狮等苦劝方止。当时丢了此处，都奔州城。

只听得那风滚滚，雾腾腾，来得甚近。唬得那城外各关厢人等，拖男挟女，顾不得家私，都往州城中走。走入城门，将门闭了。有人报入王府中道：『祸事！祸事！』那王子唐僧等，正在暴纱亭吃早斋，听得人报祸事，却出门来问。众人道：『一群妖精，飞沙走石，喷雾掀风的，来近城了！』老王大惊道：『怎么好？』行者笑道：『都放心，都放心。这是虎口洞妖精，昨日败阵，往东南方去伙了那甚么九灵元圣儿来也。等我同兄弟们出去。吩咐教关了四门，汝等点人夫看守城池。』那王子果传令把四门闭了，点起人夫上城。他父子并唐僧在城楼上点札，旌旗蔽日，炮火连天。行者三人，却半云半雾，出城迎敌。这正是：

失却慧兵缘不谨，顿教魔起众邪凶。

毕竟不知这场胜败如何，且听下回分解。

**师狮授受同归一**

八戒发一声喊道：『来得好！』你看他横冲直抵，斗在一处。这壁厢，沙和尚急掣降妖杖，近前相助。又见那狻猊精、白泽精与抟象、伏狸二精，一拥齐上。这里孙大圣使金箍棒架住群精。狻猊使闷棍，白泽使铜锤，抟象使钢枪，伏狸使钺斧。

## 第九十回　师狮授受同归一　盗道缠禅静九灵

却说孙大圣同八戒、沙僧出城头，觌面相迎，见那伙妖精都是些杂毛狮子：黄狮精在前引领，狻猊狮、抟象狮在左，白泽狮、伏狸狮在右，猱狮、雪狮在后，中间却是一个九头狮子。那青脸儿怪执一面锦绣团花宝幢，紧挨着九头狮子；刁钻古怪儿、古怪刁钻儿打两面红旗，齐齐的都布在坎宫之地。

八戒莽撞，走近前骂道：『偷宝贝的贼怪！你去那里，伙这几个毛团来此怎的？』黄狮精切齿骂道：『泼狠秃厮！昨日三个敌我一个，我败回去，让你为人罢了；你怎么这般狠恶，烧了我的洞府，损了我的山场，伤了我的眷族！我和你冤仇深如大海！不要走！吃你老爷一铲！』好八戒，举钯就迎。两个才交手，还未见高低，那猱狮精轮一根铁蒺藜，雪狮精使一条三楞简，径来奔打。八戒发一声喊道：『来得好！』你看他横冲直抵，斗在一处。这壁厢，沙和尚急掣降妖杖，近前相助。又见那狻猊精、白泽精与抟象、伏狸二精，一拥齐上。这里孙大圣使金箍棒架住群精。狻猊使闷棍，白泽使铜锤，抟象使钢枪，伏狸使钺斧。那七个狮子精，这三个狠和尚，好杀：

棍锤枪斧三楞简，蒺藜骨朵四明铲。七狮七器甚锋芒，围战三僧齐呐喊。大圣金箍铁棒凶，沙僧宝杖人间罕。八戒颠风骋势雄，钉钯幌亮光华惨。前遮后挡各施功，左架右迎都勇敢。城头王子助威风，擂鼓筛锣齐壮胆。投来抢去弄神通，杀得昏蒙天地反！

那一伙妖精，齐与大圣三人，战经半日，不觉天晚。八戒口吐粘涎，看看脚软，虚幌一钯，败下阵去，被那雪狮、猱狮二精喝道：『那里走，看打！』呆子躲闪不及，被他照脊梁上打了一简，睡在地下，只叫：『罢了，罢了！』两个精把八戒采鬃拖尾，扛将去见那九头狮子，报道：『祖爷，我等拿了一个来也。』

说不了，沙僧、行者也都战败。众妖精一齐赶来，被行者拔一把毫毛，嚼碎喷将去，叫声：『变！』即变做百十个小行者，围围绕绕，将那白泽、狻猊、抟象、伏狸并金毛狮怪围裹在中。沙僧、行者却又上前攒打。到晚，拿住狻猊、白泽。走了伏狸、抟象。金毛报知老妖，老怪见失了二狮，吩咐：『把猪八戒捆了，不可伤他性命。待他还我二狮，却将八戒与他。他若无知，坏了我二狮，即将八戒杀了对命！』当晚群妖安歇城外不题。

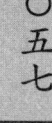

却说孙大圣把两个狮子精抬近城边，老王见了，即传令开门，差二三十个校尉，拿绳扛出门，绑了狮精，扛入城里。孙大圣收了法毛，同沙僧径至城楼上，见了唐僧。唐僧道：『这场事甚是利害呀！悟能性命，不知有无？』行者道：『没事！我们把这两个妖精拿了，他那里断不敢伤。且将二精牢拴紧缚，待明早抵换八戒也。』

三个小王子对行者叩头道：『师父先前赌斗，只见一身；及后佯输而回，却怎么就有百十位师身？及至拿住妖精，近城来还是一身，此是甚么法力？』行者笑道：『我身上有八万四千毫毛，以一化十，以十化百，百千万亿之变

化，皆身外身之法也。』那王子一个个顶礼，即时摆上斋来，就在城楼上吃了。各垛口上都要灯笼旗帜，梆铃锣鼓，支更传箭，放炮呐喊。

早又天明。老怪即唤黄狮精定计道：『汝等今日用心拿那行者、沙僧，等我暗自飞空上城，拿他那师父并那老王父子，先转九曲盘桓洞，待你得胜回报。』

黄狮领计，便引猱狮、雪狮、抟象、伏狸各执兵器到城边，滚风酿雾的索战。这里行者与沙僧跳出城头，厉声骂道：『贼泼怪！快将我师弟八戒送还我，饶你性命！不然，都教你粉骨碎尸！』那妖精那容分说，一拥齐来。这大圣弟兄两个，各运机谋，挡住五个狮子。这杀比昨日又甚不同：

呼呼刮地狂风恶，暗暗遮天黑雾浓。走石飞沙神鬼怕，推林倒树虎狼惊。钢枪狠狠钺斧明，棍铲铜锤太毒情。恨不得囫囵吞行者，活活泼泼擒住小沙僧。这大圣一条如意棒，卷舒收放甚精灵。沙僧那柄降妖杖，灵霄殿外有名声。今番干运神通广，西域施功扫荡精。

这五个杂毛狮子精与行者、沙僧正自杀到好处，那老怪驾着黑云，径直腾至城楼上，摇一摇头，唬得那城上文武大小官员并守城人夫等，都滚下城去。被他奔入楼中，张开口，把三藏与老王父子一顿噙出，复至坎宫地下，将八戒也着口噙之。原来他九个头就有九张口。一口噙着唐僧，一口噙着八戒，一口噙着老王，一口噙着大王子，一口噙着二王子，一口噙着三王子：六口噙着六人，还空了三张口，发声喊叫道：『我先去也！』这五个小狮精见他祖得胜，一个个愈展雄才。

行者闻得城上人喊嚷，情知中了他计，急唤沙僧仔细；他却把臂膊上毫毛，尽皆拔下，入口嚼烂喷出，变作千百个小行者，一拥攻上。当时拖倒猱狮，活捉了雪狮，拿住了抟象狮，扛翻了伏狸狮，将黄狮打死，烘烘的嚷到州城之下，倒转走脱了青脸儿与刁钻古怪、古怪刁钻儿二怪。

那城上官看见，却又开门，将绳把五个狮精又捆了，抬进城去。还未发落，只见那王妃哭啼啼，对行者礼拜道：『神师啊，我殿下父子并你师父，性命休矣！这孤城怎生是好？』大圣收了法毛，对王妃作礼道：『贤后莫愁。只因我拿他七个狮精，那老妖弄摄法，定将我师父与殿下父子摄去，料必无伤。待明日绝早，我兄弟二人去那山中，管情捉住老妖，还你四个王子。』那王妃一簇女眷闻得此言，都对行者下拜道：『愿求殿下父子全生，皇图坚固！』拜毕，一个个含泪还宫。行者吩咐各官：『将打死那黄狮精，剥了皮；六个活狮精，牢牢拴锁。取些斋饭来，我们吃了睡觉。你们都放心，保你无事。』

至次日，大圣领沙僧驾起祥云，不多时，到于竹节山头。按云头观看，好座高山！但见：

峰排突兀，岭峻崎岖。深涧下潺湲水漱，陡崖前锦绣花香。回峦重迭，古道湾环。真是鹤来松有伴，果然云去石无依。玄猿觅果向晴辉，麋鹿寻花欢日暖。青鸾声淅呖，黄鸟语绵蛮。春来桃李争妍，夏至柳槐竞茂。秋到黄花布锦，冬交白雪飞绵。四时八节好风光，不亚瀛洲仙景象。

他两个正在山头上看景，忽见那青脸儿，手拿一条短棍，径跑出崖谷之间。行者喝道：『那里走！老孙来也！』唬得那小妖一翻一滚的跑下崖谷。他两个一直追来，又不见踪迹。向前又转几步，却是一座洞府。两扇花斑石门，紧紧关闭。门上横嵌着一块石版，楷镌了十个大字，乃是『万灵竹节山，九曲盘桓洞』。

那小妖原来跑进洞去，即把洞门闭了。到中间对老妖道：『爷爷，外面又有两个和尚来了。』老妖道：『你大王并猱狮、雪狮、抟象、伏狸，可曾来？』小妖道：『不见，不见！只是两个和尚，在山峰高处眺望。我看见回头就跑，他赶将来，我却闭门来也。』老妖听说，低头不语。半晌，忽的吊下泪来，叫声『苦啊！我黄狮孙死了！猱狮孙等又尽被和尚捉进城去矣！此恨怎生报得！』八戒捆在旁边，与王父子、唐僧，俱攒在一处，恓恓惶惶受苦；听见老妖说声『众孙被和尚捉进城去』，暗暗喜道：『师父莫怕，殿下休愁。我师兄已得胜，捉了众妖，寻到此间救拔吾等也。』说罢，又听得老妖叫：『小的们，好生在此看守，等我出去拿那两个和尚进来，一发惩治。』

你看他身无披挂，手不拈兵，大踏步，走到前边，只闻得孙行者吆喝哩。他就大开了洞门，不答话，径奔行者。行者使铁棒，当头支住。沙僧轮宝杖就打。那老妖把头摇一摇，左右八个头，一齐张开口，把行者、沙僧轻轻的又衔于洞内。教：『取绳索来！』那刁钻古怪、古怪刁钻与青脸儿是昨夜逃生而回者，即拿两条绳，把他二人着实捆了。

老妖问道：『你这泼猴，把我那七个儿孙捉了，我今拿住你和尚四个，王子四个，也足以抵得我儿孙之命！小的们，选荆条柳棍来，且打这猴头一顿，与我黄狮孙报报冤仇！』那三个小妖，各执柳棍，专打行者。行者本是熬炼过的身体，那些些柳棍儿，只好与他拂痒，他那里做声；凭他怎么捶打，略不介意。八戒、唐僧与王子见了，一个个毛骨悚然。少时，打折了柳棍。直打到天晚，也不计其数。沙僧见打得多了，甚不过意道：『我替他打百十下罢。』老妖道：『你且莫忙，明日就打到你了。一个个挨次儿打将来。』八戒着忙道：『后日就打到我老猪也！』打一会，渐渐的天昏了。老妖叫：『小的们，且住，点起灯火来，你们吃些饮食，让我到锦云窝略睡睡去。汝三人都是遭过害的，却用心看守，待明早再打。』三个小妖移过灯来，拿柳棍又打行者脑盖，就象敲梆子一般，剔剔托，托托剔，紧几下，慢几下。夜将深了，却都盹睡。

行者就使个遁法，将身一小，脱出绳来，抖一抖毫毛，整束了衣服，耳朵内取出棒来，幌一幌，有吊桶粗细，二丈长短，朝着三个小妖道：『你这孽畜，把你老爷就打了许多棍子，老爷还只照旧，老爷也把这棍子略捱你捱，看道如何！』把三个小妖轻轻一捱，就捱做三个肉饼；却又剔亮了灯，解放沙僧。八戒捆急了，忍不住大声叫道：『哥哥！我的手脚都捆肿了，倒不来先解放我！』这呆子喊了一声，却早惊动老妖。老妖一毂辘爬起来道：『是谁人解放？』那行者听见，一口吹息灯，也顾不得沙僧等众，使铁棒，打破几重门走了。那老妖到中堂里叫：『小的们，怎么没了灯光？只莫走了人也？』叫一声，没人答应；又叫一声，又没人答应；及取灯来看时，只见地下血淋淋的三块肉饼，老王父子及唐僧、八戒俱在，只不见了行者、沙僧。点着火，前后赶看，忽见沙僧还背贴在廊下站哩；被他一把拿住捽倒，照旧捆了。又找寻行者，但见几层门尽皆破损，情知是行者打破走了；也不去追赶，将破门补的补，遮的遮，固守家业不题。

却说孙大圣出了那九曲盘桓洞，跨祥云，径转玉华州。但见那城头上各厢的土地、神祇与城隍之神迎空拜接。行者道：『汝等怎么今夜才见？』城隍道：『小神等知大圣下降玉华州，因有贤王款留，故不敢见。今知王等遇怪，大

师狮授受同归一
盗道缠禅静九灵

说不了，沙僧、行者也都战败。众妖精一齐赶来，被行者拔一把毫毛，嚼碎喷将去，叫声：『变！』即变做百十个小行者，围围绕绕，将那白泽、狻猊、抟象、伏狸并金毛狮怪围裹在中。沙僧、行者却又上前攒打。到晚，拿住狻猊、白泽。走了伏狸、抟象。

圣降魔，特来叩接。』行者正在嗔怪处，又见金头揭谛、六甲六丁神将，押着一尊土地，跪在面前道：『大圣，吾等捉得这个地里鬼来也。』行者喝道：『汝等不在竹节山护我师父，却怎么嚷到这里？』丁甲神道：『大圣，那妖精自你逃时，复捉住卷帘大将，依然捆了。我等见他法力甚大，却将竹节山土地押解至此。他知那妖精的根由，乞大圣问他一问，便好处治，以救圣僧、贤王之苦。』行者听言，甚喜。那土地战兢兢叩头道：『那老妖前年下降竹节山。那九曲盘桓洞原是六狮之窝。那六个狮子，自得老妖至此，就都拜为祖翁。祖翁乃是个九头狮子，号为九灵元圣。若得他灭，须去到东极妙岩宫，请他主人公来，方可收伏。他人莫想擒也。』行者闻言，思忆半晌道：『东极妙岩宫，是太乙救苦天尊啊。他坐下正是个九头狮子。这等说，……』便教：『揭谛、金甲，还同土地回去，暗中护祐师父、师弟并州王父子。本处城隍守护城池，走出去来。』众神各各遵守去讫。

这大圣纵筋斗云，连夜前行。约有寅时分，到了东天门外，正撞着广目天王与天丁、力士一行仪从。众皆停住，拱手迎道：『大圣何往？』行者对众礼毕，道：『前去妙岩宫走走。』天王道：『西天路不走，却又东天来做甚？』行者道：『因到玉华州，蒙州王相款，遣三子拜我等弟兄为师，习学武艺，不期遇着一伙狮怪。今访得妙岩宫太乙救苦天尊乃怪之主人公也，欲请他为我降怪救师。』天王道：『那厢因你欲为人师，所以惹出这一窝狮子来也。』行者笑道：『正为此，正为此！』众天丁、力士一个个拱手，让道而行。大圣进了东天门，不多时，到妙岩宫前。但见：

彩云重迭，紫气茏葱。瓦漾金波焰，门排玉兽崇。花盈双阙红霞绕，日映骞林翠雾笼。果然是万真环拱，千圣兴隆。殿阁层层锦，窗轩处处通。苍龙盘护神光蔼，黄道光辉瑞气浓。这的是青华长乐界，东极妙岩宫。

那宫门里立着一个穿霓帔的仙童，忽见孙大圣，即入宫报道：『爷爷，外面是闹天宫的齐天大圣来了。』太乙救苦天尊听得，即唤侍卫众仙迎接。迎至宫中。只见天尊高坐九色莲花座上，百亿瑞光之中。见了行者，下座来相见。

行者朝上施礼。天尊答礼道：『大圣，这几年不见，前闻得你弃道归佛，保唐僧西天取经，想是功行完了。』行者道：『功行未完，却也将近；但如今因保唐僧到玉华州，蒙王子遣三子拜老孙等为师，习学武艺，把我们三件神兵照样打造，不期夜间被贼偷去。及天明寻找，原是城北豹头山虎口洞一个金毛狮子成精盗去。老孙用计取出，那精就伙了若干狮精与老孙大闹。内有一个九头狮子，神通广大，将我师父与八戒并王父子四人都衔去，到一竹节山九曲盘桓洞。次日，老孙与沙僧跟寻，亦被衔去。老孙被他捆打无数，幸而弄法走了。他们正在彼处受罪。问及当坊土地，始知天尊是他主人，特来奉请收降解救。』

天尊闻言，即令仙将到狮子房唤出狮奴来问。那狮奴熟睡，被众将推摇方醒，揪至中厅来见。天尊问道：『狮兽何在？』那奴儿垂泪叩头，只教：『饶命！饶命！』天尊道：『孙大圣在此，且不打你。你快说为何不谨，走了九头狮子。』狮奴道：『爷爷，我前日在大千甘露殿中见一瓶酒，不知偷去吃了，不觉沉醉睡着，失于拴锁，是以走了。』天尊道：『那酒是太上老君送的，唤做「轮回琼液」。你吃了该醉三日不醒。那狮兽今走几日了？』大圣道：『据土地说，他前年下降，到今二三年矣。』天尊笑道：『是了，是了，天宫里一日，在凡世就是一年。』叫狮奴道：『你且起来，饶你死罪，跟我与大圣下方去收他来。汝众仙都回去，不用跟随。』

天尊遂与大圣、狮奴，踏云径至竹节山。只见那五方揭谛、六丁六甲、本山土地都来跪接。行者道：『汝等护祐，可曾伤着我师？』众神道：『妖精着了恼睡了，更不曾动甚刑罚。』天尊道：『我那元圣儿也是一个久修得道的真灵，他喊一声，上通三圣，下彻九泉，等闲也便不伤生。孙大圣，你去他门首索战，引他出来，我好收之。』

行者听言，果掣棒跳近洞口，高骂道：『泼妖精，还我人来也！泼妖精，还我人来也！』连叫了数声。那老妖睡着了，无人答应。行者性急起来，轮铁棒，往里打进，口中不住的喊骂。那老妖方才惊醒，心中大怒。爬起来，喝一声：『赶战！』摇摇头，便张口来衔。

行者回头跳出。妖精赶到外边，骂道：『贼猴！那里走！』行者立在高崖上笑道：『你还敢这等大胆无礼！你死活也不知哩！这不是你老爷主公在此？』那妖精赶到崖前，早被天尊念声咒语，喝道：『元圣儿！我来了！』那妖认得是主人，不敢展挣，四只脚伏之于地，只是磕头。旁边跑过狮奴儿，一把挝住项毛，用拳着项上打够百十，口里骂道：『你这畜生，如何偷走，教我受罪！』那狮兽合口无言，不敢摇动。狮奴儿打得手困，方才住了。即将锦鞴安在他身上，天尊骑了，喝声教走。他就纵身驾起彩云，径转妙岩宫去。

大圣望空称谢了。却入洞中，先解玉华王，次解唐三藏，次又解了八戒、沙僧并三王子。共搜他洞里物件，逍逍停停，将众领出门外。八戒就取了若干枯柴，前后堆上，放起火来，把一个九曲盘桓洞，烧做个乌焦破瓦窑！大圣又发放了众神，还教土地在此镇守。却令八戒、沙僧，各各使法，把王父子背驮回州。他搀着唐僧。不多时，到了州城，天色渐晚，当有妃后官员，都来接见了。摆上斋筵，共坐享之。长老师徒还在暴纱亭安歇。王子们入宫各寝。一宵无话。

次日，王又传旨，大开素宴。合府大小官员，一一谢恩。行者又叫屠子来，把那六个活狮子杀了，共那黄狮子都剥了皮，将肉安排将来受用。殿下十分欢喜，即命杀了。把一个留在本府内外人用，一个与王府长史等官分用；把五个都剁做一二两重的块子，差校尉散给州城内外军民人等，各吃些须，一则尝尝滋味，二则押押惊恐。那些家家户户，无不瞻仰。

又见那铁匠人等造成了三般兵器，对行者磕头道：『爷爷，小的们工都完了。』问道：『各重多少斤两？』铁匠道：『金箍棒有千斤，九齿钯与降妖杖各有八百斤。』行者道：『也罢了。』叫请三位王子出来，各人执兵器。三子对老王道：『父王，今日兵器完矣。』老王道：『为此兵器，几乎伤了我父子之命。』小王子道：『幸蒙神师施法，救出我等，却又扫荡妖邪，除了后患。诚所谓海晏河清，太平之世界也！』当时老王父子赏劳了匠作，又至暴纱亭拜谢了师恩。

三藏又教大圣等快传武艺，莫误行程。他三人就各轮兵器，在王府院中，一一传授。不数日，那三个王子尽皆操演精熟，其余攻退之方，紧慢之法，各有七十二道解数，无不知之。一则那诸王子心坚，二则亏孙大圣先授了神力，此所以那千斤之棒，八百斤之钯杖，俱能举能运。较之初时自家弄的武艺，真天渊也！有诗为证，诗曰：

缘因善庆遇神师，习武何期动怪狮。
扫荡群邪安社稷，皈依一体定边夷。

## 盗道缠禅静九灵

那妖精赶到崖前，早被天尊念声咒语，喝道：『元圣儿！我来了！』那妖认得是主人，不敢展挣，四只脚伏之于地，只是磕头。旁边跑过狮奴儿，一把挝住项毛，用拳着项上打够百十，口里骂道：『你这畜生，如何偷走，教我受罪！』那狮兽合口无言，不敢摇动。狮奴儿打得手困，方才住了。

九灵数合元阳理，四面精通道果之。
授受心明遗万古，玉华永乐太平时。

那王子又大开筵宴，谢了师教。又取出一大盘金银，用答微情。行者笑道：『快拿进去，快拿进去，我们出家人，要他何用？』八戒在旁道：『金银实不敢受，奈何我这件衣服被那些狮子精扯拉破了，但与我们换件衣服，足为爱也。』那王子随命针工，照依色样，取青锦、红锦、茶褐锦各数匹，与三位各做了一件。三人欣然领受，各穿了锦布直裰，收拾了行装起程。只见那城里城外，若大若小，无一人不称是罗汉临凡，活佛下界。鼓乐之声，旌旗之色，盈街塞道。正是家家户外焚香火，处处门前献彩灯。送至许远方回。他四众方得离城西去。这一去顿脱群思，潜心正果。才是：

无虑无忧来佛界，诚心诚意上雷音。

毕竟不知到灵山还有几多路程，何时行满，且听下回分解。

### 金平府元夜观灯

少时，风中果现出三位佛身，近灯来了。慌得那唐僧跑上桥顶，倒身下拜。行者急忙扯起道：『师父，不是好人，必定是妖邪也。』说不了，见灯光昏暗，『呼』的一声，把唐僧抱起，驾风而去。噫！不知是那山那洞真妖怪，积年假佛看金灯。

## 第九十一回　金平府元夜观灯　玄英洞唐僧供状

修禅何处用工夫？马劣猿颠速剪除。
牢捉牢拴生五彩，暂停暂住堕三途。
若教自在神丹漏，才放从容玉性枯。
喜怒忧思须扫净，得玄得妙恰如无。

话表唐僧师徒四众离了玉华城，一路平稳，诚所谓极乐之乡。去有五六日程途，又见一座城池。唐僧问行者道：『此又是甚么处所？』行者道：『是座城池。但城上有杆无旗，不知地方，俟近前再问。』及至东关厢，见那两边茶坊酒肆喧哗，米市油房热闹。街衢中有几个无事闲游的浪子，见猪八戒嘴长，沙和尚脸黑，孙行者眼红，都拥拥簇簇的争看，只是不敢近前而问。唐僧捏着一把汗，惟恐他们惹祸。又走过几条巷口，还不到城。忽见有一座山门，门上有『慈云寺』三字，唐僧道：『此处略进去歇歇马，打一个斋如何？』行者道：『好，好。』四众遂一齐而入。但见那里边：

珍楼壮丽，宝座峥嵘。佛阁高云外，僧房静月中。丹霞缥缈浮屠挺，碧树阴森轮藏清。真净土，假龙宫，大雄殿上紫云笼。两廊不绝闲人戏，一塔常开有客登。炉中香火时时　，台上灯花夜夜荧。忽闻方丈金钟韵，应佛僧人朗诵经。

四众正看时，又见廊下走出一个和尚，对唐僧作礼道：『老师何来？』唐僧道：『弟子中华唐朝来者。』那和尚倒身下拜，慌得唐僧搀起道：『院主何为行此大礼？』那和尚合掌道：『我这里向善的人，看经念佛，都指望修到你中华地托生；才见老师丰采衣冠，果然是前生修到的，方得此受用，故当下拜。』唐僧笑道：『惶恐！惶恐！我弟子乃行脚僧，有何受用！若院主在此闲养自在，才是享福哩。』那和尚领唐僧入正殿，拜了佛象。唐僧方才招呼：『徒弟来耶。』原来行者三人，自见那和尚与师父讲话，他都背着脸，牵着马，守着担，立在一处，和尚不曾在心。忽的闻唐僧叫『徒弟』，他三人方才转面。那和尚见了，慌得叫：『爷爷呀！你高徒如何恁般丑样？』唐僧道：『丑则虽丑，倒颇有些法力。我一路甚亏他们保护。』

正说处，里面又走出几个和尚作礼。先见的那和尚对后的说道：『这老师是中华大唐来的人物。那三位是他高徒。』众僧且喜且惧道：『老师中华大国，到此何为？』唐僧言：『我奉唐王圣旨，向灵山拜佛求经。适过宝方，特奔上刹，一则求问地方，二则打顿斋食就行。』那僧人个个欢喜，又邀入方丈。方丈里又有几个与人家做斋的和尚。这先进去的又叫道：『你们都来看看中华人物。原来中华有俊的，有丑的。俊的真个难描难画，丑的却十分古怪。』那许多僧同斋主都来相见，见毕，各坐下。

茶罢，唐僧问道：『贵处是何地名？』众僧道：『我这里乃天竺国外郡，金平府是也。』唐僧道：『贵府至灵山还有许多远近？』众僧道：『此间到都下有二千里。这是我等走过的。西去到灵山，我们未走，不知还有多少路，不敢妄对。』唐僧谢了。

少时，摆上斋来。斋罢，唐僧要行，却被众僧并斋主款留道：『老师宽住一二日，过了元宵，要要去不妨。』唐僧惊问道：『弟子在路，只知有山，有水，怕的是逢怪，逢魔，把光阴都错过了，不知几时是元宵佳节。』众僧笑道：『老师拜佛与悟禅心重，故不以此为念。今日乃正月十三，到晚就试灯。后日十五上元。直至十八九，方才谢灯。我这里人家好事，本府太守老爷爱民，各地方俱高张灯火，彻夜笙箫。还有个「金灯桥」，乃上古传留，至今丰盛。老爷们宽住数日，我荒山颇管待得起。』唐僧无奈，遂俱住下。当晚只听得佛殿上钟鼓喧天，乃是街坊众信人等，送灯来献佛。唐僧等都出方丈来看了灯，各自归寝。

次日，寺僧又献斋。吃罢，同步后园闲耍。果然好个去处。正是：

时维正月，岁届新春。园林幽雅，景物妍森。四时花木争奇，一派峰峦叠翠。芳草阶前萌动，老梅枝上生馨。红入桃花嫩，青归柳色新。金谷园富丽休夸，辋川图流风慢说。水流一道，野凫出没无常；竹种千竿，墨客推敲未定。芍药花、牡丹花、紫薇花、含笑花，天机方醒；山茶花、红梅花、迎春花、瑞香花，艳质先开。阴崖积雪犹含冻，远树浮烟已带春。又见那鹿向池边照影，鹤来松下听琴。东几厦，西几亭，客来留宿；南几堂，北几塔，僧静安禅。花卉中，有一两座养性楼，重檐高拱；山水内，有三四处炼魔室，静几明窗。真个是天然堪隐逸，又何须他处觅蓬瀛。

师徒们玩赏一日，殿上看了灯，又都去看灯游戏。但见那：

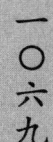

玛瑙花城，琉璃仙洞，水晶云母诸宫：似重重锦绣，迭迭玲珑。星桥影幌乾坤动，看数株火树摇红。六街箫鼓，千门璧月，万户香风。几处鳌峰高耸，有鱼龙出海，鸾凤腾空，美灯光月色，和气融融。绮罗队里，人人喜听笙歌，车马轰轰，看不尽花容玉貌，风流豪侠，佳景无穷。

**众等既在本寺里看了灯，又到东门厢各街上游戏。到二更时，方才回转安置。**

**次日，唐僧对众僧道：『弟子原有扫塔之愿，趁今日上元佳节，请院主开了塔门，让弟子了此愿心。』众僧随开了门。沙僧取了袈裟，随从唐僧。到了一层，就披了袈裟，拜佛祷祝毕，即将笤帚扫了一层，卸了袈裟，付与沙僧。又扫二层，一层层直扫上绝顶。那塔上层层有佛，处处开窗，扫一层，赏玩赞美一层。扫毕下来，已此天晚，又都点上灯火。**

**此夜正是十五元宵。众僧道：『老师父，我们前晚只在荒山与关厢看灯，今晚正节，进城里看看金灯如何？』唐僧欣然从之，同行者三人及本寺多僧进城看灯。正是：**

三五良宵节，上元春色和。花灯悬闹市，齐唱太平歌。又见那六街三市灯亮，半空一鉴初升。那月如冯夷推上烂银盘，这灯似仙女织成铺地锦。灯映月，增一倍光辉；月照灯，添十分灿烂。观不尽铁锁星桥，看不了灯花火树。雪花灯、梅花灯，春冰剪碎；绣屏灯、画屏灯，五彩攒成。核桃灯、荷花灯，灯楼高挂；青狮灯、白象灯，灯架高檠。鰕儿灯、鳖儿灯，棚前高弄；羊儿灯、兔儿灯，檐下精神。鹰儿灯、凤儿灯，相连相并；虎儿灯、马儿灯，同走同行。仙鹤灯、白鹿灯，寿星骑坐；金鱼灯、长鲸灯，李白高乘。鳌山灯，神仙聚会；走马灯，武将交锋。万千家灯火楼台，十数里云烟世界。那壁厢，索琅琅玉　飞来；这壁厢，毂辘辘香车辇过。看那红妆楼上，倚着栏，隔着帘，并着肩，携着手，双双美女贪欢；绿水桥边，闹吵吵，锦簇簇，醉醺醺，笑呵呵，对对游人戏彩。满城中箫鼓喧哗，彻夜里笙歌不断。有诗为证，诗曰：

锦绣场中唱彩莲，太平境内簇人烟。
灯明月皎元宵夜，雨顺风调大有年。

此时正是金吾不禁。乱烘烘的，无数人烟。有那跳舞的，蹅跷的，装鬼的，骑象的，东一攒，西一簇，看之不尽。却才到金灯桥上，唐僧与众僧近前看处，原来是三盏金灯。那灯有缸来大，上照着玲珑剔透的两层楼阁，都是细金丝儿编成；内托着琉璃薄片，其光幌月，其油喷香。

唐僧回问众僧道：『此灯是甚油？怎么这等异香扑鼻？』众僧道：『老师不知。我这府后有一县，名唤旻天县。

金平府元夜观灯
玄英洞唐僧供状

此时正是金吾不禁。乱烘烘的，无数人烟。有那跳舞的，蹅跷的，装鬼的，骑象的，东一攒，西一簇，看之不尽。却才到金灯桥上，唐僧与众僧近前看处，原来是三盏金灯。那灯有缸来大，上照着玲珑剔透的两层楼阁，都是细金丝儿编成；内托着琉璃薄片，其光幌月，其油喷香。

县有二百四十里。每年审造差徭，共有二百四十家灯油大户。府县的各项差徭犹可，惟有此大户甚是吃累：每家当一年，要使二百多两银子。此油不是寻常之油，乃是酥合香油。这油每一两值价银二两，每一斤值三十二两银子。三盏灯，每缸有五百斤，三缸共一千五百斤，共该银四万八千两。还有杂项缴缠使用，将有五万余两，只点得三夜。』行者道：『这许多油，三夜何以就点得尽？』众僧道：『这缸内每缸有四十九个大灯马，都是灯草扎的把，裹了丝绵，有鸡子粗细；只点过今夜，见佛爷现了身，明夜油也没了，灯就昏了。』八戒在旁笑道：『想是佛爷连油都收去了。』众僧道：『正是此说。满城里人家，自古及今，皆是这等传说。但油干了，人俱说是佛祖收了灯，自然五谷丰登；若有一年不干，却就年成荒旱，风雨不调。所以人家都要这供献。』

正说处，只听得半空中呼呼风响，唬得些看灯的人尽皆四散。那些和尚也立不住脚道：『老师父，回去罢。风来了。是佛爷降祥，到此看灯也。』唐僧道：『怎见得是佛来看灯？』众僧道：『年年如此，不上三更，就有风来。知道是诸佛降祥，所以人皆回避。』唐僧道：『我弟子原是思佛念佛拜佛的人，今逢佳景，果有诸佛降临，就此拜拜，多少是好。』众僧连请不回。

少时，风中果现出三位佛身，近灯来了。慌得那唐僧跑上桥顶，倒身下拜。行者急忙扯起道：『师父，不是好人，必定是妖邪也。』说不了，见灯光昏暗，『呼』的一声，把唐僧抱起，驾风而去。噫！不知是那山那洞真妖怪，积年假佛看金灯。唬得那八戒两边寻找，沙僧左右招呼。行者叫道：『兄弟！不须在此叫唤。师父乐极生悲，已被妖精摄去了！』那几个和尚害怕道：『爷爷，怎见得是妖精摄去？』行者笑道：『原来你这伙凡人，累年不识，故被妖邪惑了，只说是真佛降祥，受此灯供。刚才风到处，现佛身者，就是三个妖精。我师父亦不能识，上桥顶就拜，即被他侮暗灯光，将器皿盛了油，连我师父都摄去。我略走迟了些儿，所以他三个化风而遁。』沙僧道：『师兄，这般却如之何？』行者道：『不必迟疑。你两个同众回寺，看守马匹、行李，等老孙趁此风追赶去也。』

好大圣，急纵筋斗云，起在半空，闻着那腥风之气，往东北上径赶。赶至天晓，倏尔风息。见有一座大山，十分险峻，着实嵯峨。好山：

重重丘壑，曲曲源泉。藤萝悬削壁，松柏挺虚岩。鹤鸣晨雾里，雁唳晓云间。峨峨矗矗峰排戟，突突磷磷石砌磐。顶巅高万仞，峻岭迭千湾。野花佳木知春发，杜宇黄莺应景妍。能巍奕，实巉岩，古怪崎岖险又艰。停玩多时人不语，只听虎豹有声鼾。香獐白鹿随来往，玉兔青狼去复还。深涧水流千万里，回湍激石响潺潺。

大圣在山崖上，正自找寻路径，只见四个人，赶着三只羊，从西坡下，齐吆喝『开泰』。大圣闪火眼金睛，仔细观看，认得是年、月、日、时四值功曹使者，隐象化形而来。

大圣即掣出铁棒，幌一幌，碗来粗细，有丈二长短，跳下崖来，喝道：『你都藏头缩颈的那里走！』四值功曹见他说出风息，慌得喝散三羊，现了本相，闪下路旁施礼道：『大圣，恕罪，恕罪！』行者道：『这一向也不曾用着你们，你们见老孙宽慢，都一个个弄懈怠了，见也不来见我一见！是怎么说！你们不在暗中保祐吾师，都往那里去？』功曹道：『你师父宽了禅性，在于金平府慈云寺贪欢，所以泰极生否，乐盛成悲，今被妖邪捕获。他身边有护法伽蓝保着哩。吾等知大圣连夜追寻，恐大圣不识山林，特来传报。』行者道：『你既传报，怎么隐姓埋名，赶着三个羊儿，吆吆喝喝作甚？』功曹道：『设此三羊，以应开泰之言，唤做「三阳开泰」，破解你师之否塞也。』

行者恨恨的要打，见有此意，却就免之。收了棒，回嗔作喜道：『这座山，可是妖精之处？』功遭道：『正是，正是。此山名青龙山。内有洞，名玄英洞。洞中有三个妖精：大的个名辟寒大王，第二个号辟暑大王，第三个号辟尘大王，这妖精在此有千年了。他自幼儿爱食酥合香油。当年成精，到此假装佛象，哄了金平府官员人等，设立金灯，灯油用酥合香油。他年年到正月半，变佛象收油；今年见你师父，他认得是圣僧之身，连你师父都摄在洞内，不日要割剐你师之肉，使酥合香油煎吃哩。你快用工夫，救援去也。』

行者闻言，喝退四功曹，转过山崖，找寻洞府。行未数里，只见那涧边有一石崖。崖下是座石屋。屋有两扇石门，半开半掩。门旁立有石碣，上有六字，却是『青龙山玄英洞』。行者不敢擅入，立定步，叫声：『妖怪，快送我师父出来！』那里『唿喇』一声，大开了门，跑出一阵牛头精，邓邓呆呆的问道：『你是谁，敢在这里呼唤！』行者道：『我本是东土大唐取经的圣僧唐三藏之大徒弟。路过金平府观灯，我师被你家魔头摄来，快早送还，免汝等性命！如或不然，掀翻你窝巢，教你群精都化为脓血！』

那些小妖听言，急入里边报道：『大王！祸事了！祸事了！』三个老妖正把唐僧拿在那洞中深远处，那里问甚么青红皂白，教小的选剥了衣裳，汲湍中清水洗净，算计要细切细锉，着酥合香油煎吃。忽闻得报声『祸事』，老大着惊，问是何故。小妖道：『大门前有一个毛脸雷公嘴的和尚嚷道：大王摄了他师父来，教快送出去，免吾等性命；不然，就要掀翻窝巢，教我们都化为脓血哩！』那老妖听说，个个心惊道：『才拿了这厮，还不曾问他个姓名来历。小的们，且把衣服与他穿了，带过来审他一审，端是何人，何自而来也。』

众妖一拥上前，把唐僧解了索，穿了衣服，推至座前，唬得唐僧战兢兢的跪在下面，只叫：『大王，饶命，饶命！』三个妖精，异口同声道：『你是那方来的和尚？怎么见佛象不躲，却冲撞我的云路？』唐僧磕头道：『贫僧是东土大唐驾下差来的，前往天竺国大雷音寺拜佛祖取经的。因到金平府慈云寺打斋，蒙那寺僧留过元宵看灯。正在金灯桥上，见大王显现佛象，贫僧乃肉眼凡胎，见佛就拜，故此冲撞大王云路。』

那妖精道：『你那东土到此，路程甚远；一行共有几众，都甚名字，快实实供来，我饶你性命。』唐僧道：『贫僧俗名陈玄奘，自幼在金山寺为僧。后蒙唐皇敕赐在长安洪福寺为僧官。又因魏徵丞相梦斩泾河老龙，唐王游地府，回生阳世，开设水陆大会，超度阴魂，蒙唐王又选赐贫僧为坛主，大阐都纲。幸观世音菩萨出现，指化贫僧，说西天大雷音寺有三藏真经，可以超度亡者升天，差贫僧来取，因赐号三藏，即倚唐为姓，所以人都呼我为唐三藏。我有三个徒弟，大的个姓孙，名悟空行者，乃齐天大圣归正。』群妖闻得此名，着了一惊道：『这个齐天大圣，可是五百年前大闹天宫的？』唐僧道：『正是，正是。第二个姓猪，名悟能八戒，乃天蓬大元帅转世。第三个姓沙，名悟净和尚，乃卷帘大将临凡。』三个妖王听说，个个心惊道：『早是不曾吃他。小的们，且把唐僧将铁链锁在后面，待拿他三个徒弟来凑吃。』遂点了一群山牛精、水牛精、黄牛精，各持兵器，走出门，掌了号头，摇旗擂鼓。

三个妖披挂整齐，都到门外喝道：『是谁人敢在我这里吆喝！』行者闪在石崖上，仔细观看。那妖精生得：

彩面环睛，二角峥嵘。尖尖四只耳，灵窍闪光明。一体花纹如彩画，满身锦绣若蜚英。第一个，头顶狐裘花帽暖，一脸昂毛热气腾；第二个，身挂轻纱飞烈焰，四蹄花莹玉玲玲；第三个，威雄声吼如雷振，獠牙尖利赛银针。个个勇而猛，手持三样兵：一个使钺斧，一个大刀能；但看第三个，肩上横担扢挞藤。

又见那七长八短、七肥八瘦的大大小小妖精，都是些牛头鬼怪，各执枪棒。有三面大旗，旗上明明书着『辟寒大王』、『辟暑大王』、『辟尘大王』。孙行者看了一会，忍耐不得，上前高叫道：『泼贼怪！认得老孙么？』那妖喝道：『你是那闹天宫的孙悟空？真个是「闻名不曾见面，见面羞杀天神」！你原来是这等个猢狲儿，敢说大话！』行者大怒，骂道：『我把你这个偷灯油的贼！油嘴妖怪，不要胡谈！快还我师父来！』赶近前，轮铁棒就打。那三个老妖，举三般兵器，急架相迎。这一场在山凹中好杀：

钺斧钢刀扢挞藤，猴王一棒敢来迎。辟寒辟暑辟尘怪，认得齐天大圣名。棒起致令神鬼怕，斧来刀砍乱飞

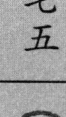

## 玄英洞唐僧供状

众妖一拥上前，把唐僧解了索，穿了衣服，推至座前，唬得唐僧战兢兢的跪在下面，只叫：『大王，饶命，饶命！』三个妖精，异口同声道：『你是那方来的和尚？怎么见佛象不躲，却冲撞我的云路？』

腾。好一个混元有法真空象！抵住三妖假佛形。那三个偷油润鼻今年犯，务捉钦差驾下僧。这个因师不惧山程远，那个为嘴常年设献灯。乒乓只听刀斧响，劈朴惟闻棒有声。冲冲撞撞三攒一，架架遮遮各显能。一朝斗至天将晚，不知那个亏输那个赢。

孙行者一条棒与那三个妖魔斗经百五十合，天色将晚，胜负未分，只见那辟尘大王把扢挞藤闪一闪，跳过阵前，将旗摇了一摇，那伙牛头怪簇拥上前，把行者围在垓心，各轮兵器，乱打将来。行者见事不谐，唿喇的纵起筋斗云，败阵而走。那妖更不来赶，招回群妖，安排些晚食，众各吃了。也叫小妖送一碗与唐僧，只待拿住孙行者等才要整治。那师父一则长斋，二则愁苦，哭啼啼的未敢沾唇不题。

却说行者驾云回至慈云寺内，叫声：『师弟。』那八戒、沙僧正自盼望商量，听得叫时，一齐出接道：『哥哥，如何去这一日方回？端的师父下落何如？』行者笑道：『昨夜闻风而赶，至天晓，到一山，不见。幸四值功曹传言道：那山叫做青龙山，山中有一玄英洞。洞中有三个妖精，唤做辟寒大王、辟暑大王、辟尘大王。原来积年在此偷油，假变佛象，哄了金平府官员人等。今年遇见我们，他不知好歹，反连师父都摄去。老孙审得此情，吩咐功曹等众暗中保护师父，我寻近门前叫骂。那三怪齐出，都像牛头鬼形。大的个使钺斧，第二个使大刀，第三个使藤棍。后引一窝子牛头鬼怪，摇旗擂鼓，与老孙斗了一日，杀个手平。那妖王摇动旗，小妖都来，我见天晚，恐不能取胜，所以驾筋斗回来也。』八戒道：『那里想是酆都城鬼王弄喧。』沙僧道：『你怎么就猜道是酆都城鬼王弄喧？』八戒笑道：『哥哥说是牛头鬼怪，故知之耳。』行者道：『不是！不是！若论老孙看那怪，是三只犀牛成的精。』八戒道：『若是犀牛，且拿住他，锯下角来，倒值好几两银子哩！』

正说处，众僧道：『孙老爷可吃晚斋？』行者道：『方便吃些儿，不吃也罢。』众僧道：『老爷征战这一日，岂不饥了？』行者笑道：『这日把儿那里便得饥！老孙曾五百年不吃饮食哩！』众僧不知是实，只以为说笑。须臾拿来，行者也吃了，道：『且收拾睡觉，待明日我等都去相持，拿住妖王，庶可救师父也。』沙僧在旁道：『哥哥说那里话！常言道：「停留长智。」那妖精倘或今晚不睡，把师父害了，却如之何？不若如今就去，嚷得他措手不及，方才好救师父。少迟，恐有失也。』八戒闻言，抖擞神威道：『沙兄弟说得是！我们都趁此月光去降魔耶！』行者依言，即吩咐寺僧：『看守行李、马匹。待我等把妖精捉来，对本府刺史证其假佛，免却灯油，以苏概县小民之困，却不是好？』众僧领诺，称谢不已。他三个遂纵起祥云，出城而去。正是那：

懒散无拘禅性乱，灾危有分道心蒙。

毕竟不知此去胜败何如，且听下回分解。

### 三僧大战青龙山

三个妖王十分烦恼道：『这厮着实无礼！』即命取披挂结束了，各持兵器，帅小妖出门迎敌。此时约有三更时候，半天中月明如昼。走出来，更不打话，便就轮兵。这里行者抵住钺斧，八戒敌住大刀，沙僧迎住大棍。

## 第九十二回　三僧大战青龙山　四星挟捉犀牛怪

却说孙大圣挟同二弟滚着风，驾着云，向东北艮地上，顷刻至青龙山玄英洞口，按落云头。八戒就欲筑门，行者道：『且消停。待我进去看看师父生死如何，再好与他争持。』沙僧道：『这门闭紧，如何得进？』行者道：『我自有法力。』

好大圣，收了棒，捻着诀，念声咒语，叫：『变！』即变做个火焰虫儿。真个也疾伶！你看他：

展翅星流光灿，古云腐草为萤。神通变化不非轻，自有徘徊之性。飞近石门悬看，旁边瑕缝穿风。将身一纵到幽庭，打探妖魔动静。

他自飞入，只见几只牛横攲直倒，一个个呼吼如雷，尽皆睡熟。又至中厅里面，全无消息。四下门户通关，不知那三个妖精睡在何处。才转过厅房，向后又照，只闻得啼泣之声，乃是唐僧锁在后房檐柱上哭哩。行者暗暗听他哭甚，只见他哭道：

『一别长安十数年，登山涉水苦熬煎。
幸来西域逢佳节，喜到金平遇上元。
不识灯中假佛像，概因命里有灾愆。
贤徒追袭施威武，但愿英雄展大权。』

行者闻言，满心欢喜，展开翅，飞近师前。唐僧揩泪道：『呀！西方景象不同。此时正月，蛰虫始振，为何就有萤飞？』行者忍不住，叫声：『师父，我来了！』唐僧喜道：『悟空，我心说正月怎得萤火，原来是你。』

行者即现了本相道：『师父啊，为你不识真假，误了多少路程，费了多少心力。我一行说不是好人，你就下拜，却被这怪侮暗灯光，盗取酥合香油，连你都摄将来了。我当吩咐八戒、沙僧回寺看守，我即闻风追至此间。不识地名，幸遇四值功曹传报，说此山名青龙山玄英洞。我日间与此怪斗至天晚方回，与师弟辈细道此情，却就不曾睡，同他两个来此。我恐夜深不便交战，又不知师父下落，所以变化进来，打听师情。』唐僧喜道：『八戒、沙僧如今在外边哩？』行者道：『在外边。才子老孙看时，妖精都睡着。我且解了锁，搠开门，带你出去罢。』唐僧点头称谢。

行者使个解锁法，用手一抹，那锁早自开了。领着师父往前正走，忽听得妖王在中厅内房里叫道：『小的们，紧闭门户，小心火烛。这会怎么不叫更巡逻，梆铃都不响了？』原来那伙小妖征战一日，俱辛辛苦苦睡着；听见叫唤，却才醒了。梆铃响处，有几个执器械的，敲着锣，从后而走，可可的撞着他师徒两个。众小妖一齐喊道：『好和尚啊！扭开锁往那里去！』行者不容分说，掣出棒幌一幌，碗来粗细，就打。棒起处，打死两个。其余的丢了器械，近中厅，打着门叫：『大王！不好了！不好了！毛脸和尚在家里打杀人了！』

那三怪听见，一毂辘爬将起来，只教：『拿住！拿住！』唬得个唐僧手软脚软。行者也不顾师父，一路棒，滚向前来。众小妖遮架不住，被他放倒三两个，推倒两三个，打开几层门，径自出来，叫道：『兄弟们何在？』八戒、沙僧正举着钯杖等待，道：『哥哥，如何了？』行者将变化入里解放师父，正走，被妖惊觉，顾不得师父，打出来的事，讲说一遍不题。

那妖王把唐僧捉住，依然使铁索锁了。执着刀，轮着斧，灯火齐明，问道：『你这厮怎样开锁，那猴子如何得进，快早供来，饶你之命！不然，就一刀两段！』慌得那唐僧，战战兢兢的跪道：『大王爷爷！我徒弟孙悟空，他会七十二般变化。才变个火焰虫儿，飞进来救我；不期大王知觉，被小大王等撞见，是我徒弟不知好歹，打伤两个，众皆喊叫，举兵着火，他遂顾不得我，走出去了。』三个妖王，呵呵大笑道：『早就惊觉，未曾走了。』叫小的们把前后门紧紧关闭。亦不喧哗。

沙僧道：『闭门不喧哗，想是暗弄我师父。我们动手耶！』行者道：『说得是。快早打门。』那呆子卖弄神通，举钯尽力筑去，把那石门筑得粉碎，却又厉声喊骂道：『偷油的贼怪！快送吾师出来也！』唬得那门内小妖，滚将进去，报道：『大王，不好了，不好了！前门被和尚打破了！』三个妖王十分烦恼道：『这厮着实无礼！』即命取披挂结束了，各持兵器，帅小妖出门迎敌。此时约有三更时候，半天中月明如昼。走出来，更不打话，便就轮兵。这里行者抵住钺斧，八戒敌住大刀，沙僧迎住大棍。这场好杀：

僧三众，棍杖钯。三个妖魔胆气加。钺斧钢刀藤纥䌰，只闻风响并尘沙。初交几合喷愁雾，次后飞腾散彩霞。钉钯解数随身滚，铁棒英豪更可夸。降妖宝杖人间少，妖怪顽心不让他。钺斧口明尖镈利，藤条节懞一身花。大刀幌亮如门扇，和尚神通偏赛他。这壁厢因师性命发狠打，那壁厢不放唐僧劈脸挝。斧剁棒迎争胜负，钯轮刀砍两交搽。扢挞藤条降怪杖，翻翻复复逞豪华。

三僧三怪，赌斗多时，不见输赢。那辟寒大王喊一声，叫：『小的们上来！』众精各执兵刃齐来，早把个八戒绊倒在地。被几个水牛精，揪揪扯扯，拖入洞里捆了。沙僧见没了八戒，只见那群牛发喊哞声。即掣宝杖，望辟尘大王虚丢了架子要走，又被群精一拥而来，拉了个踉踵，急挣不起，也被捉去捆了。行者觉道难为，纵筋斗云，脱身而去。

当时把八戒、沙僧拖至唐僧前。唐僧见了，满眼垂泪道：『可怜你二人也遭了毒手！悟空何在？』沙僧道：『师兄见捉住我们，他就走了。』唐僧道：『他既走了，必然那里去求救。但我等不知何日方得脱网。』师徒们凄凄惨惨不题。

却说行者驾筋斗云复至慈云寺，寺僧接着，来问：『唐老爷救得否？』行者道：『难救，难救！那妖精神通广大，我弟兄三个，与他三个斗了多时，被他呼小妖先捉了八戒，后捉了沙僧，老孙幸走脱了。』众僧害怕道：『爷爷这般会腾云驾雾，还捉获不得，想老师父被倾害也。』行者道：『不妨，不妨！我师父自有伽蓝、揭谛、丁甲等神暗中护佑，却也曾吃过草还丹，料不伤命。只是那妖精有本事，汝等可好看马匹、行李，等老孙上天去求救兵来。』众僧胆怯道：『爷爷又能上天？』行者笑道：『天宫原是我的旧家。当年我做齐天大圣，因为乱了蟠桃会，被我佛收降，如今没奈何，保唐僧取经，将功折罪。一路上辅正除邪，我师父该有此难，汝等却不知也。』众僧听此言，又磕头礼拜，行者出得门，打个唿哨，即时不见。

好大圣，早至西天门外。忽见太白金星与增长天王、殷、朱、陶、许四大灵官讲话。他见行者来，都慌忙施礼

道：『大圣那里去？』行者道：『因保唐僧行至天竺国东界金平府旻天县，我师被本县慈云寺僧留赏元宵。比至金灯桥，有金灯三盏，点灯用酥合香油，价贵白金五万余两，年年有诸佛降祥受用。正看时，果有三尊佛像降临。我师不识好歹，上桥就拜。我说不是好人，早被他侮暗灯光，连油并我师一风摄去。我随风追袭，至天晓，到一山，幸四功曹报道：「那山名青龙山。山有玄英洞。洞有三怪，名辟寒大王、辟暑大王、辟尘大王。」老孙急上门寻讨，与他赌斗一阵，未胜。是我变化入里，见师父锁住未伤，随解了欲出，又被他知觉，我遂走了。后又同八戒、沙僧苦战，复被他将二人也捉去捆了。老孙因此特启玉帝，查他来历，请命将降之。』

金星呵呵冷笑道：『大圣既与妖怪相持，岂看不出他的出处？』行者道：『认便认得，是一伙牛精。只是他大有神通，急不能降也。』金星道：『那是三个犀牛之精。他因有天文之象，累年修悟成真，亦能飞云步雾。其怪极爱干净，常嫌自己影身，每欲下水洗浴。他的名色也多：有兕犀，有雄犀，有牯犀，有斑犀，又有胡冒犀、堕罗犀、通天花文犀。都是一孔三毛二角，行于江海之中，能开水道。似那辟寒、辟暑、辟尘都是角有贵气，故以此为名而称大王也。若要拿他，只是四木禽星见面就伏。』行者连忙唱喏问道：『是那四木禽星？烦长庚老一一明示明示。』金星笑道：『此星在斗牛宫外，罗布乾坤。你去奏闻玉帝，便见分晓。』行者拱拱手称谢，径入天门里去。

不一时，到于通明殿下，先见葛、邱、张、许四大天师。天师问道：『何往？』行者道：『近行至金平府地方，因我师宽放禅性，元夜观灯，遇妖魔摄去。老孙不能收降，特来奏闻玉帝求救。』四天师即领行者至灵霄宝殿启奏。各各礼毕，备言其事。玉帝传旨：『教点那路天兵相助？』行者奏道：『老孙才到西天门，遇长庚星说：「那怪是犀牛成精，惟四木禽星可以降伏。」』玉帝即差许天师同行者去斗牛宫点四木禽星下界收降。

及至宫外，早有二十八宿星辰来接。天师道：『吾奉圣旨，教点四木禽星与孙大圣下界降妖。』旁即闪过角木蛟、斗木獬、奎木狼、井木犴应声呼道：『孙大圣，点我等何处降妖？』行者笑道：『原来是你。这长庚老儿却隐匿，我不解其意。早说是二十八宿中的四木，老孙径来相请，又何必劳烦旨意？』四木道：『大圣说那里话！我等不奉旨意，谁敢擅离？端的是那方？快早去来。』行者道：『在金平府东北艮地青龙山玄英洞，犀牛成精。』斗木獬、奎木狼、角木蛟道：『若果是犀牛成精，不须我们，只消井宿去罢。他能上山吃虎，下海擒犀。』行者道：『那犀不比望月之犀，乃是修行得道，都有千年之寿者。须得四位同去才好，切勿推调。倘一时一位拿他不住，却不又费事了？』天师道：『你们说得是甚话！旨意着你四人，岂可不去？趁早飞行。我回旨去也。』那天师遂别行者而去。

四木道：『大圣不必迟疑，你先去索战，引他出来，我们随后动手。』行者即近前骂道：『偷油的贼怪！还我师来！』原来那门被八戒筑破，几个小妖弄了几块板儿搪住，在里边听得骂詈，急跑进报道：『大王，孙和尚在外面骂

**三僧大战青龙山**
**四星挟捉犀牛怪**

只听得呼呼吼吼，喘喘呵呵，众小妖都现了本身：原来是那山牛精、水牛精、黄牛精，满山乱跑。那三个妖王，也现了本相，放下手来，还是四只蹄子，就如铁炮一般，径往东北上跑。这大圣帅井木犴、角木蛟紧追急赶，略不放松。

哩！』辟尘儿道：『他败阵去了，这一日怎么又来？想是那里求些救兵来了。』辟寒、辟暑道：『怕他甚么救兵！快取披挂来！小的们，都要用心围绕，休放他走了。』

那伙精不知死活，一个个各执枪刀，摇旗擂鼓，走出洞来，对行者喝道：『你个不怕打的猢狲儿，你又来了！』行者最恼的是这『猢狲』二字，咬牙发狠，举铁棒就打。三个妖王，调小妖，跑个圈子阵，把行者圈在垓心。那壁厢四木禽星一个个各抡兵刃道：『孽畜，休动手！』那三个妖王看他四星，自然害怕，俱道：『不好了，不好了！他寻将降手儿来了！小的们，各顾性命走耶！』只听得呼呼吼吼，喘喘呵呵，众小妖都现了本身：原来是那山牛精、水牛精、黄牛精，满山乱跑。那三个妖王，也现了本相，放下手来，还是四只蹄子，就如铁炮一般，径往东北上跑。这大圣帅井木犴、角木蛟紧追急赶，略不放松。惟有斗木獬、奎木狼在东山凹里、山头上、山涧中、山谷内，把些牛精打死的、活捉的，尽皆收净。却向玄英洞里解了唐僧、八戒、沙僧。

沙僧认得是二星，随同拜谢。因问：『二位如何到此相救？』二星道：『吾等是孙大圣奏玉帝请旨调来收怪救你也。』唐僧又滴泪道：『我悟空徒弟怎么不见进来？』二星道：『那三个老怪是三只犀牛，他见吾等，各各顾命，向东北艮方逃遁。孙大圣帅井木犴、角木蛟追赶去了。我二星扫荡群牛到此，特来解放圣僧。』唐僧复又顿首拜谢，朝天又拜。八戒搀起道：『师父，礼多必诈，不须只管拜了。四星官，一则是玉帝圣旨，二则是师兄人情。今既扫荡群妖，还不知老妖如何降伏。我们且收拾些细软东西出来，掀翻此洞，以绝其根，回寺等候师兄罢。』奎木狼道：『天蓬元帅说得有理。你与卷帘大将保护你师回寺安歇，待吾等还去艮方迎敌。』八戒道：『正是，正是。你二位还协同一捉，必须剿尽，方好回旨。』二星官即时追袭。

八戒与沙僧将他洞内细软宝贝——有许多珊瑚、玛瑙、珍珠、琥珀、王车琚、宝贝、美玉、良金，搜出一石，搬在外面，请师父到山崖上坐了，他又进去放起火来，把一座洞烧成灰烬，却才领唐僧找路回金平慈云寺去。正是：

经云泰极还生否，好处逢凶实有之。
爱赏花灯禅性乱，喜游美景道心漓。
大丹自古宜长守，一失原来到底亏。
紧闭牢拴休旷荡，须臾懈怠见参差。

且不言他三众得命回寺。却表斗木獬、奎木狼二星官驾云直向东北艮方赶妖怪来。二人在那半空中，寻看不见。直到西洋大海，远望见孙大圣在海上吆喝。他两个按落云头道：『大圣，妖怪那里去了？』行者恨道：『你两个怎么不来追降？这会子却冒冒失失的问甚？』斗木獬道：『我见大圣与井、角二星战败妖魔追赶，料必擒拿。我二人却就扫荡群精，入玄英洞救出你师父、师弟。搜了山，烧了洞，把你师父付托与你二弟领回府城慈云寺。多时不见车驾回转，故又追寻到此也。』行者闻言，方才喜谢道：『如此却是有功，多累，多累！但那三个妖魔，被我赶到此间，他就钻下海去。当有井、角二星，紧紧追拿，教老孙在岸边抵挡。你两个既来，且在岸边把截，等老孙也再去来。』

好大圣，轮着棒，捻着诀，辟开水径，直入波涛深处。只见那三个妖魔在水底下与井木犴、角木蛟舍死忘生苦斗哩。他跳近前喊道：『老孙来也！』那妖精抵住二星官，措手不及。正在危难之处，忽听得行者叫喊，顾残生，拨转头往海心里飞跑。原来这怪头上角，极能分水，只闻得花花花，冲天明路。这后边二星官并孙大圣并力追之。

却说西海中有个探海的夜叉，巡海的介士，远见犀牛分开水势，又认得孙大圣与二天星，即赴水晶宫对龙王慌慌张张报道：『大王！有三只犀牛，被齐天大圣和二位天星赶来也！』老龙王敖顺听言，即唤太子摩昂：『快点水兵。想是犀牛精辟寒、辟暑、辟尘儿三个惹了孙行者。今既至海，快快拔刀相助。』敖摩昂得令，即忙点兵。

四星挟捉犀牛怪

## 四星挟捉犀牛怪

他跳近前喊道：『老孙来也！』那妖精抵住二星官，措手不及。正在危难之处，忽听得行者叫喊，顾残生，拨转头往海心里飞跑。原来这怪头上角，极能分水，只闻得花花花，冲天明路。这后边二星官并孙大圣并力追之。

顷刻间，龟鳖鼋鼍，鯾鲌鳜鲤，与虾兵蟹卒等，各执枪刀，一齐呐喊，腾出水晶宫外，挡住犀牛精。犀牛精不能前进，急退后，又有井、角二星并大圣拦阻，慌得他失了群，各各逃生，四散奔走，早把个辟尘儿被老龙王领兵围住。孙大圣见了心欢，叫道：『消停，消停，捉活的，不要死的！』摩昂听令，一拥上前，将辟尘儿扳翻在地，用铁钩子穿了鼻，攒蹄捆倒。

老龙王又传号令，教分兵赶那两个，协助二星官擒拿。即时小龙王帅众前来。只见井木犴现原身，按住辟寒儿，大口小口的啃着吃哩。摩昂高叫道：『井宿，井宿！莫咬死他。孙大圣要活的，不要死的哩。』连喊数喊，已是被他把颈项咬断了。

摩昂吩咐虾兵蟹卒，将个死犀牛抬转水晶宫，却又与井木犴向前追赶。只见角木蛟把那辟暑儿倒赶回来，只撞着井宿。摩昂帅龟鳖鼋鼍，撒开簸箕阵围住。那怪只教：『饶命，饶命！』井木犴走近前，一把揪住耳朵，夺了他的刀，叫道：『不杀你，不杀你！拿与孙大圣发落去来。』

当即倒干戈，复至水晶宫外，报道：『都捉来也。』行者见一个断了头，血淋津的，倒在地下。一个被井木犴拖着耳朵，推跪在地。近前仔细看了道：『这头不是兵刃伤的啊。』摩昂笑道：『不是我喊得紧，连身子都着井星官吃了。』行者道：『既是如此，也罢，取锯子来，锯下他的这两只角，剥了皮带去。犀牛肉还留与龙王贤父子享之。』又把辟尘儿穿了鼻，教角木蛟牵着；辟暑儿也穿了鼻，教井木犴牵着；『带他上金平府见那刺史官，明究其由，问他个积年假佛害民，然后的决。』

众等遵言，辞龙王父子，都出西海。牵着犀牛，会着奎、斗二星，驾云雾，径转金平府。行者足踏祥光，半空中叫道：『金平府刺史，各佐贰郎官并府城内外军民人等听着：吾乃东土大唐差往西天取经的圣僧。你这府县，每年家供献金灯，假充诸佛降祥者，即此犀牛之怪。我等过此，因元夜观灯，见这怪将灯油并我师父摄去，是我请天神收伏。今已扫清山洞，剿尽妖魔，不得为害。以后你府县再不可供献金灯，劳民伤财也。』那慈云寺里，八戒、沙僧方保唐僧进得山门，只听见行者在半空言语，即便撇了师父，丢下担子，纵风云起到空中，问行者降妖之事。行者道：『那一只被井星咬死，已锯角剥皮带来，两只活拿在此。』八戒道：『这两个索性推下此城，与官员人等看看，也认得我们是圣是神。左右累四位星官收云下地，同到府堂，将这怪的决。已此情真罪当，再有甚讲！』四星道：『天蓬帅近来知理明律，却好呀！』八戒道：『因做了这几年和尚，也略学得些儿。』

众神果推落犀牛，一簇彩云，降至府堂之上。唬得这府县官员，城里城外人等，都家家设香案，户户拜天神。少时间，慈云寺僧把长老用轿抬进府门，会着行者，口中不离『谢』字道：『有劳上宿星官救出我等。因不见贤徒，

悬悬在念，今幸得胜而回！然此怪不知赶向何方才捕获也！』行者道：『自前日别了尊师，老孙上天查访，蒙太白金星识得妖魔是犀牛，指示请四木禽星。当时奏闻玉帝，蒙旨差委，直至洞口交战。妖王走了，又蒙斗、奎二宿救出尊师。老孙与井、角二宿并力追妖，直赶到西洋大海，又亏龙王遣子帅兵相助。所以捕获到此审究也。』长老赞扬称谢不已。又见那府县正官并佐贰首领，都在那里高烧宝烛，满斗焚香，朝上礼拜。

少顷间，八戒发起性来，掣出戒刀，将辟尘儿头一刀砍下，又一刀把辟暑儿头也砍下。随即取锯子锯下四只角来。孙大圣更有主张，就教：『四位星官，将此四只犀角，拿上界去，进贡玉帝，回缴圣旨。』把自己带来的二只：『留一只在府堂镇库，以作向后免征灯油之证；我们带一只去，献灵山佛祖。』四星心中大喜。即时拜别大圣，忽驾彩云回奏而去。

府县官，留住他师徒四众，大排素宴，遍请乡官陪奉。一壁厢出给告示，晓谕军民人等，下年不许点设金灯，永蠲买油大户之役。一壁厢叫屠子宰剥犀牛之皮，硝熟熏干，制造铠甲，把肉普给官员人等。又一壁厢动支杠罚无碍钱粮，买民间空地，起建四星降妖之庙。又为唐僧四众建立生祠，各各树牌刻文，用传千古，以为报谢。

师徒们索性宽怀领受。又被那二百四十家灯油大户，这家酬，那家请，略无虚刻。八戒遂心满意受用，把洞里搜来的宝物，每样各笼些须在袖，以为各家斋筵之赏。住经个月，犹不得起身。长老吩咐：『悟空，将余剩的宝物，尽送慈云寺僧，以为酬礼。瞒着那些大户人家，天不明走罢：恐只管贪乐，误了取经，惹佛祖见罪，又生灾厄，深为不便。』行者随将前件一一处分。

次日五更早起，唤八戒备马。那呆子吃了自在酒饭，睡得梦梦乍道：『这早备马怎的？』行者喝道：『师父教走路哩！』呆子抹抹脸道：『又是这长老没正经！二百四十家大户都请，才吃了有三十几顿饱斋，怎么又弄老猪忍饿！』长老听言骂道：『馕糟的夯货，莫胡说，快早起来！再若强嘴，教悟空拿金箍棒打牙！』那呆子听见说打，慌了手脚道：『师父今番变了，常时疼我，爱我，念我蠢夯护我；哥要打时，他又劝解；今日怎么发狠转教打么？』行者道：『师父怪你为嘴，误了路程。快早收拾行李、备马，免打！』那呆子真个怕打，跳起来穿了衣服，吆喝沙僧：『快起来，打将来了！』沙僧也随跳起，各各收拾皆完。长老摇手道：『寂寂悄悄的，不要惊动寺僧。』连忙上马，开了山门，找路而去。这一去，正所谓：

暗放玉笼飞彩凤，私开金锁走蛟龙。

毕竟不知天明时，酬谢之家端的如何，且听下回分解。

## 给孤园问古谈因

他都玩着月，缓缓而行。行近后门外，至台上，又坐了一坐，忽闻得有啼哭之声。三藏静心诚听，哭的是爷娘不知苦痛之言。他就感触心酸，不觉泪堕，回问众僧道：『是甚人在何处悲切？』老僧见问，即命众僧先回去煎茶，见无人，方才对唐僧、行者下拜。

# 第九十三回　给孤园问古谈因　天竺国朝王遇偶

起念断然有爱，留情必定生灾。灵明何事辨三台？行满自归元海。不论成仙成佛，须从个里安排。清清净净绝尘埃，果正飞升上界。

却说寺僧，天明不见了三藏师徒，都道：『不曾留得，不曾别得，不曾求告得，清清的把个活菩萨放得走了！』正说处，只见南关厢有几个大户来请。众僧扑掌道：『昨晚不曾防御，今夜都驾云去了。』众人齐望空拜谢。此言一讲，满城中官员人等，尽皆知之。叫此大户人家，俱治办五牲花果，往生祠祭献酬恩不题。

却说唐僧四众，餐风宿水，一路平宁，行有半个多月。忽一日，见座高山，唐僧又悚惧道：『徒弟，那前面山岭峻峭，是必小心！』行者笑道：『这边路上将近佛地，断乎无甚妖邪。师父放怀勿虑。』唐僧道：『徒弟，虽然佛地不远。但前日那寺僧说，到天竺国都下有二千里，还不知是有多少路哩。』行者道：『师父，你好是又把乌巢禅师《心经》忘记了也？』三藏道：『《般若心经》是我随身衣钵。自那乌巢禅师教后，那一日不念，那一时得忘？颠倒也念得来，怎会忘得！』行者道：『师父只是念得，不曾求那师父解得。』三藏说：『猴头，怎又说我不曾解得！你解得么？』行者道：『我解得，我解得。』自此，三藏、行者再不作声。

旁边笑倒一个八戒，喜坏一个沙僧，说道：『嘴巴！替我一般的做妖精出身，又不是那里禅和子，听过讲经，那里应佛僧，也曾见过说法？弄虚头，找架子，说甚么「晓得，解得」！怎么就不作声？听讲，请解！』沙僧说：『二哥，你也信他。大哥扯长话，哄师父走路。他晓得弄棒罢了，他那里晓得讲经！』三藏道：『悟能、悟净，休要乱说。悟空解得是无言语文字，乃是真解。』

他师徒们正说话间，却倒也走过许多路程，离了几个山冈，路旁早见一座大寺。三藏道：『悟空，前面是座寺啊。你看那寺：

倒也不小不大，却也是琉璃碧瓦；半新半旧，却也是八字红墙。隐隐见苍松偃盖，也不知是几千百年间故物到于今；潺潺听流水鸣弦，也不道是那朝代时分开山留得在。山门上，大书着「布金禅寺」；悬扁上，留题着「上古遗迹」。』

行者看得是『布金禅寺』，八戒也道是『布金禅寺』。三藏在马上沉思道：『「布金」……「布金」……这莫不是舍卫国界了么？』八戒道：『师父，奇啊！我跟师父几年，再不曾见识得路，今日也识得路了。』三藏说道：『不是。我常看经诵典，说是佛在舍卫城祇树给孤园。这园说是给孤独长者问太子买了，请佛讲经。太子说：「我这园不卖。他若要买我的时，除非黄金满布园地。」给孤独长者听说，随以黄金为砖，布满园地，才买得太子祇园，才请得世尊说法。我想这布金寺莫非就是这个故事。』八戒笑道：『造化！若是就是这个故事，我们也去摸他块把砖儿送人。』大家又笑了一会，三藏才下得马来。

进得山门，只见山门下，挑担的，背包的，推车的，整车坐下；也有睡的去睡，讲的去讲。忽见他们师徒四众，俊的又俊，丑的又丑，大家有些害怕，却也就让开些路儿。三藏生怕惹事，口中不住只叫：『斯文！斯文！』这时节，却也大家收敛。转过金刚殿后，早有一位禅僧走出，却也威仪不俗。真是：

面如满月光，身似菩提树。
拥锡袖飘风，芒鞋石头路。

三藏见了问讯。那僧即忙还礼道：『师从何来？』三藏道：『弟子陈玄奘，奉东土大唐皇帝之旨，差往西天拜佛求经。路过宝方，造次奉谒，便求借一宿，明日就行。』那僧道：『荒山十方常住，都可随喜；况长老东土神僧，但得供养，幸甚。』三藏谢了，随即唤他三人同行。过了回廊香积，径入方丈。相见礼毕，分宾主坐定。行者三人，亦垂手坐了。

话说这时寺中听说到了东土大唐取经僧人，寺中若大若小，不问长住、挂榻、长老、行童，一一都来参见。茶罢，摆上斋供。这时长老还正开斋念偈，八戒早是要紧，馒头、素食、粉汤一搅直下。这时方丈却也人多，有知识的，赞说三藏威仪；好耍子的，都看八戒吃饭。却说沙僧眼溜，看见头底，暗把八戒捏了一把，说道：『斯文！』八戒着忙，急的叫将起来，说道：『斯文，斯文！肚里空空！』沙僧笑道：『二哥，你不晓的。天下多少「斯文」，若论起肚子里来，正替你我一般哩。』八戒方才肯住。三藏念了结斋，左右彻了席面，三藏称谢。

寺僧问起东土来因，三藏说到古迹，才问布金寺名之由。那僧答曰：『这寺原是舍卫国给孤独园寺，又名祇园。

因是给孤独长者请佛讲经，金砖布地，又易今名。我这寺一望之前，乃是舍卫国。那时给孤独长者正在舍卫国居住。我荒山原是长者之祇园，因此遂名给孤布金寺。寺后边还有祇园基址。近年间，若遇时雨滂沱，还淋出金银珠儿。有造化的，每每拾着。』三藏道：『话不虚传果是真！』

又问道：『才进宝山，见门下两廊有许多骡马车担的行商，为何在此歇宿？』众僧道：『我这山唤做百脚山。先年且是太平，近因天气循环，不知怎的，生几个蜈蚣精，常在路下伤人。虽不至于伤命，其实人不敢走。山下有一座关，唤做鸡鸣关。但到鸡鸣之时，才敢过去。那些客人，因到晚了，惟恐不便，权借荒山一宿，等鸡鸣后便行。』三藏道：『我们也等鸡鸣后去罢。』师徒们正说处，又见拿上斋来，却与唐僧等吃毕。

此时上弦月皎。三藏与行者步月闲行，又见个道人来报道：『我们老师爷要见见中华人物。』三藏急转身，见一个老和尚，手持竹杖，向前作礼道：『此位就是中华来的师父？』三藏答礼道：『不敢。』老僧称赞不已。因问：『老师高寿？』三藏道：『虚度四十五年矣。敢问老院主尊寿？』老僧笑道：『比老师痴长一花甲也。』行者道：『今年是一百零五岁了。你看我有多少年纪？』老僧道：『师家貌古神清，况月夜眼花，急看不出来。』叙了一会，又向后廊看看。三藏道：『才说给孤园基址，果在何处？』老僧道：『后门外就是。』快教开门，但见是一块空地，还有些碎石迭的墙脚。三藏合掌叹曰：

『忆昔檀那须达多，曾将金宝济贫疴。
祇园千古留名在，长者何方伴觉罗？』

他都玩着月，缓缓而行。行近后门外，至台上，又坐了一坐，忽闻得有啼哭之声。三藏静心诚听，哭的是爷娘不知苦痛之言。他就感触心酸，不觉泪堕，回问众僧道：『是甚人在何处悲切？』老僧见问，即命众僧先回去煎茶，见无人，方才对唐僧、行者下拜。三藏搀起道：『老院主，为何行此礼？』老僧道：『弟子年岁百余，略通人事。每于禅静之间，也曾见过几番景象。若老爷师徒，弟子聊知一二，与他人不同。若言悲切之事，非这位师家，明辨不得。』行者道：『你且说，是甚事？』

老僧道：『旧年今日，弟子正明性月之时，忽闻一阵风响，就有悲怨之声。弟子下榻，到祇园基上看处，乃是一个美貌端正之女。我问他：「你是谁家女子？为甚到于此地？」那女子道：「我是天竺国国王的公主。因为月下观花，被风刮来的。」我将他锁在一间敝空房里，将那房砌作个监房模样，门上止留一小孔，仅递得碗过。当日与众僧传道：「是个妖邪，被我捆了。」但我僧家乃慈悲之人，不肯伤他性命。每日与他两顿粗茶粗饭，吃着度命。那女子也聪明，即解吾意，恐为众僧点污，就装风作怪，尿里眠，屎里卧。白日家说胡话，呆呆邓邓的；到夜静处，却思量父母啼哭。我几番家进城乞化打探公主之事，全然无损。故此坚收紧锁，更不放出。今幸老师来国，万望到了国中，广施法力，辨明辨明。一则救拔良善，二则昭显神通也。』三藏与行者听罢，切切在心。正说处，只见两个小和尚请吃茶安置，遂而回去。

八戒与沙僧在方丈中，突突哝哝的道：『明日要鸡鸣走路，此时还不来睡！』行者道：『呆子又说甚么？』八戒道：『睡了罢，这等夜深，还看甚么景致。』因此，老僧散去，唐僧就寝。正是那：

人静月沉花梦悄，暖风微透壁窗纱。
铜壶点点看三汲，银汉明明照九华。

当夜睡还未久，即听鸡鸣。那前边行商烘烘皆起，引灯造饭。这长老也唤醒八戒、沙僧，扣马收拾。行者叫点灯来。那寺僧已先起来，安排茶汤点心，在后候敬。八戒欢喜，吃了一盘馍馍，把行李、马匹牵出。三藏、行者对众辞谢。老僧又向行者道：『悲切之事，在心，在心！』行者笑道：『谨领，谨领！我到城中，自能聆音而察理，见貌而辨色也。』那伙行商，哄哄嚷嚷的，也一同上了大路。将有寅时，过了鸡鸣关。至巳时，方见城垣。真是铁瓮金城，神洲天府。那城：

虎踞龙蟠形势高，凤楼麟阁彩光摇。
御沟流水如环带，福地依山插锦标。
晓日旌旗明辇路，春风箫鼓遍溪桥。
国王有道衣冠胜，五谷丰登显俊豪。

当日入于东市街，众商各投旅店。他师徒们进城，正走处，有一个会同馆驿，三藏等径入驿内。那驿内管事的，

**天竺国朝王遇偶**

公主转睛观看，见唐僧来得至近，将绣球取过来，亲手抛在唐僧头上。唐僧着了一惊，把个毗卢帽子打歪，双手忙扶着那球。那球毂辘的滚在他衣袖之内。那楼上齐声发喊道：『打着个和尚了！打着个和尚了！』

即报驿丞道：『外面有四个异样的和尚，牵一匹白马进来了。』驿丞听说有马，就知是官差的，出厅迎迓。三藏施礼道：『贫僧是东土唐朝钦差灵山大雷音见佛求经的。随身有关文，入朝照验。借大人高衙一歇，事毕就行。』驿丞答礼道：『此衙门原设待使客之处，理当款迓。请进，请进。』三藏喜悦，教徒弟们都来相见。那驿丞看见嘴脸丑陋，暗自心惊，不知是人是鬼，战兢兢的，只得看茶，摆斋。三藏见他惊怕，道：『大人勿惊，我等三个徒弟，相貌虽丑，心地俱良。俗谓「山恶人善」，何以惧为！』

驿丞闻言，方才定了心性，问道：『国师，唐朝在于何方？』三藏道：『在南赡部洲中华之地。』又问：『几时离家？』三藏道：『贞观十三年，今已历过十四载，苦经了些万水千山，方到此处。』驿丞道：『神僧，神僧！』三藏问道：『上国天年几何？』驿丞道：『我敝处乃大天竺国，自太祖太宗传到今，已五百余年。现在位的爷爷，爱山水花卉，号做怡宗皇帝，改元靖宴，今已二十八年了。』三藏道：『今日贫僧要去见驾倒换关文，不知可得遇朝？』驿丞道：『好，好，正好！近因国王的公主娘娘，年登二十青春，正在十字街头，高结彩楼，抛打绣球，撞天婚招驸马。今日正当热闹之际，想我国王爷爷还未退朝。若欲倒换关文，趁此时好去。』三藏欣然要走，只见摆上斋来，遂与驿丞、行者等吃了。

时已过午。三藏道：『我好去了。』行者道：『我保师父去。』八戒道：『我去。』沙僧道：『二哥罢么。你的嘴脸不见怎的，莫到朝门外装胖，还教大哥去。』三藏道：『悟净说得好。呆子粗夯，悟空还有些细腻。』那呆子掬着嘴道：『除了师父，我三个的嘴脸也差不多儿。』

三藏却穿了袈裟，行者拿了引袋同去。只见街坊上，士农工商，文人墨客，愚夫俗子，齐咳咳都道：『看抛绣球去也！』三藏立于道旁，对行者道：『他这里人物衣冠，宫室器用，言语谈吐，也与我大唐一般。我想着我俗家先母也是抛打绣球遇旧姻缘，结了夫妇。此处亦有此等风俗。』行者道：『我们也去看看，如何？』三藏道：『不可，不可！你我服色不便，恐有嫌疑。』行者道：『师父，你忘了那给孤布金寺老僧之言：一则去看彩楼，二则去辨真假。似这般忙忙的，那皇帝必听公主之喜报，那里视朝理事？且去去来！』三藏听说，真与行者相随。见各项人等俱在那里看打绣球。呀！那知此去，却是：

渔翁抛下钩和线，从今钓出是非来。

话表那个天竺国王，因爱山水花卉，前年带后妃公主在御花园，月夜赏玩，惹动一个妖邪，把真公主摄去，他却变做一个假公主。知得唐僧今年今月今日今时到此，他假借国家之富，搭起彩楼。欲招唐僧为偶，采取元阳真气，以成太乙上仙。正当午时三刻，三藏与行者杂入人丛，行近楼下，那公主才拈香焚起，祝告天地。左右有五七十胭娇绣女，近侍的捧着绣球。那楼八窗玲珑。公主转睛观看，见唐僧来得至近，将绣球取过来，亲手抛在唐僧头上。唐僧着了一惊，把个毗卢帽子打歪，双手忙扶着那球。那球毂辘的滚在他衣袖之内。那楼上齐声发喊道：『打着个和尚了！打着个和尚了！』

噫！十字街头，那些客商人等，济济哄哄，都来奔抢绣球，被行者喝一声，把牙傞一傞，把腰躬一躬，长了有三丈高，使个神威，弄出丑脸，唬得些人跌跌爬爬，不敢相近。

霎时人散，行者还现了本像。那楼上绣女宫娥并大小太监，都来对唐僧下拜道：『贵人，贵人，请入朝堂贺喜。』三藏急还礼，扶起众人，回头埋怨行者道：『你这猴头，又是撮弄我也！』行者笑道：『绣球儿打在你头上，滚在你袖里，干我何事，埋怨怎么？』三藏道：『似此怎生区处？』行者道：『师父，你且放心。便入朝见驾，我回驿报与八戒、沙僧等候。若是公主不招你便罢，倒换了关文就行；如必欲招你，你对国王说，「召我徒弟来，我要吩咐他一声。」那时召我三个入朝，我其间自能辨别真假。此是「倚婚降怪」之计。』唐僧无已从言，行者转身回驿。

那长老被众宫娥等撮拥至楼前。公主下楼，玉手相搀，同登宝辇，摆开仪从，回转朝门。早有黄门官先奏道：『万岁，公主娘娘搀着一个和尚，想是绣球打着，现在午门外候旨。』那国王见说，心甚不喜，意欲赶退，又不知公主之意何如，只得含情宣入。公主与唐僧遂至金銮殿下，正是：

一对夫妻呼万岁，两门邪正拜千秋。

礼毕，又宣至殿上，开言问道：『僧人何来，遇朕女抛球得中？』唐僧俯伏奏道：『贫僧乃南赡部洲大唐皇帝差往西天大雷音寺拜佛求经的。因有长路关文，特来朝王倒换。路过十字街彩楼之下，不期公主娘娘抛绣球，打在贫僧头上。贫僧是出家异教之人，怎敢与玉叶金枝为偶。万望赦贫僧死罪，倒换关文，打发早赴灵山，见佛求经，回我国土，永注陛下之天恩也！』

国王道：『你乃东土圣僧，正是「千里姻缘使线牵」。寡人公主，今登二十岁未婚，因择今日年月日时俱利，所以结彩楼抛绣球，以求佳偶。可可的你来抛着，朕虽不喜，却不知公主之意如何。』那公主叩头道：『父王，常言：「嫁鸡逐鸡，嫁犬逐犬。」女有誓愿在先，结了这球，告奏天地神明，撞天婚抛打；今日打着圣僧，即是前世之缘，遂得今生之遇，岂敢更移！愿招他为驸马。』国王方喜。即宣钦天监正台官选择日期。一壁厢收拾妆奁，又出旨晓谕天下。

三藏闻言，更不谢恩，只教：『放赦！放赦！』国王道：『这和尚甚不通理。朕以一国之富，招你做驸马，为何不在此享用，念念只要取经！再若推辞，教锦衣官校推出斩了！』长老唬得魂不附体，只得战兢兢叩头启奏道：『感蒙陛下天恩。但贫僧一行四众，还有三个徒弟在外，今当领纳，只是不曾吩咐得一言，万望召他到此，倒换关文，教他早去，不误了西来之意。』国王遂准奏道：『你徒弟在何处？』三藏道：『都在会同馆驿。』随即差官召圣僧徒弟领关文西去，留圣僧在此为驸马。长老只得起身侍立。有诗为证：

大丹不漏要三全，苦行难成恨恶缘。
道在圣传修在己，善由人积福由天。
休逞六根多贪欲，顿开一性本来原。
无爱无思自清净，管教解脱得超然。

当时差官至会同馆驿，宣召唐僧徒弟不题。

却说行者自彩楼下别了唐僧，走两步，笑两声，喜喜欢欢的回驿。八戒、沙僧迎着道：『哥哥，你怎么那般喜笑？师父如何不见？』行者道：『师父喜了。』八戒道：『还未到地头，又不曾见佛取得经回，是何来之喜？』行者笑道：『我与师父只走至十字街彩楼之下，可可的被当朝公主抛绣球打中了师父，师父被些宫娥、彩女、太监推拥至楼前，同公主坐辇入朝，招为驸马，此非喜而何？』八戒听说，跌脚捶胸道：『早知我去好来！都是那沙僧惫懒，你不阻我啊，我径奔彩楼之下，一绣球打着我老猪，那公主招了我，却不美哉妙哉！俊刮标致，停当，大家造化要子儿，何等有趣！』沙僧上前，把他脸上一抹道：『不羞！不羞！好个嘴巴骨子！「三钱银子买个老驴——自夸骑得！」要是一绣球打着你，就连夜烧「退送纸」也还道迟了，敢惹你这晦气进门！』八戒道：『你这黑子不知趣！丑自丑，还有些风味。自古道：「皮肉粗糙，骨格坚强，各有一得可取。」』行者道：『呆子莫胡谈，且收拾行李，但恐师父着了急，来叫我们，却好进朝保护他。』八戒道：『哥哥又说差了。师父做了驸马，到宫中与皇帝的女儿交欢，又不是爬山蹚路，遇怪逢魔，要你保护他怎的！他那样一把子年纪，岂不知被窝里之事，要你去扶揝？』行者一把揪住耳朵，轮拳骂道：『你这个淫心不断的夯货！说那甚胡话！』

正吵闹间，只见驿丞来报道：『圣上有旨，差官来请三位神僧。』八戒道：『端的请我们为何？』驿丞道：『老神僧幸遇公主娘娘，打中绣球，招为驸马，故此差官来请。』行者道：『差官在那里？教他进来。』那官看行者施礼。礼毕，不敢仰视，只管暗念诵道：『是鬼，是怪？……是雷公，夜叉？……』行者道：『那官儿，有话不说，为何沉吟？』那官儿慌得战战兢兢的，双手举着圣旨，口里乱道：『我公主有请会亲……我主公会亲有请！』八戒道：『我这里没刑具，不打你，你慢慢说，不要怕。』行者道：『莫成道怕你打？怕你那脸哩！快收拾挑担牵马进朝，见师父议事去也！』这正是：

路逢狭道难回避，定教恩爱反为仇。

毕竟不知见了国王有何话说，且听下回分解。

四聖宴樂御花園

## 四僧宴乐御花园

那国王见唐僧恣意看诗，便道：『驸马喜玩诗中之味，必定善于吟哦。如不吝珠玉，请依韵各和一首如何？』长老是个对景忘情，明心见性之意；见国王钦重，命和前韵，他不觉忽谈一句道：『日暖冰消大地钧。』国王大喜，即召侍卫官：『取文房四宝，请驸马和完录下，俟朕缓缓味之。』

## 第九十四回　四僧宴乐御花园　一怪空怀情欲喜

话表孙行者三人，随着宣召官至午门外，黄门官即时传奏宣进。他三个齐齐站定，更不下拜。国王问道：『那三位是圣僧驸马之高徒？姓甚名谁？何方居住？因甚事出家？取何经卷？』行者即近前，意欲上殿。旁有护驾的喝道：『不要走！有甚话，立下奏来。』行者笑道：『我们出家人，得一步就进一步。』随后八戒、沙僧亦俱近前。长老恐他村鲁惊驾，便起身叫道：『徒弟啊，陛下问你来因，你即奏上。』行者见他那师父在旁侍立，忍不住大叫一声道：『陛下轻人重己！既招我师为驸马，如何教他侍立？世间称女夫谓之「贵人」，岂有贵人不坐之理！』国王听说，大惊失色。欲退殿，恐失了观瞻。只得硬着胆，教近侍的取绣墩来，请唐僧坐了。行者才奏道：『老孙祖居东胜神洲傲来国花果山水帘洞。父天母地，石裂吾生。曾拜至人，学成大道。复转仙乡，啸聚在

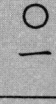

洞天福地。下海降龙，登山擒兽。消死名，上生籍，官拜齐天大圣。玩赏琼楼，喜游宝阁。会天仙，日日歌欢；居圣境，朝朝快乐。只因乱却蟠桃宴，大反天宫，被佛擒伏，困压在五行山下，饥餐铁弹，渴饮铜汁，五百年未尝茶饭。幸我师出东土，拜西方，观音教令脱天灾，离大难，皈正在瑜伽门下。旧讳悟空，称名行者。』

国王闻得这般名重，慌得下了龙床，走将来，以御手挽定长老道：『驸马，也是朕之天缘，得遇你这仙姻仙眷。』三藏满口谢恩，请国王登位。复问：『那位是第二高徒？』八戒掬嘴扬威道：

『老猪先世为人，贪欢爱懒。一生混沌，乱性迷心。未识天高地厚，难明海阔山遥。正在幽闲之际，忽然遇一真人。半句话，解开业网；两三言，劈破灾门。当时省悟，立地投师，谨修二八之工夫，敌炼三三之前后。行满飞升，得超天府。荷蒙玉帝厚恩，官赐天蓬元帅，管押河兵，逍遥汉阙。只因蟠桃酒醉，戏弄嫦娥，谪官衔，遭贬临凡；错投胎，托生猪像。住福陵山，造恶无边。遇观音，指明善道。皈依佛教，保护唐僧。径往西天，拜求妙典。法讳悟能，称为八戒。』

国王听言，胆战心惊，不敢观觑。这呆子越弄精神，摇着头，掬着嘴，撑起耳朵『呵呵』大笑。三藏又怕惊驾，即叱道：『八戒收敛！』方才叉手拱立，假扭斯文。又问：『第三位高徒，因甚皈依？』沙和尚合掌道：

『老沙原系凡夫，因怕轮回访道。云游海角，浪荡天涯。常得衣钵随身，每炼心神在舍。因此虔诚，得逢仙侣。养就孩儿，配缘姹女。工满三千，合和四相。超天界，拜玄穹，官授卷帘大将，侍御凤辇龙车。也为蟠桃会上，失手打破玻璃盏，贬在流沙河，改头换面，造孽伤生。幸喜菩萨远游东土，劝我皈依，等候唐朝佛子，往西天求经果正。从立自新，复修大觉。指河为姓，法讳悟净，称名沙僧。』

国王见说，多惊多喜。喜的是女儿招了活佛，惊的是三个实乃妖神。正在惊喜之间，忽有正台阴阳官奏道：『婚期已定本年本月十二日。壬子辰良，周堂通利，宜配婚姻。』国王道：『今日是何日辰？』阴阳官奏：『今日初八，乃戊申之日，猿猴献果，正宜进贤纳事。』国王大喜，即着当驾官打扫御花园馆阁楼亭，且请驸马同三位高徒安歇，待后安排合卺佳筵，着公主匹配。众等钦遵，国王退朝，多官皆散不题。

却说三藏师徒们都到御花园，天色渐晚，摆了素膳。八戒喜道：『这一日也该吃饭了。』管办人即将素米饭、面饭等物，整担挑来。那八戒吃了又添，添了又吃，直吃得撑肠拄腹，方才住手。少顷，又点上灯，设铺盖，各自归寝。长老见左右无人，却恨责行者，怒声叫道：『悟空！你这猢狲，番番害我！我说只去倒换关文，莫向彩楼前去，你怎么直要引我去看看？如今看得好么！却惹出这般事来，怎生是好？』行者陪笑道：『师父说，「先母也是抛打绣球，遇旧缘，成其夫妇。」似有慕名之意，老孙才引你去。又想着那个给孤布金寺长老之言，就此检视真假。适见那国王之面，略有些晦暗之色，但只未见公主何如耳。』

长老道：『你见公主便怎的？』行者道：『老孙的火眼金睛，但见面，就认得真假善恶，富贵贫穷，却好施为，辨明邪正。』沙僧与八戒笑道：『哥哥近日又学得会相面了。』行者道：『相面之士，当我孙子罢了。』三藏喝道：『且休调嘴！只是他如今定要招我，果何以处之？』行者道：『且到十二日会喜之时，必定那公主出来参拜父母，等老孙在旁观看。若还是个真女人，你就做了驸马，享用国内之荣华也罢。』三藏闻言，越生嗔怒，骂道：『好猢狲！你还害我哩！却是悟能说的，我们十节儿已上了九节七八分了，你还把热舌头铎我！快早夹着，你休开那臭口！再若无礼，我就念起咒来，教你了当不得！』行者听说念咒，慌得跪在面前道：『莫念，莫念！若是真女人，待拜堂时，我们一齐大闹皇宫，领你去也。』师徒说话，不觉早已入更。正是：

沉沉宫漏，荫荫花香。绣户垂珠箔，闲庭绝火光。秋千索冷空留影，羌笛声残静四方。绕屋有花笼月灿，隔空无树显星芒。杜鹃啼歇，蝴蝶梦长。银汉横天宇，白云归故乡。正是离人情切处，风摇嫩柳更凄凉。

八戒道：『师父，夜深了，有事明早再议。且睡！且睡！』师徒们果然安歇。

一宵夜景已题，早又金鸡唱晓。五更三点，国王即登殿设朝。但见：

宫殿开轩紫气高，风吹御乐透青霄。
云移豹尾旌旗动，日射螭头玉佩摇。
香雾细添宫柳绿，露珠微润苑花娇。
山呼舞蹈千官列，海晏河清一统朝。

众文武百官朝罢，又宣：『光禄寺安排十二日会喜佳筵。今日且整春罍，请驸马在御花园中款玩。』吩咐仪制司领三位贤亲去会同馆少坐，着光禄寺安排三席素宴去彼奉陪。两处俱着教坊司奏乐，伏侍赏春景消迟日也。八戒闻得，应声道：『陛下，我师徒自相会，更无一刻相离。今日既在御花园饮宴，带我们去耍两日，好教师父替你家做驸马；不然，这个买卖生意弄不成。』那国王见他丑陋，说话粗俗，又见他扭头捏颈，掬嘴巴，摇耳朵，即像有些风气，犹恐搅破亲事，只得依从；便教：『在永镇华夷阁里安排二席，我与驸马同坐。留春亭上，安排三席，请三位别坐。恐他师徒们坐次不便。』那呆子才朝上唱个喏，叫声多谢。各各而退。又传旨教内宫官排宴，着三宫六院后妃与公主上头，就为添妆馔子，以待十二日佳配。

将有巳时前后，那国王排驾，请唐僧都到御花园内观看。好去处：

径铺彩石，槛凿雕栏：径铺彩石，径边石畔长奇葩；槛凿雕栏，槛外栏中生异卉。夭桃迷翡翠，嫩柳闪黄鹂。步觉幽香来袖满，行沾清味上衣多。凤台龙沼，竹阁松轩。凤台之上，吹箫引凤来仪；龙沼之间，养鱼化龙而去。竹阁有诗，费尽推敲裁白雪；松轩文集，考成珠玉注青编。假山拳石翠，曲水碧波深。牡丹亭，蔷薇架，迭锦铺绒；茉藜槛，海棠畦，堆霞砌玉。芍药异香，蜀葵奇艳。白梨红杏斗芳菲，紫蕙金萱争烂漫。丽春花、木笔花、杜鹃花，夭夭灼灼；含笑花、凤仙花、玉簪花，战战巍巍。一处处红透胭脂润，一丛丛芳浓锦绣围。更喜东风向暖日，满园娇媚逞光辉。

**一行君王几位，观之良久。早有仪制司官邀请行者三人入留春亭。国王携唐僧上华夷阁，各自饮宴。那歌舞吹弹，铺张陈设，真是：**

峥嵘阊阖曙光生，凤阁龙楼瑞霭横。
春色细铺花草绣，天光遥射锦袍明。
笙歌缭绕如仙宴，杯斝飞传玉液清。
君悦臣欢同玩赏，华夷永镇世康宁。

**此时长老见那国王敬重，无计可奈，只得勉强随喜，诚是外喜而内忧也。坐间见壁上挂着四面金屏，屏上画着春夏秋冬四景，皆有题咏，皆是翰林名士之诗：**

**春景诗曰：**

周天一气转洪钧，大地熙熙万象新。
桃李争妍花烂漫，燕来画栋迭香尘。

**夏景诗曰：**

熏风拂拂思迟迟，宫院榴葵映日辉。

玉笛音调惊午梦，芸荷香散到庭帏。

秋景诗曰：

金井梧桐一叶黄，珠帘不卷夜来霜。

燕知社日辞巢去，雁折芦花过别乡。

冬景诗曰：

天雨飞云暗淡寒，朔风吹雪积千山。

深宫自有红炉暖，报道梅开玉满栏。

那国王见唐僧恣意看诗，便道：『驸马喜玩诗中之味，必定善于吟哦。如不吝珠玉，请依韵各和一首如何？』长老是个对景忘情，明心见性之意；见国王钦重，命和前韵，他不觉忽谈一句道：『日暖冰消大地钧。』国王大喜，即召侍卫官：『取文房四宝，请驸马和完录下，俟朕缓缓味之。』长老欣然不辞，举笔而和：

和春景诗曰：

日暖冰消大地钧，御园花卉又更新。

和风膏雨民沾泽，海晏河清绝俗尘。

和夏景诗曰：

斗指南方白昼迟，槐云榴火斗光辉。

黄鹂紫燕啼宫柳，巧转双声入绛帏。

和秋景诗曰：

香飘橘绿与橙黄，松柏青青喜降霜。
篱菊半开攒锦绣，笙歌韵彻水云乡。

和冬景诗曰：

瑞雪初晴气味寒，奇峰巧石玉团山。
炉烧兽炭煨酥酪，袖手高歌倚翠栏。

国王见和大喜，称唱道：『好个「袖手高歌倚翠栏」！』遂命教坊司以新诗奏乐，尽日而散。

行者三人在留春亭亦尽受用，各饮了几杯，也都有些酣意。正欲去寻长老，只见长老已同国王在一阁。八戒呆性发作，应声叫道：『好快活，好自在！今日也受用这一下了！却该趁饱儿睡觉去也！』沙僧笑道：『二哥忒没修养。

一怪空懷情慾喜

## 一怪空怀情欲喜

那公主走近前，倒身下拜，奏道：『父王，乞赦小女万千之罪。有一言启奏：这几日闻得宫官传说，唐圣僧有三个徒弟，他生得十分丑恶，小女不敢见他，恐见时必生恐惧。万望父王将他发放出城方好，不然惊伤弱体，反为祸害也。』

这气饱饫，如何睡觉？』八戒道：『你那里知，俗语云：「吃了饭儿不挺尸，肚里没板脂」哩！』

唐僧与国王相别，只谨言，只谨言。既至亭内，嗔责他三人道：『这夯货，越发村了！这是甚么去处，只管大呼小叫！倘或恼着国王，却不被他伤害性命？』八戒道：『没事，没事！我们与他亲家礼道的，他便不好生怪。常言道：「打不断的亲，骂不断的邻。」大家耍子，怕他怎的？』长老叱道，教：『拿过呆子来，打他二十禅杖！』行者果一把揪翻，长老举杖就打。呆子喊叫道：『驸马爷爷！饶罪！饶罪！』旁有陪宴官劝住。呆子爬将起来，突突囔囔的道：『好贵人，好驸马，亲还未成，就行起王法来了！』行者侮着他嘴道：『莫胡说，莫胡说，快早睡去！』他们又在留春亭住了一宿。到明早，依旧宴乐。

不觉乐了三四日，正值十二日佳辰。有光禄寺三部各官回奏道：『臣等自八日奉旨，驸马府已修完，专等妆奁铺设。合卺宴亦已完备，荤素共五百余席。』国王心喜，正欲请驸马赴席，忽有内宫官对御前启奏道：『万岁，正宫娘娘有请。』国王遂退入内宫，只见那三宫皇后，六院嫔妃，引领着公主，都在昭阳宫谈笑。真个是花团锦簇！那一片富丽妖娆，真胜似天堂月殿，不亚于仙府瑶宫。有喜会佳姻新词四首为证。

喜词云：

喜，喜，喜！欣然乐矣！结婚姻，恩爱美。巧样宫妆，嫦娥怎比。龙钗与凤镮，艳艳飞金缕。樱唇皓齿朱颜，袅娜如花轻体。锦重重，五彩丛中；香拂拂，千金队里。

会词云：

会，会，会！妖娆娇媚。赛毛嫱，欺楚妹。倾国倾城，比花比玉。妆饰更鲜妍，钗环多艳丽。兰心蕙性清高，粉脸冰肌荣贵。黛眉一线远山微，窈窕嫣女冉攒锦队。

佳词云：

佳，佳，佳！玉女仙娃。深可爱，实堪夸。异香馥郁，脂粉交加。天台福地远，怎似国王家。笑语纷然娇态，笙歌缭绕喧哗。花堆锦砌千般美，看遍人间怎若他。

姻词云：

姻，姻，姻！兰麝香喷。仙子阵，美人群。嫔妃换彩，公主妆新。云鬓堆鸦髻，霓裳压凤裙。一派仙音嘹喨，两行朱紫缤纷。当年曾结乘鸾信，今朝幸喜会佳姻。

却说国王驾到，那后妃引着公主，并彩女、宫娥都来迎接。国王喜孜孜，进了昭阳宫坐下。后妃等朝拜毕，国王道：『公主贤女，自初八日结彩抛球，幸遇圣僧，想是心愿已足。各衙门官，又能体朕心，各项事俱已完备。今日正是佳期，可早赴合卺之宴，不要错过时辰。』

那公主走近前，倒身下拜，奏道：『父王，乞赦小女万千之罪。有一言启奏：这几日闻得宫官传说，唐圣僧有三个徒弟，他生得十分丑恶，小女不敢见他，恐见时必生恐惧。万望父王将他发放出城方好，不然惊伤弱体，反为祸害也。』国王道：『孩儿不说，朕几乎忘了。果然生得有些丑恶。连日教他在御花园里留春亭管待。趁今日就上殿，打发他关文，教他出城，却好会宴。』公主叩头谢了恩。国王即出驾上殿，传旨：『请驸马共他三位。』

原来那唐僧捏指头儿算日子，熬至十二日，天未明，就与他三人计较道：『今日却是十二了，这事如何区处？』行者道：『那国王我已识得他有些晦气，还未沾身，不为大害；但只不得公主见面，若得出来，老孙一觑，就知真假，方才动作。你只管放心。他如今一定来请，打发我等出城。你自应承莫怕。我闪闪身儿就来，紧紧随护你也。』

师徒们正讲，果见当驾官同仪制司来请。行者笑道：『去来！去来！必定是与我们送行，好留师父会合。』八戒道：『送行必定有千百两黄金白银，我们也好买些人事回去。到我那丈人家，也再会亲耍子儿去耶。』沙僧道：『二哥箝着口，休乱说，只凭大哥主张。』

遂此将行李、马匹，俱随那些官到于丹墀下。国王见了，教请行者三位近前道：『汝等将关文拿上来，朕当用宝花押交付汝等，外多备盘缠，送你三位早去灵山见佛。若取经回来，还有重谢。留驸马在此，勿得悬念。』行者称谢。遂教沙僧取出关文递上。国王看了，即用了印，押了花字，又取黄金十锭，白金二十锭，聊达亲礼。八戒原来财色心重，即去接了。行者朝上唱个喏道：『聒噪！聒噪！』便转身要走，慌得个三藏一毂辘爬起，扯住行者，咬响牙根道：『你们都不顾我就去了！』行者把手捏着三藏手掌，丢个眼色道：『你在这里宽怀欢会，我等取了经，回来看你。』那长老似信不信的，不肯放手。多官都看见，以为实是相别而去。早见国王又请驸马上殿，着多官送三位出城。长老只得放了手上殿。

行者三人，同众出了朝门，各自相别。八戒道：『我们当真的走哩？』行者不言语，只管走至驿中。驿丞接入，看茶，摆饭。行者对八戒、沙僧道：『你两个只在此，切莫出头。但驿丞问甚么事情，且含糊答应，莫与我说话。我保师父去也。』

好大圣，拔一根毫毛，吹口仙气，叫：『变！』即变作本身模样，与八戒、沙僧同在驿内。真身却幌的跳在半空，变作一个蜜蜂儿，其实小巧。但见：

翅黄口甜尾利，随风飘舞颠狂。最能摘蕊与偷香，度柳穿花摇荡。辛苦几番淘染，飞来飞去空忙。酿成浓美自何尝，只好留存名状。

你看他轻轻的飞入朝中。远见那唐僧在国王左边绣墩上坐着，愁眉不展，心存焦燥。径飞至他毗卢帽上，悄悄的爬及耳边，叫道：『师父，我来了，切莫忧虑。』这句话，只有唐僧听见，那伙凡人，莫想知觉。唐僧听见，始觉心宽。不一时，宫官来请道：『万岁，合卺嘉筵已排设在支鸟鹊宫中。娘娘与公主，俱在宫伺候。专请万岁同贵人会亲也。』国王喜之不尽，即同驸马进宫而去。正是那：

邪主爱花花作祸，禅心动念念生愁。

毕竟不知唐僧在内宫怎生解脱，且听下回分解。

**假合真形擒玉兔**

却说那妖精见事不谐，挣脱了手，解剥了衣裳，捽捽头，摇落了钗环首饰，即跑到御花园土地庙里，取出一条碓嘴样的短棍，急转身来乱打行者。行者随即跟来，使铁棒劈面相迎。他两个吆吆喝喝，就在花园斗起。后却大显神通，各驾云雾，杀在空中。

## 第九十五回　假合真形擒玉兔　真阴归正会灵元

却说那唐僧忧忧愁愁，随着国王至后宫，只听得鼓乐喧天，随闻得异香扑鼻，低着头，不敢仰视。行者暗里欣然，丁在那毗卢帽顶上，运神光，睁火眼金睛观看，又只见那两班彩女，摆列的似蕊宫仙府，胜强似锦帐春风。真个是：

娉婷嫋娜，玉质冰肌。一双双娇欺楚女，一对对美赛西施。云髻高盘飞彩凤，娥眉微显远山低。笙簧杂奏，箫鼓频吹。宫商角徵羽，抑扬高下齐。清歌妙舞常堪爱，锦砌花团色色怡。

行者见师父全不动念，暗自里咂嘴夸称道：『好和尚，好和尚！身居锦绣心无爱，足步琼瑶意不迷。』

少时，皇后、嫔妃簇拥着公主出支鸟鹊宫，一齐迎接，都道声：『我王万岁，万万岁！』慌的个长老战战兢兢，莫知所措。行者早已知识，见那公主头顶上微露出一点妖氛，却也不十分凶恶，即忙爬近耳朵叫道：『师父，公主是个假的。』长老道：『是假的，却如何教他现相？』行者道：『使出法身，就此拿他也。』长老道：『不可，不可！恐惊了主驾。且待君后退散，再使法力。』

那行者一生性急，那里容得，大咤一声，现了本相，赶上前，揪住公主骂道：『好孽畜！你在这里弄假成真，只在此这等受用也尽够了，心尚不足，还要骗我师父，破他的真阳，遂你的淫性哩！』唬得那国王呆呆挣挣，后妃跌跌爬爬，宫娥彩女，无一个不东躲西藏，各顾性命。好便似：

春风荡荡，秋气潇潇：春风荡荡过园林，千花摆动；秋气潇潇来径苑，万叶飘摇。刮折牡丹攲槛下，吹歪芍药卧栏边。沼岸芙蓉乱撼，台基菊蕊铺堆。海棠无力倒尘埃，玫瑰有香眠野径。春风吹折芰荷梃，冬雪压歪梅嫩蕊。石榴花瓣，乱落在内院东西；岸柳枝条，斜垂在皇宫南北。好花风雨一宵狂，无数残红铺地锦。

三藏一发慌了手脚，战兢兢抱住国王，只叫：『陛下，莫怕，莫怕！此是我顽徒使法力，辨真假也。』

却说那妖精见事不谐，挣脱了手，解剥了衣裳，捽捽头，摇落了钗环首饰，即跑到御花园土地庙里，取出一条碓嘴样的短棍，急转身来乱打行者。行者随即跟来，使铁棒劈面相迎。他两个吆吆喝喝，就在花园斗起。后却大显神通，各驾云雾，杀在空中。这一场：

金箍铁棒有名声，碓嘴短棍无人识。一个因取真经到此方，一个为爱奇花来住迹。那怪久知唐圣僧，要求配合元精液，旧年摄去真公主，变作人身钦爱惜。今逢大圣认妖氛，救援活命分虚实。短棍行凶着顶丢，铁棒施威迎面击。喧喧嚷嚷两相持，云雾满天遮白日。

他两个杀在半空赌斗，吓得那满城中百姓心慌，尽朝里多官胆怕。长老扶着国王，只叫：『休惊！请劝娘娘与众等莫怕。你公主是个假作真形的。等我徒弟拿住他，方知好歹也。』那些妃子，有胆大的，把那衣服、钗环拿与皇后看了，道：『这是公主穿的，戴的，今都丢下，精着身子，与那和尚在天上争打，必定是个妖邪。』此时国王、后妃人等才正了性，望空仰视不题。

却说那妖精与大圣斗经半日，不分胜败。行者把棒丢起，叫一声：『变！』就以一变十，以十变百，以百变千，半天里，好似蛇游蟒搅，乱打妖邪。妖邪慌了手脚，将身一闪，化道清风，即奔碧空之上逃走。行者念声咒语，将铁棒收做一根，纵祥光一直赶来。将近西天门，望见那旌旗火闪灼，行者厉声高叫道：『把天门的，挡住妖精，不要放他走了！』真个那天门上，有护国天王帅领着庞、刘、苟、毕四大元帅，各展兵器拦阻。妖邪不能前进，急回头，舍死忘生，使短棍又与行者相持。

这大圣用心力轮铁棒，仔细迎着看时，见那短棍儿一头壮，一头细，却似春碓臼的杵头模样，叱咤一声，喝道：『孽畜！你拿的是甚么器械，敢与老孙抵敌！快早降伏，免得这一棒打碎你的天灵！』那妖邪咬着牙道：『你也不知我这兵器！听我道：

仙根是段羊脂玉，磨琢成形不计年。混沌开时吾已得，洪蒙判处我当先。源流非比凡间物，本性生来在上天。一体金光和四相，五行瑞气合三元。随吾久住蟾宫内，伴我常居桂殿边。因为爱花垂世境，故来天竺假婵娟。与君共乐无他意，欲配唐僧了宿缘。你怎欺心破佳偶，死寻赶战逞凶顽！这般器械名头大，在你金箍棒子前。广寒宫里捣药杵，打人一下命归泉！』

行者闻说，呵呵冷笑道：『好孽畜啊！你既住在蟾宫之内，就不知老孙的手段？你还敢在此支吾？快早现相降伏，饶你性命！』那怪道：『我认得你是五百年前大闹天宫的弼马温，理当让你；但只是破人亲事，如杀父母之仇，故此情理不甘，要打你欺天罔上的弼马温！』那大圣恼得是『弼马温』三字。他听得此言，心中大怒，举铁棒劈面就打。那妖邪轮杵来迎。就于西天门前，发狠相持。这一场：

金箍棒，捣药杵，两般仙器真堪比。那个为结婚姻降世间，这个因保唐僧到这里。原来是国王没正经，爱花引得妖邪喜。致使如今恨苦争，两家都把顽心起。一冲一撞赌输赢，劖语劖言齐斗嘴，药杵英雄世罕稀，铁棒神威还更美。金光湛湛幌天门，彩雾辉辉连地里。来往战经十数回，妖邪力弱难搪抵。

那妖精与行者又斗了十数回，见行者的棒势紧密，料难取胜，虚丢一杵，将身幌一幌，金光万道，径奔正南上败走。大圣随后追袭。忽至一座大山，妖精按金光，钻入山洞，寂然不见。又恐他遁身回国，暗害唐僧，他认了这山的规模，返云头径转国内。

此时有申时矣。那国王正扯着三藏，战战兢兢，只叫：『圣僧救我！』那些嫔妃、皇后也正怆惶，只见大圣自云端里落将下来，叫道：『师父，我来也！』三藏道：『悟空立住，不可惊了圣躬。我问你：假公主之事，端的如何？』行者立于支鸟鹊宫外，叉手当胸道：『假公主是个妖邪。初时与他打了半日，他战不过我，化道清风，径往天门上跑，是我吆喝天神挡住。他现了相，又与我斗到十数合，又将身化作金光，败回正南上一座山上。我急追至山，无处寻觅，恐怕他来此害你，特地回顾也。』国王听说，扯着唐僧问道：『既然假公主是个妖邪，我真公主在于何处？』行者应声道：『待我拿住假公主，你那真公主自然来也。』那后妃等闻得此言，都解了恐惧，一个个上前拜告道：『望圣僧救得我真公主来，分了明暗，必当重谢。』行者道：『此间不是我们说话处，请陛下与我师出宫上殿，娘娘等各转各宫，召我师弟八戒、沙僧来保护师父，我却好去降妖。一则分了内外，二则免我悬心。谨当辨明，以表我一场心力。』国王依言，感谢不已。遂与唐僧携手出宫，径至殿上。众后妃各各回宫。一壁厢教备素膳，一壁厢请八戒、沙僧。须臾间，二人早至。行者备言前事，教他两个用心护持。这大圣纵筋斗云，飞空而去。那殿前多官，一个个望空礼拜不题。

孙大圣径至正南方那座山上寻找。原来那妖邪败了阵，到此山，钻入窝中，将门儿使石块挡塞，虚怯怯藏隐不出。行者寻一会不见动静，心甚焦恼，捻着诀，念动真言，唤出那山中土地、山神审问。少时，二神至了，叩头道：『不知！不知！知当远接。万望恕罪！』行者道：『我且不打你。我问你：这山叫做甚么名字？此处有多少妖精？从实说来，饶你罪过。』二神告道：『大圣，此山唤做毛颖山。山中只有三处兔穴。亘古至今，没甚妖精。乃五环之福地也。大圣要寻妖精，还是西天路上去有。』行者道：『老孙到了西天天竺国，那国王有个公主被个妖精摄去，抛在荒野，他就变做公主模样，戏哄国王，结彩楼，抛绣球，欲招驸马。我保唐僧至其楼下，被他有心打着唐僧，欲为配偶，诱取元阳。是我识破，就于宫中现身捉获。他就脱了人衣、首饰，使一条短棍，唤名捣药杵，与我斗了半日，他就化清风而去。被老孙赶至西天门，又斗有十数合，他料不能胜，复化金光，逃至此处。如何不见？』

二神听说，即引行者去那三窟中寻找。始于山脚下窟边看处，亦有几个草兔儿，也惊得走了。寻至绝顶上窟中看时，只见两块大石头，将窟门挡住。土地道：『此间必是妖邪赶急钻进去也。』行者即使铁棒，捎开石块。那妖邪果藏在里面，呼的一声，就跳将出来，举药杵来打。行者轮起铁棒架住，唬得那山神倒退，土地忙奔。那妖邪口里嚷嚷突突的，骂着山神、土地道：『谁教你引着他往这里来找寻！』他支支撑撑的，抵着铁棒，且战且退，奔至空中。

正在危急之际，却又天色晚了。这行者愈发狠性，下毒手，恨不得一棒打杀。忽听得九霄碧汉之间，有人叫道：『大圣，莫动手！莫动手！棍下留情！』行者回头看时，原来是太阴星君，后带着姮娥仙子，降彩云到于当面。慌得行者收了铁棒，躬身施礼道：『老太阴，那里来的？老孙失回避了。』太阴道：『与你对敌的这个妖邪，是我广寒宫捣玄霜仙药之玉兔也。他私自偷开玉关金锁，走出宫来，经今一载。我算他目下有伤命之灾，特来救他性命。望大圣看老身饶他罢。』行者喏喏连声，只道：『不敢，不敢！怪道他会使捣药杵！原来是个玉兔儿！老太阴不知，他摄藏了天竺国王之公主，却又假合真形，欲破我圣僧师父之元阳。其情其罪，其实何甘！怎么便可轻恕饶他？』太阴道：『你亦不知。那国王之公主，也不是凡人，原是蟾宫中之素娥。十八年前，他曾把玉兔儿打了一掌，却就思凡下界。一灵之光，遂投胎于国王正宫皇后之腹，当时得以降生。这玉兔儿怀那一掌之仇，故于旧年走出广寒，抛素娥于荒野。但只是不该欲配唐僧。此罪真不可道。幸汝留心，识破真假，却也未曾伤损你师。万望看我面上，恕他之罪，我收他去也。』行者笑道：『既有这些因果，老孙也不敢抗违。但只是你收了玉兔儿，恐那国王不信，敢烦太阴君同众仙妹将玉兔儿拿到那厢，对国王明证明证。一则显老孙之手段，二来说那素娥下降之因由，然后着那国王取素娥公主

假合真形擒玉兔
真阴归正会灵元

国王听说，扯着唐僧问道：『既然假公主是个妖邪，我真公主在于何处？』行者应声道：『待我拿住假公主，你那真公主自然来也。』那后妃等闻得此言，都解了恐惧，一个个上前拜告道：『望圣僧救得我真公主来，分了明暗，必当重谢。』

之身，以见显报之意也。』太阴君信其言，用手指定妖邪，喝道：『那孽畜还不归正同来！』玉兔儿打个滚，现了原身。真个是：

缺唇尖齿，长耳稀须。团身一块毛如玉，展足千山蹄若飞。直鼻垂酥，果赛霜华填粉腻；双睛红映，犹欺雪上点胭脂。伏在地，白穰穰一堆素练；伸开腰，白铎铎一架银丝。几番家吸残清露瑶天晓，捣药长生玉杵奇。

那大圣见了，不胜欣喜，踏云光，向前引导。那太阴君领着众姮娥仙子，带着玉兔儿，径转天竺国界。此时正黄昏，看看月上。到城边，闻得谯楼上擂鼓。那国王与唐僧尚在殿内，八戒、沙僧与多官都在阶前。方议退朝，只见正南上一片彩霞，光明如昼。众抬头看处，又闻得孙大圣厉声高叫道：『天竺陛下，请出你那皇后嫔妃看者。这宝幢下乃月宫太阴星君，两边的仙妹是月里嫦娥。这个玉兔儿却是你家的假公主，今现真相也。』那国王急召皇后、嫔妃与宫娥、彩女等众，朝天礼拜。他和唐僧及多官亦俱望空拜谢。满城中各家各户，也无一人不设香案，叩头念佛。

正此观看处，猪八戒动了欲心，忍不住，跳在空中，把霓裳仙子抱住道：『姐姐，我与你是旧相识，我和你耍子儿去也。』行者上前，揪着八戒，打了两掌，骂道：『你这个村泼呆子！此是甚么去处，敢动淫心！』八戒道：『拉闲散闷耍子而已！』那太阴君令转仙幢与众嫦娥收回玉兔，径上月宫而去。

行者把八戒揪落尘埃。这国王在殿上谢了行者，又问前因道：『多感神僧大法力捉了假公主，朕之真公主，却在何处所也？』行者道：『你那真公主也不是凡胎，就是月宫里素娥仙子。因十八年前，他将玉兔儿打了一掌，就思凡下界，投胎在你正宫腹内，生下身来。那玉兔儿怀恨前仇，所以于旧年间偷开玉关金锁走下来，把素娥摄抛荒野，他却变形哄你。这段因果，是太阴君亲口才与我说的。今日既去其假者，明日请御驾去寻其真者。』国王闻说，又心意惭惶，止不住腮边流泪道：『孩儿！我自幼登基，虽城门也不曾出去，却教我那里去寻你也！』行者笑道：『不须烦恼。你公主现在给孤布金寺里装风。今且各散，到天明我还你个真公主便是。』众官又拜伏奏道：『我王且心宽。这几位神僧，乃腾云驾雾之神佛，必知未来过去之因由。明日即烦神僧四众同去一寻，便知端的。』国王依言，即请至留春亭摆斋安歇。此时已近二更。正是那：

铜壶滴漏月华明，金铎叮当风送声。
杜宇正啼春去半，落花无路近三更。
御园寂寞秋千影，碧落空孚银汉横。
三市六街无客走，一天星斗夜光晴。

当夜各寝不题。

这一夜，国王退了妖气，陡长精神，至五更三点，复出临朝。朝毕，命请唐僧四众，议寻公主。长老随至，朝上行礼。大圣三人，一同打个问讯。国王欠身道：『昨所云公主孩儿，敢烦神僧为一寻救。』

长老道：『贫僧前日自东来，行至天晚，见一座给孤布金寺，特进求宿，幸那寺僧相待。当晚斋罢，步月闲行，行至布金旧园，观看基址，忽闻悲声入耳。询问其由，本寺一老僧，年已百岁之外，他屏退左右，细细的对我说了一遍，道：「悲声者，乃旧年春深时，我正明性月，忽然一阵风生，就有悲怨之声。下榻到祇园基上看处，乃是一个女子。询问其故，那女子道：我是天竺国国王公主。因为夜间玩月观花，被风刮至于此。」那老僧多知人礼，即将公主锁在一间僻静房中。惟恐本寺顽僧污染，只说是妖精被我锁住。公主识得此意，日间胡言乱语，讨些茶饭吃了；夜深无人处，思量父母悲啼。那老僧也曾来国打听几番，见公主在宫无恙，所以不敢声言举奏。因见我徒弟有些神通，那老僧千叮万嘱，教贫僧到此查访。不期他原是蟾宫玉兔为妖，假合真形，变作公主模样。他却又有心要破我元阳。幸亏我徒弟施威显法，认出真假。今已被太阴星收去。贤公主见在布金寺装风也。』

国王见说此详细，放声大哭，早惊动三宫六院，都来问及前因。无一人不痛哭者。良久，国王又问：『布金寺离城多远？』三藏道：『只有六十里路。』国王遂传旨：『着东西二宫守殿，掌朝太师卫国，朕同正宫皇后帅多官，四神僧，去寺取公主也。』

当时摆驾，一行出朝。你看那行者就跳在空中，把腰一扭，先到了寺里。众僧慌忙跪接道：『老爷去时，与众步行，今日何从天上下来？』行者笑道：『你那老师在于何处？快叫他出来，排设香案接驾。天竺国王、皇后、多官与我师父都来了。』众僧不解其意，即请出那老僧。老僧见了行者，倒身下拜道：『老爷，公主之事如何？』行者把那假公主抛绣球，欲配唐僧，并赶捉赌斗，与太阴星收去玉兔之言，备陈了一遍。那老僧又磕头拜谢。行者搀起道：『且莫拜，且莫拜。快安排接驾。』众僧才知后房里锁得是个女子。一个个惊惊喜喜，便都设了香案，摆列山门之外，穿了袈裟，撞起钟鼓等候。

不多时，圣驾早到。果然是：

缤纷瑞霭满天香，一座荒山倏被祥。
虹流千载清河海，电绕长春赛禹汤。
草林沾恩添秀色，野花得润有余芳。
古来长者留遗迹，今喜明君降宝堂。

国王到于山门之外，只见那众僧齐齐整整，俯伏接拜，又见孙行者立在中间，国王道：『神僧何先到此？』行者笑道：『老孙把腰略扭一扭儿，就到了。你们怎么就走这半日？』随后唐僧等俱到。长老引驾，到于后面房边，那公主还装风胡说。老僧跪指道：『此房内就是旧年风吹来的公主娘娘。』国王即令开门。随即打开铁锁，开了门。国王与皇后见了公主，认得形容，不顾秽污，近前一把搂抱道：『我的受苦的儿啊！你怎么遭这等折磨，在此受罪！』真是父母子女相逢，比他人不同。三人抱头大哭，哭了一会，叙毕离情，即令取香汤，教公主沐浴更衣，上辇回国。

行者又对国王拱手道：『老孙还有一事奉上。』国王答礼道：『神僧有事吩咐，朕即从之。』行者道：『他这山，名为百脚山。近来说有蜈蚣成精，黑夜伤人，往来行旅，甚为不便。我思蜈蚣惟鸡可以降伏，可选绝大雄鸡千只，撒放山中，除此毒虫。就将此山名改换改换，赐文一道敕封，就当谢此僧存养公主之恩也。』国王甚喜，领诺。随差官进城取鸡；又改山名为宝华山，仍着工部办料重修，赐与封号，唤做『敕建宝华山给孤布金寺』。把那老僧封

**真阴归正会灵光**

这行者愈发狠性，下毒手，恨不得一棒打杀。忽听得九霄碧汉之间，有人叫道：『大圣，莫动手！莫动手！棍下留情！』行者回头看时，原来是太阴星君，后带着姮娥仙子，降彩云到于当面。慌得行者收了铁棒，躬身施礼道：『老太阴，那里来的？老孙失回避了。』

为『报国僧官』，永远世袭，赐俸三十六石。僧众谢了恩，送驾回朝。公主入宫，各各相见。安排筵宴，与公主释闷贺喜。后妃母子，复聚首团圞。国王君臣，亦共喜，饮宴一宵不题。

次早，国王传旨，召丹青图下圣僧四众喜容，供养在华夷楼上。又请公主新妆重整，出殿谢唐僧四众救苦之恩。谢毕，唐僧辞王西去。那国王那里肯放，大设佳宴，一连吃了五六日，着实好了呆子，尽力放开肚量受用。国王见他们拜佛心重，苦留不住，遂取金银二百锭，宝贝各一盘奉谢。师徒们一毫不受。教摆銮驾，请老师父登辇，差官远送。那后妃并臣民人等俱各叩谢不尽。及至前途，又见众僧叩送，俱不忍相别。行者见送者不肯回去，无已，捻诀，往巽地上吹口仙气，一阵暗风，把送的人都迷了眼目，方才得脱身而去。这正是：

沐净恩波归了性，出离金海悟真空。

毕竟不知前路如何，且听下回分解。

## 寇员外喜待高僧

长老到此，正欲行礼，那员外又搀住道：『请宽佛衣。』三藏脱了袈裟，才与长老见了。又请行者三人见了。又叫把马喂了，行李安在廊下，方问起居。三藏道：『贫僧是东土大唐钦差，诣宝方谒灵山见佛祖求真经者。闻知尊府敬僧，故此拜见，求一斋就行。』

# 第九十六回 寇员外喜待高僧 唐长老不贪富贵

色色原无色，空空亦非空。静喧语默本来同，梦里何劳说梦。有用用中无用，无功功里施功。还如果熟自然红，莫问如何修种。

**话表唐僧师众，使法力，阻住那布金寺僧。僧见黑风过处，不见他师徒，以为活佛临凡，磕头而回不题。他师徒们西行，正是春尽夏初时节：**

清和天气爽，池沼芰荷生。
梅逐雨余熟，麦随风里成。
草香花落处，莺老柳枝轻。

江燕携雏习，山鸡哺子鸣。
斗南当日永，万物显光明。

说不尽那朝餐暮宿，转涧寻坡。在那平安路上，行经半月。前边又见一城垣相近。三藏问道：『徒弟，此又是甚么去处？』行者道：『不知，不知。』八戒笑道：『这路是你行过的，怎说不知？却是又有些儿跷蹊。故意推不认得，捉弄我们哩。』行者道：『这呆子全不察理！这路虽是走过几遍，那时只在九霄空里，驾云而来，驾云而去，何曾落在此地？事不关心，查他做甚，此所以不知。却有甚跷蹊，又捉弄你也？』

说话间，不觉已至边前。三藏下马，过吊桥，径入门里。长街上，只见廊下坐着两个老儿叙话。三藏叫：『徒弟，你们在那街心里站住，低着头，不要放肆，等我去那廊下，问个地方。』行者等果依言立住。长老近前合掌，叫声：『老施主，贫僧问讯了。』

那二老正在那里闲讲闲论，说甚么兴衰得失，谁圣谁贤，当时的英雄事业，而今安在，诚可谓大叹息。忽听得道声问讯，随答礼道：『长老有何话说？』三藏道：『贫僧乃远方来拜佛祖的，适到宝方，不知是甚地名。那里有向善的人家，化斋一顿？』老者道：『我敝处是铜台府。府后有一县，叫做地灵县。长老若要吃斋，不须募化，过此牌坊，南北街，坐西向东者，有一个虎坐门楼，乃是寇员外家。他门前有个「万僧不阻」之牌。似你这远方僧，尽着受用。去，去，去！莫打断我们的话头。』

三藏谢了。转身对行者道：『此处乃铜台府地灵县。那二老道：「过此牌坊，南北街，向东虎坐门楼，有个寇员外家，他门前有个『万僧不阻』之牌。」教我到他家去吃斋哩。』沙僧道：『西方乃佛家之地，真个有斋僧的。此间既是府县，不必照验关文，我们去化些斋吃了，就好走路。』长老与三人缓步长街，又惹得那市口里人，都惊惊恐恐，猜猜疑疑的，围绕争看他们相貌。长老吩咐闭口，只教：『莫放肆！莫放肆！』三人果低着头，不敢仰视。转过拐角，果见一条南北大街。

正行时，见一个虎坐门楼，门里边影壁上挂着一面大牌，书着『万僧不阻』四字。三藏道：『西方佛地，贤者，愚者，俱无诈伪。那二老说时，我犹不信，至此果如其言。』八戒村野，就要进去。行者道：『呆子且住。待有人出来，问及何如，方好进去。』沙僧道：『大哥说得有理。恐一时不分内外，惹施主烦恼。』在门口歇下马匹、行李。须臾间，有个苍头出来，提着一把秤，一只篮儿，猛然看见，慌的丢了，倒跑进去报道：『主公！外面有四个异样僧家来也！』那员外拄着拐，正在天井中闲走，口里不住的念佛，一闻报道，就丢了拐，出来迎接。见他四众，也不怕丑恶，只叫：『请进，请进。』三藏谦谦逊逊，一同都入。转过一条巷子，员外引路，至一座房里，说道：『此上手房宇，乃管待老爷们的佛堂、经堂、斋堂；下手的，是我弟子老小居住。』三藏称赞不已。随取袈裟穿了拜佛，举步登堂观看，但见那：

香云叆叇，烛焰光辉。满堂中锦簇花攒，四下里金铺彩绚。朱红架，高挂紫金钟；彩漆檠，对设花腔鼓。几对幡，绣成八宝；千尊佛，尽戗黄金。古铜炉，古铜瓶，雕漆桌，雕漆盒。古铜炉内，常常不断沉檀；古铜瓶中，每有莲花现彩。雕漆桌上五云鲜，雕漆盒中香瓣积。玻璃盏，净水澄清；琉璃灯，香油明亮。一声金磬，响韵虚徐。真个是红尘不到赛珍楼，家奉佛堂欺上刹。

长老净了手，拈了香，叩头拜毕，却转回与员外行礼。员外道：『且住！请到经堂中相见。』又见那：

方台竖柜，玉匣金函：方台竖柜，堆积着无数经文；玉匣金函，收贮着许多简札。彩漆桌上，有纸墨笔砚，都是些精精致致的文房；椒粉屏前，有书画琴棋，尽是些妙妙玄玄的真趣。放一口轻玉浮金之仙磬，挂一柄披风披月之龙髯。清气令人神气爽，斋心自觉道心闲。

长老到此，正欲行礼，那员外又搀住道：『请宽佛衣。』三藏脱了袈裟，才与长老见了。又请行者三人见了。又叫把马喂了，行李安在廊下，方问起居。三藏道：『贫僧是东土大唐钦差，诣宝方谒灵山见佛祖求真经者。闻知尊府敬僧，故此拜见，求一斋就行。』员外面生喜色，笑吟吟的道：『弟子贱名寇洪，字大宽，虚度六十四岁。自四十岁上，许斋万僧，才做圆满。今已斋了二十四年，有一簿斋僧的帐目。连日无事，把斋过的僧名算一算，已斋过九千九百九十六员。止少四众，不得圆满。今日可可的天降老师四位，完足万僧之数，请留尊讳。好歹宽住月余，待做了圆满，弟子着轿马送老师上山。此间到灵山只有八百里路，苦不远也。』三藏闻言，十分欢喜，都就权且应承不题。

他那几个大小家僮，往宅里搬柴打水，取米面蔬菜，整治斋供，忽惊动员外妈妈问道：『是那里来的僧，这等上紧？』僮仆道：『才有四位高僧，爹爹问他起居，他说是东土大唐皇帝差来的，往灵山拜佛爷爷。到我们这里，不知有多少路程。爹爹说是天降的，吩咐我们快整斋，供养他也。』那老妪听说也喜，叫丫鬟：『取衣服来我穿，我也去看看。』僮仆道：『奶奶，只一位看得，那三位看不得，形容丑得狠哩。』老妪道：『汝等不知。但形容丑陋，古怪清奇，必是天人下界。快先去报你爹爹知道。』那僮仆跑至经堂，对员外道：『奶奶来了，要拜见东土老爷哩。』三藏听见，即起身下座。

说不了，老妪已至堂前。举目见唐僧相貌轩昂，丰姿英伟。转面见行者三人模样非凡，虽知他是天人下界，却也有几分悚惧，朝上跪拜。三藏急急还礼道：『有劳菩萨错敬。』老妪问员外说道：『四位师父，怎不并坐？』八戒掬着嘴道：『我三个是徒弟。』噫！他这一声，就如深山虎啸。那妈妈一发害怕。

正说处，又见一个家僮来报道：『两个叔叔也来了。』三藏急转身看时，原来是两个少年秀才。那秀才走上经堂，对长老倒身下拜，慌得三藏急便还礼。员外上前扯住道：『这是我两个小儿，唤名寇梁、寇栋，在书房里读书方回，来吃午饭。知老师下降，故来拜也。』三藏喜道：『贤哉，贤哉！正是欲高门第须为善，要好儿孙在读书。』二秀才启上父亲道：『这老爷是那里来的？』员外笑道：『来路远哩。南赡部洲东土大唐皇帝钦差到灵山拜佛祖爷爷取经的。』秀才道：『我看《事林广记》上，盖天下只有四大部洲。我们这里叫做西牛贺洲。还有个东胜神洲。想南赡部洲至此，不知走了多少年代？』三藏笑道：『贫僧在路，耽阁的日子多，行的日子少。常遭毒魔狠怪，万苦千辛。甚亏我三个徒弟保护。共计一十四遍寒暑，方得至宝方。』秀才闻言，称奖不尽道：『真是神僧，真是神僧！』说未毕，又有个小的来请道：『斋筵已摆，请老爷进斋。』员外着妈妈与儿子转宅，他却陪四众进斋堂吃斋。那里铺设的

寇员外喜待高僧
唐长老不贪富贵

正说处，又见一个家僮来报道：『两个叔叔也来了。』三藏急转身看时，原来是两个少年秀才。那秀才走上经堂，对长老倒身下拜，慌得三藏急便还礼。员外上前扯住道：『这是我两个小儿，唤名寇梁、寇栋，在书房里读书方回，来吃午饭。知老师下降，故来拜也。』

齐整。但见：

金漆桌案，黑漆交椅。前面是五色高果，俱巧匠新装成的时样。第二行五盘小菜，第三行五碟水果，第四行五大盘闲食。般般甜美，件件馨香。素汤米饭，蒸卷馒头，辣辣爨爨热腾腾，尽皆可口，真足充肠。七八个僮仆往来奔奉，四五个庖丁不住手。

你看那上汤的上汤，添饭的添饭。一往一来，真如流星赶月。这猪八戒一口一碗，就是风卷残云。师徒们尽受用了一顿。长老起身，对员外谢了斋，就欲走路。那员外拦住道：『老师，放心住几日儿。常言道：「起头容易结梢难。」只等我做过了圆满，方敢送程。』三藏见他心诚意恳，没奈何住了。

早经过五七遍朝夕，那员外才请了本处应佛僧二十四员，办做圆满道场。众僧们写作有三四日，选定良辰，开启佛事。他那里与大唐的世情一般，却倒也：

大扬旛，铺设金容；齐秉烛，烧香供养。擂鼓敲铙，吹笙捻管。云锣儿，横笛音清，也都是，尺工字样。打一回，吹一荡，朗言齐语开经藏。先安土地，次请神将。发了文书，拜了佛像。谈一部《孔雀经》，句句消灾障；点一架药师灯，焰焰辉光亮。拜水忏，解冤愆；讽《华严》，除诽谤。三乘妙法甚精勤，一二沙门皆一样。

如此做了三昼夜，道场已毕。唐僧想着雷音，一心要去，又相辞谢。员外道：『老师辞别甚急，想是连日佛事冗忙，多致简慢，有见怪之意。』三藏道：『深扰尊府，不知何以为报，怎敢言怪！但只当时圣君送我出关，问几时可回，我就误答三年可回。不期在路耽阁，今已十四年矣！取经未知有无，及回又得十二三年，岂不违背圣旨？罪何可当！望老员外让贫僧前去，待取得经回，再造府久住些时，有何不可！』八戒忍不住，高叫道：『师父忒也不从人愿！不近人情！老员外大家巨富，许下这等斋僧之愿，今已圆满，又况留得至诚，须住年把，也不妨事；只管要去怎的？放了这等现成好斋不吃，却往人家化募！前头有你甚老爷、老娘家哩？』长老『咄』的喝了一声道：『你这夯货，只知要吃，更不管回向之因，正是那「槽里吃食，胃里擦痒」的畜生！汝等既要贪此嗔痴，明日等我自家去罢。』行者见师父变了脸，即揪住八戒，着头打一顿拳，骂道：『呆子不知好歹，惹得师父连我们都怪了！』沙僧笑道：『打得好，打得好！只这等不说话，还惹人嫌，且又插嘴！』那呆子气呼呼的，立在旁边，再不敢言。员外见他师徒们生恼，只得满面陪笑道：『老师莫焦燥，今日且少宽容，待明日我办些旗鼓，请几个邻里亲戚，送你们起程。』

正讲处，那老妪又出来道：『老师父，既蒙到舍，不必苦辞。今到几日了？』三藏道：『已半月矣。』老妪道：『这半月算我员外的功德。老身也有些针线钱儿，也愿斋老师父半月。』说不了，寇栋兄弟又出来道：『四位老爷，家父斋僧二十余年，更不曾遇着好人，今幸圆满，四位下降，诚然是蓬屋生辉。学生年幼，不知因果，常闻得有云：「公修公得，婆修婆得，不修不得。」我家父、家母，各欲献芹者，正是各求得些因果，何必苦辞？就是愚兄弟，也省得有些束修钱儿，也只望供养老爷半月，方才送行。』三藏道：『令堂老菩萨盛情，已不敢领，怎么又承贤昆玉厚爱？决不敢领。今朝定要起身。万勿见罪。不然，久违钦限，罪不容诛矣。』那老妪与二子见他执一不住，便生起恼来道：『好意留他，他这等固执要去，要去便就去了罢！只管劳叨甚么！』母子遂抽身进去。八戒忍不住口，又对唐僧道：『师父，不要拿过了班儿。常言道：「留得在，落得怪。」我们且住一个月儿，了了他母子的愿心也罢了，只管忙怎的？』唐僧又咄了一声，喝道，那呆子就自家把嘴打了两下道：『啐，啐，啐！』说道：『莫多话，又做声了！』行者与沙僧嗤嗤的笑在一边。唐僧又怪行者道：『你笑甚么？』即捻诀要念紧箍儿咒，慌得个行者跪下道：『师父，我不曾笑，我不曾笑！千万莫念，莫念！』

员外又见他师徒们渐生烦恼，再也不敢苦留，只叫：『老师不必吵闹，准于明早送行。』遂此出了经堂，吩咐书办，写了百十个简帖儿，邀请邻里亲戚，明早奉送唐朝老师西行。一壁厢又叫庖人安排饯行的筵宴；一壁厢又叫管办的做二十对彩旗，觅一班吹鼓手乐人，南来寺里请一班和尚，东岳观里请一班道士，限明日巳时，各项俱要整齐。众执事领命去讫。不多时，天又晚了。吃了晚斋，各归寝处。正是那：

几点归鸦过别村，楼头钟鼓远相闻。
六街三市人烟静，万户千门灯火昏。
月皎风清花弄影，银河惨淡映星辰。
子规啼处更深矣，天籁无声大地钧。

当时三四更天气，各管事的家僮，尽皆早起，买办各项物件。你看那办筵席的，厨上慌忙；置彩旗的，堂前吵闹；请僧道的，两脚奔波；叫鼓乐的，一身急纵；送简帖的，东走西跑；备轿马的，上呼下应。这半夜，直嚷至天明，将巳时前后，各项俱完，也只是有钱不过。

却表唐僧师徒们早起，又有那一班人供奉。长老吩咐收拾行李，扣备马匹。呆子听说要走，又努嘴胖唇，唧唧哝哝，只得将衣钵收拾，找启高肩担子。沙僧刷鞄马匹，套起鞍辔伺候。行者将九环杖递在师父手里，他将通关文牒的引袋儿，挂在胸前，只是一齐要走。员外又都请至后面大厂厅内。那里面又铺设了筵宴，比斋堂中相待的更是不同。但见那：

帘幕高挂，屏围四绕。正中间，挂一幅寿山福海之图；两壁厢，列四轴春夏秋冬之景。龙文鼎内香飘霭，鹊尾炉中瑞气生。看盘簇彩，宝妆花色鲜明；排桌堆金，狮仙糖齐齐摆列。阶前鼓舞按宫商，堂上果肴铺锦绣。

素汤素饭甚清奇，香酒香茶多美艳。虽然是百姓之家，却不亚王侯之宅。只听得一片欢声，真个也惊天动地。

长老正与员外作礼，只见家僮来报：『客俱到了。』却是那请来的左邻、右舍、妻弟、姨兄、姐夫、妹丈；又有那些同道的斋公，念佛的善友，一齐都向长老礼拜。拜毕，各各叙坐。只见堂下面鼓瑟吹笙，堂上边弦歌酒宴。这一席盛宴，八戒留心，对沙僧道：『兄弟，放怀放量吃些儿。离了寇家，再没这好丰盛的东西了！』沙僧笑道：『二哥说那里话！常言道：「珍馐百味，一饱便休。只有私房路，那有私房肚？」』八戒道：『你也忒不济，不济！我这一顿尽饱吃了，就是三日也急忙不饿。』行者听见道：『呆子，莫胀破了肚子！如今要走路哩！』

说不了，日将中矣。长老在上举箸，念《揭斋经》。八戒慌了，拿过添饭来，一口一碗，又丢够有五六碗，把那馒头、卷儿、饼子、烧果，没好没歹的，满满笼了两袖，才跟师父起身。长老谢了员外，又谢了众人，一同出门。你

## 唐长老不贪富贵

那一班僧，打一套佛曲；那一班道，吹一道玄音，俱送出府城之外。行至十里长亭，又设着箪食壶浆，擎杯把盏，相饮而别。那员外犹不忍舍，噙着泪道：『老师取经回来，是必到舍再住几日，以了我寇洪之心。』三藏感之不尽，谢之无已道：『我若到灵山，得见佛祖，首表员外之大德。回时定踵门叩谢，叩谢。』

看那门外摆着彩旗宝盖，鼓手乐人。又见那两班僧道方来，员外笑道：『列位来迟，老师去急，不及奉斋，俟回来谢罢。』众等让叙道路，抬轿的抬轿，骑马的骑马，步行的步行，都让长老四众前行。只闻得鼓乐喧天，旗旛蔽日，人烟凑集，车马骈填，都来看寇员外迎送唐僧。这一场富贵，真赛过珠围翠绕，诚不亚锦帐藏春！

那一班僧，打一套佛曲；那一班道，吹一道玄音，俱送出府城之外。行至十里长亭，又设着箪食壶浆，擎杯把盏，相饮而别。那员外犹不忍舍，噙着泪道：『老师取经回来，是必到舍再住几日，以了我寇洪之心。』三藏感之不尽，谢之无已道：『我若到灵山，得见佛祖，首表员外之大德。回时定踵门叩谢，叩谢。』说说话儿，不觉的又有二三里路。长老恳切拜辞。那员外又放声大哭而转。这正是：

有愿斋僧归妙觉，无缘得见佛如来。

且不说寇员外送至十里长亭，同众回家。却说他师徒四众，行有四五十里之地，天色将晚。长老道：『天晚了，何方借宿？』八戒挑着担，努着嘴道：『放了现成茶饭不吃，清凉瓦屋不住，却要走甚么路，像抢丧踵魂的！如今天晚，倘下起雨来，却如之何！』三藏骂道：『泼孽畜，又来报怨了！常言道：「长安虽好，不是久恋之家。」待我们有缘拜了佛祖，取得真经，那时回转大唐，奏过主公，将那御厨里饭，凭你吃上几年，胀死你这孽畜，教你做个饱鬼！』那呆子吓吓的暗笑，不敢复言。

行者举目遥观，只见大路旁有几间房宇，急请师父道：『那里安歇，那里安歇。』长老至前，见是一座倒塌的牌坊，坊上有一旧扁，扁上有落颜色积尘的四个大字，乃『华光行院』。长老下了马道：『华光菩萨是火焰五光佛的徒弟。因剿除毒火鬼王，降了职，化做五显灵官。此间必有庙祝。』遂一齐进去。但见廊房俱倒，墙壁皆倾，更不见人之踪迹，只是些杂草丛菁。欲抽身而出，不期天上黑云盖顶，大雨淋漓。没奈何，却在那破房之下，拣遮得风雨处，将身躲避。密密寂寂，不敢高声，恐有妖邪知觉。坐的坐，站的站，苦捱了一夜未睡。咦！真个是：

泰极还生否，乐处又逢悲。

毕竟不知天晓向前去还是如何，且听下回分解。

## 金酬外护遭魔蛰

却说他师徒们，在那华光行院破屋下挨至天晓。方才出门，上路奔西。可可的那些强盗当夜打劫了寇家，系出城外，也向西方大路上，行经天晓，走过华光院西去，有二十里远近，藏于山凹中，分拨金银等物。分还未了，忽见唐僧四众顺路而来，众贼心犹不歇，指定唐僧道：『那不是昨日送行的和尚来了！』

# 第九十七回　金酬外护遭魔蛰　圣显幽魂救本原

且不言唐僧等在华光破屋中，苦奈夜雨存身。却说铜台府地灵县城内有伙凶徒，因宿娼、饮酒、赌博，花费了家私，无计过活，遂伙了十数人做贼，算道本城那家是第一个财主，那家是第二个财主，去打劫些金银用度。内有一人道：『也不用缉访，也不须算计，只有今日送那唐朝和尚的寇员外家，十分富厚。我们乘此夜雨，街上人也不防备，火甲等也不巡逻，就此下手，劫他些资本，我们再去嫖赌儿耍子，岂不美哉！』众贼欢喜，齐了心，都带了短刀、蒺藜、拐子、闷棍、麻绳、火把，冒雨前来。打开寇家大门，呐喊杀入。慌得他家里，若大若小，是男是女，俱躲个干净。妈妈儿躲在床底；老头儿闪在门后；寇梁、寇栋与着亲的几个儿女，都战战兢兢的四散逃走顾命。那伙贼，拿着刀，点着火，将他家箱笼打开，把些金银宝贝，首饰衣裳，器皿家火，尽情搜劫。那员外割舍不得，拚了命，走出门来，对众强人哀告道：『列位大王，够你用的便罢，还留几件衣物与我老汉送终。』那众强人那容分说，赶上前，把寇员外撩阴一脚，踢翻在地，可怜三魂渺渺归阴府，七魄悠悠别世人！众贼得了手，走出寇家，顺城脚做了软梯，漫城墙一一系出，冒着雨连夜奔西而去。那寇家僮仆，见贼退了，方才出头。及看时，老员外已死在地下。放声哭道：『天呀！主人公已打死了！』众皆伏尸而哭，悲悲啼啼。

将四更时，那妈妈想恨唐僧等不受他的斋供，因为花扑扑的送他，惹出这场灾祸，便生妒害之心，欲陷他四众。扶着寇梁道：『儿啊，不须哭了。你老子今日也斋僧，明日也斋僧，岂知今日做圆满，斋着那一伙送命的僧也！』他兄弟道：『母亲，怎么是送命的僧？』妈妈道：『贼势凶勇，杀进房来，我就躲在床下，战兢兢的留心向灯火处看得明白。你说是谁？点火的是唐僧，持刀的是猪八戒，搬金银的是沙和尚，打死你老子的是孙行者。』二子听言，认了真实道：『母亲既然看得明白，必定是了。他四人在我家住了半月，将我家门户墙垣，窗槅巷道，俱看熟了，财动人心，所以乘此夜雨，复到我家。既劫去财物，又害了父亲，此情何毒！待天明到府里递失状坐名告他。』寇栋道：『失状如何写？』寇梁道：『就依母亲之言。』写道：

唐僧点着火，八戒叫杀人。

沙和尚劫出金银去，孙行者打死我父亲。

一家子吵吵闹闹，不觉天晓。一壁厢传请亲人，置办棺木；一壁厢寇梁兄弟，赴府投词。原来这铜台府刺史正堂大人：

平生正直，素性贤良。少年向雪案攻书，早岁在金銮对策。常怀忠义之心，每切仁慈之念。名扬青史播千年，龚、黄再见；声振黄堂传万古，卓、鲁重生。

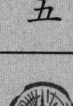

当时坐了堂，发放了一应事务，即令抬出放告牌。这寇梁兄弟抱牌而入，跪倒高叫道：『爷爷，小的们是告强盗得财，杀伤人命重情事。』刺史接上状去，看了这般这的，如此如彼，即问道：『昨日有人传说，你家斋僧圆满，斋得四众高僧，乃东土唐朝的罗汉，花扑扑的满街鼓乐送行，怎么却有这般事情？』寇梁等磕头道：『爷爷，小的父亲寇洪，斋僧二十四年，因这四僧远来，恰足万僧之数；因此做了圆满，留他住了半月。他就将路道、门窗都看熟了。当日送出，当晚复回，乘黑夜风雨，遂明火执杖，杀进房来，劫去金银财宝，衣服首饰；又将父打死在地。望爷爷与小民做主！』刺史闻言，即点起马步快手并民壮人役，共有百五十人，各执锋利器械，出西门一直来赶唐僧四众。

却说他师徒们，在那华光行院破屋下挨至天晓。方才出门，上路奔西。可可的那些强盗当夜打劫了寇家，系出城外，也向西方大路上，行经天晓，走过华光院西去，有二十里远近，藏于山凹中，分拨金银等物。分还未了，忽见唐僧四众顺路而来，众贼心犹不歇，指定唐僧道：『那不是昨日送行的和尚来了！』众贼笑道：『来得好！来得好！我们也是干这般没天理的买卖。这些和尚缘路来，又在寇家许久，不知身边有多少东西，我们索性去截住他，夺了盘缠，抢了白马凑分，却不是遂心满意之事？』众贼遂持兵器，呐一声喊，跑上大路，一字儿摆开。叫道：『和尚，不要走！快留下买路钱，饶你性命！牙迸半个「不」字，一刀一个，决不留存！』唬得个唐僧在马上乱战，沙僧与八戒心慌，对行者道：『怎的了，怎的了！苦奈得半夜雨天，又早遇强徒断路，诚所谓「祸不单行」也！』行者笑道：『师父莫怕，兄弟勿忧，等老孙去问他一问。』

好大圣，束一束虎皮裙子，抖一抖锦布直裰，走近前，叉手当胸道：『列位是做甚么的？』贼徒喝道：『这厮不知死活，敢来问我！你额颅下没眼，不认得我是大王爷爷？快将买路钱来，放你过去！』行者闻言，满面陪笑道：『你原来是剪径的强盗！』贼徒发狠叫：『杀了！』行者假假的惊恐道：『大王，大王！我是乡村中的和尚，不会说话，冲撞莫怪，莫怪！若要买路钱，不要问那三个，只消问我。我是个管帐的。凡有经钱、衬钱，那里化缘的、布施的，都在包袱中，尽是我管出入。那个骑马的，虽是我的师父，他却只会念经，不管闲事，财色俱忘，一毫没有。那个黑脸的，是我半路上收的个后生，只会养马。那个长嘴的，是我雇的长工，只会挑担。你把三个放过去，我将盘缠、衣钵，尽情送你。』众贼听说：『这个和尚倒是个老实头儿。既如此，饶了你命，教那三个丢下行李，放他过去。』

行者回头使个眼色，沙僧就丢了行李担子，与师父牵着马，同八戒往西径走。行者低头打开包袱，就地挝把尘土，往上一洒，念个咒语，乃是个定身之法。喝一声：『住！』那伙贼共有三十来名，一个个咬着牙，睁着眼，撒着手，直直的站定，莫能言语，不得动身。行者跳出路口，叫道：『师父！回来，回来！』八戒慌了道：『不好，不好！师兄供出我们来了！他身上又无钱财，包袱里又无金银，必定是叫师父要马哩。叫我们是剥衣服了。』沙僧笑道：『二哥莫乱说！大哥是个了得的。向者那般毒魔狠怪，也能收服，怕这几个毛贼？他那里招呼，必有话说，快回去看看。』

长老听言，欣然转马，回至边前，叫道：『悟空，有甚事叫回来也？』行者道：『你们看这些贼是怎的说？』八戒近前推着他，叫道：『强盗，你怎的不动弹了？』那贼浑然无知，不言不语。八戒道：『好的痴痖了！』行者笑道：『是老孙使个定身法定住也。』八戒道：『既定了身，未曾定口，怎么连声也不做？』行者道：『师父请下马坐着。常言道：「只有错拿，没有错放。」兄弟，你们把都扳翻倒，捆了，教他供一个供状，看他是个雏儿强盗，把势强盗。』沙僧道：『没绳索哩。』行者即拔下些毫毛，吹口仙气，变作三十条绳索，一齐下手，把贼扳翻，都四马攒蹄捆住，却又念念解咒，那伙贼渐渐苏醒。

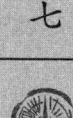

行者请唐僧坐在上首，他三人各执兵器喝道：『毛贼！你们一起有多少人？做了几年买卖？打劫了有多少东西？可曾杀伤人口？还是初犯，却是二犯，三犯？』众贼开口道：『爷爷饶命！』行者道：『莫叫唤！从实供来！』众贼道：『老爷，我们不是久惯做贼的，都是好人家子弟。只因不才，吃酒赌钱，宿娼顽耍，将父祖家业，尽花费了，一向无干，又无钱用。访知铜台府城中寇员外家资财豪富，昨日合伙，当晚乘夜雨昏黑，就去打劫。劫的有些金银服饰，在这路北下山凹里正自分赃，忽见老爷们来。内中有认得是寇员外送行的，必定身边有物；又见行李沉重，白马快走，人心不足，故又来邀截。岂知老爷有大神通法力，将我们困住。万望老爷慈悲，收去那劫的财物，饶了我的性命也！』

三藏听说是寇家劫的财物，猛然吃了一惊，慌忙站起道：『悟空，寇老员外十分好善，如何招此灾厄？』行者笑道：『只为送我们起身，那等彩帐花幢，盛张鼓乐，惊动了人眼目，所以这伙光棍就去下手他家。今又幸遇着我们，夺下他这许多金银服饰。』三藏道：『我们扰他半月，感激厚恩，无以为报，不如将此财物护送他家，却不是一件好事？』行者依言。即与八戒、沙僧，去山凹里取将那些赃物，收拾了，驮在马上。又教八戒挑了一担金银，沙僧挑着自己行李。行者欲将这伙强盗一棍尽情打死，又恐唐僧怪他伤人性命，只得将身一抖，收上毫毛。那伙贼松了手脚，爬起来，一个个落草逃生而去。这唐僧转步回身，将财物送还员外，这一去，却似飞蛾投火，反受其殃。有诗为证，诗曰：

恩将恩报人间少，反把恩慈变作仇。
下水救人终有失，三思行事却无忧。

三藏师徒们将着金银服饰拿转，正行处，忽见那枪刀簇簇而来。三藏大惊道：『徒弟，你看那兵器簇拥相临，是

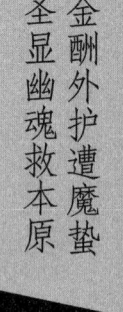

甚好歹？』八戒道：『祸来了，祸来了！这是那放去的强盗，他取了兵器，又伙了些人，转过路来与我们斗杀也！』沙僧道：『二哥，那来的不是贼势。大哥，你仔细观之。』行者悄悄的向沙僧道：『师父的灾星又到了，此必是官兵捕贼之意。』说不了，众兵卒至边前，撒开个圈子阵，把他师徒围住道：『好和尚！打劫了人家东西，还在这里摇摆哩！』一拥上前，先把唐僧抓下马来，用绳捆了；又把行者三人，也一齐捆了；穿上杠子，两个抬一个，赶着马，夺了担，径转府城。只见那：

唐三藏，战战兢兢，滴泪难言；猪八戒，絮絮叨叨，心中报怨；沙和尚，囊突突，意下踌躇；孙行者，笑唏唏，要施手段。

众官兵攒拥扛抬，须臾间，拿到城里。径自解上黄堂报道：『老爷，民快人等捕获强盗来了！』那刺史端坐堂上，赏劳了民快，捡看了贼赃，当叫寇家领去。却将三藏等提近厅前，问道：『你这起和尚，口称是东土远来，向西天拜佛，却原来是些设法蹓看门路，打家劫舍之贼！』三藏道：『大人容告：贫僧实不是贼，决不敢假，随身现有通关文牒可照。只因寇员外家斋我等半月，情意深重，我等路遇强盗，夺转打劫寇家的财物，因送还寇家报恩，不期民快人等捉获，以为是贼，实不是贼。望大人详察。』刺史道：『你这厮见官兵捕获，却巧言报恩。既是路遇强盗，何不连他捉来，报官报恩？如何只是你四众！你看！寇梁递得失状，坐名告你，你还敢展挣？』

三藏闻言，一似大海烹舟，魂飞魄丧。叫：『悟空，你何不上来折辨？』行者道：『有赃是实，折辨何为！』刺史道：『正是啊！赃证现存，还敢抵赖？』叫手下：『拿脑箍来，把这秃贼的光头箍他一箍，然后再打！』行者慌了，心中暗想道：『虽是我师父该有此难，还不可教他十分受苦。』他见那皂隶们收拾索子，结脑箍，即便开口道：『大人且莫箍那个和尚。昨夜打劫寇家，点火的也是我，持刀的也是我，劫财的也是我，杀人的也是我。我是个贼

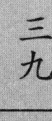

## 金酬外护遭魔蛰 圣显幽魂救本原

说不了，已至堂口。那刺史、知县并府县大小官员，一见都下来迎接道：『圣僧昨日来时，一则接上司忙迫，二则又见了所获之赃，未及细问端的。』唐僧合掌躬身，又将前情细陈了一遍。众官满口认称，都道：『错了，错了！莫怪，莫怪！』又问狱中可曾有甚疏失。

头，要打只打我，与他们无干。但只不放我便是。』刺史闻言，就教：『先箍起这个来。』皂隶们齐来上手，把行者套上脑箍，收紧了一勒，扢扑的把索子断了。又结又箍，又扢扑的断了。一连箍了三四次，他的头皮，皱也不曾皱一些儿。却又换索子再结时，只听得有人来报道：『老爷，都下陈少保爷爷到了，请老爷出郭迎接。』那刺史即命刑房吏：『把贼收监，好生看辖。待我接过上司，再行拷问。』刑房吏遂将唐僧四众，推进监门。八戒、沙僧将自己行李担进随身。

三藏道：『徒弟，这是怎么起的？』行者笑道：『师父，进去，进去！这里边没狗叫，倒好耍子！』可怜把四众捉将进去，一个个都推入辖床，扣拽了滚肚、敌脑、攀胸。禁子们又来乱打。三藏苦痛难禁，只叫：『悟空！怎的好，怎的好！』行者道：『他打是要钱哩。常言道：『好处安身，苦处用钱。』如今与他些钱，便罢了。』三藏道：

『我的钱自何来？』行者道：『若没钱，衣物也是。把那袈裟与了他罢。』

三藏听说，就如刀刺其心。一时间见他打不过了，只得开言道：『悟空，随你罢。』行者便叫：『列位长官，不必打了。我们担进来的那两个包袱中，有一件锦襴袈裟，价值千金。你们解开拿了去罢。』众禁子听言，一齐动手，把两个包袱解看。虽有几件布衣，虽有个引袋，俱不值钱。只见几层油纸包裹着一物，霞光焰焰，知是好物。抖开看时，但只见：

巧妙明珠缀，稀奇佛宝攒。
盘龙铺绣结，飞凤锦沿边。

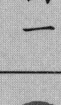

众皆争看，又惊动本司狱官。走来喝道：『你们在此嚷甚的？』禁子们跪道：『老爹才子却提控送下四个和尚，乃是大伙强盗。他见我们打了他几下，把这两个包袱与我。我们打开看时，见有此物，无可处置。若众人扯破分之，其实可惜，若独归一人，众人无利。幸老爹来，凭老爹做个劈着。』狱官见了，乃是一件袈裟，又将别项衣服，并引袋儿通检看了。又打开袋内关文一看，见有各国的宝印花押，道：『早是我来看呀！不然，你们都撞出事来了。这和尚不是强盗。切莫动他衣物。待明日太爷再审，方知端的。』众禁子听言，将包袱还与他，照旧包裹，交与狱官收讫。

渐渐天晚，听得楼头起鼓，火甲巡更。捱至四更三点，行者见他们都不呻吟，尽皆睡着。他暗想道：『师父该有这一夜牢狱之灾。老孙不开口折辨，不使法力者，盖为此耳。如今四更将尽，灾将满矣，我须去打点打点，天明好出牢门。』你看他弄本事，将身小一小，脱出辖床，摇身一变，变做个蠓虫儿，从房檐瓦缝里飞出。见那星光月皎，正是清和夜静之天，他认了方向，径飞向寇家门首。只见那街西下一家儿灯火明亮。又飞近他门口看时，原来是个做豆

腐的。见一个老头儿烧火，妈妈儿挤浆。

那老儿忽的叫声：『妈妈，寇大官且是有子有财，只是没寿。我和他小时，同学读书，我还大他五岁。他老子叫做寇铭，当时也不上千亩田地，放些租帐，也讨不起。他到二十岁时，那铭老儿死了，他掌着家当，其实也是他一步好运。娶的妻是那张旺之女，小名叫做穿针儿，却倒旺夫。自进他门，种田又收，放帐又起；买着的有利，做着的赚钱，被他如今挣了有十万家私。他到四十岁上，就回心向善，斋了万僧。不期昨夜被强盗踢死。可怜！今年才六十四岁，正好享用，何期这等向善，不得好报，乃死于非命？可叹！可叹！』

行者一一听之，却早五更初点。他就飞入寇家，只见那堂屋里已停着棺材，材头边点着灯，摆列着香烛花果，妈妈在旁啼哭；又见他两个儿子也来拜哭，两个媳妇拿两盏饭儿供献。行者就钉在他材头上，咳嗽了一声。唬得那两个媳妇，查手舞脚的往外跑；寇梁兄弟伏在地下，不敢动。只叫：『爹爹！口乐！口乐！口乐！……』那妈妈子胆大，把材头扑了一把道：『老员外，你活了？』行者学着那员外的声音道：『我不曾活。』两个儿子一发慌了，不住的叩头垂泪，只叫：『爹爹！口乐！口乐！口乐！』妈妈子硬着胆，又问道：『员外，你不曾活，如何说话？』行者道：『我是阎王差鬼使押将来家与你们讲说的。』……说道：『那张氏穿针儿枉口诳舌，陷害无辜。』那妈妈子听见叫他小名，慌得跪倒磕头道：『好老儿啊！这等大年纪还叫我的小名儿！我那些枉口诳舌，害甚么无辜？』行者喝道：『那里有个甚么「唐僧点着火，八戒叫杀人。沙僧劫出金银去，行者打死你父亲」？只因你诳言，把那好人受难：那唐朝四位老师，路遇强徒，夺将财物，送来谢我，是何等好意！你却假捻失状，着儿子们首官，官府又未细审；又如今把他们监禁，那狱神、土地、城隍俱慌了，坐立不宁，报与阎王。阎王转差鬼使押解我来家，教你们趁早解放他去；不然，教我在家搅闹一月，将合门老幼并鸡狗之类，一个也不存留！』寇梁兄弟又磕头哀告道：『爹爹请回，切莫伤残老幼。待天明就去本府投递解状，愿认招回，只求存殁均安也。』行者听了，即叫：『烧纸，我去呀！』他一家儿都来烧纸。

行者一翅飞起，径又飞至刺史住宅里面。低头观看，那房内里已有灯光，见刺史已起来了。他就飞进中堂看时，只见中间后壁挂着一轴画儿，是一个官儿骑着一匹点子马，有几个从人，打着一把青伞，搴着一张交床，更不识是甚么故事，行者就钉在中间。忽然那刺史自房里出来，弯着腰梳洗。行者猛的里咳嗽一声，把刺史唬得慌慌张张，走入房内。梳洗毕，穿了大衣，即出来对着画儿焚香祷告道：『伯考姜公乾一神位。孝侄姜坤三蒙祖上德荫，忝中甲科，今叨受铜台府刺史，旦夕侍奉香火不绝，为何今日发声？切勿为邪为祟，恐唬家众。』行者暗笑道：『此是他大爷的神子！』却就绰着经儿叫道：『坤三贤侄，你做官虽承祖荫，一向清廉，怎的昨日无知，把四个圣僧当贼，不审来音，囚于禁内！那狱神、土地、城隍不安，报与阎君，阎君差鬼使押我来对你说，教你推情察理，快快解放他，不然，就教你去阴司折证也。』刺史听说，心中悚惧道：『大爷请回，小侄升堂，当就释放。』行者道：『既如此，烧纸来。我去见阎君回话。』刺史复添香烧纸拜谢。

行者又飞出来看时，东方早已发白。及飞到地灵县，又见那合县官却都在堂上。他思道：『蠓虫儿说话，被人看见，露出马脚来不好。』他就半空中，改了个大法身，从空里伸下一只脚来，把个县堂踹满。口中叫道：『众官听着：吾乃玉帝差来的浪荡游神。说你这府监里屈打了取经的佛子，惊动三界诸神不安，教吾传说，趁早放他；若有差池，教我再来一脚，先踢死合府县官，后踹死四境居民，把城池都踏为灰烬！』概县官吏人等，慌得一齐跪倒，磕头礼拜道：『上圣请回。我们如今进府，禀上府尊，即教放出。千万莫动脚，惊唬死下官。』行者才收了法身，仍变做个蠓虫儿，从监房瓦缝儿飞入，依旧钻在辖床中间睡着。

却说那刺史升堂，才抬出投文牌去，早有寇梁兄弟，抱牌跪门叫喊。刺史着令进来。二人将解状递上。刺史见了，发怒道：『你昨日递了失状，就与你拿了贼来，你又领了赃去，怎么今日又来递解状？』二人滴泪道：『老爷，今夜小的父亲显魂道：「唐朝圣僧，原将贼徒拿住，夺获财物，放了贼去，好意将财物送还我家报恩，怎么反将他当贼，拿在狱中受苦？狱中土地城隍俱不安，报了阎王，阎王差鬼使押解我来教你赴府再告，释放唐僧，庶免灾咎：不然，老幼皆亡。」因此，特来递个解词。望老爷方便，方便！』刺史听他说了这话，却暗想道：『他那父亲，乃是热尸新鬼，显魂报应犹可；我伯父死去五六年了，却怎么今夜也来显魂，教我审放？看起来必是冤枉。』

正忖度间，只见那地灵县知县等官，急急跑上堂，乱道：『老大人，不好了，不好了！适才玉帝差浪荡游神下界，教你快放狱中好人。昨日拿的那些和尚，不是强盗，都是取经的佛子。若少迟延，就要踢杀我等官员，还要把城池连百姓俱尽踏为灰烬。』刺史又大惊失色，即叫刑房吏火速写牌提出。当时开了监门提出。八戒愁道：『今日又不知怎的打哩。』行者笑道：『管你一下儿也不敢打。老孙俱已干办停当。上堂切不可下跪，他还要下来请我们上坐。却等我问他要行李，要马匹。少了一些儿，等我打他你看。』

说不了，已至堂口。那刺史、知县并府县大小官员，一见都下来迎接道：『圣僧昨日来时，一则接上司忙迫，二则又见了所获之赃，未及细问端的。』唐僧合掌躬身，又将前情细陈了一遍。众官满口认称，都道：『错了，错了！莫怪，莫怪！』又问狱中可曾有甚疏失。行者近前努目睁看，厉声高叫道：『我的白马是堂上人得了，行李是狱中人得了，快快还我！今日却该我拷较你们了，枉拿平人做贼，你们该个甚罪？』府县官见他作恶，无一个不怕，即便叫收马的牵马来，收行李的取行李来，一一交付明白。你看他三人一个个逞凶，众官只以寇家遮饰。三藏劝解了道：『徒弟，是也不得明白。我们且到寇家去，一则吊问，二来与他对证对证，看是何人见我做贼。』行者道：『说得是。等老孙把那死的叫起来，看是那个打他。』

沙僧就在府堂上把唐僧撮上马，吆吆喝喝，一拥而出。那些府县多官，也一一俱到寇家。唬得那寇梁兄弟在门前不住的磕头，接进厅。只见他孝堂之中，一家儿都在孝幔里啼哭。行者叫道：『那打诳语栽害平人的妈妈子，且莫哭！等老孙叫你老公来，看他说是那个打死的，羞他一羞！』众官员只道孙行者说的是笑话。行者道：『列位大人，略陪我师父坐坐。八戒、沙僧，好生保护。等我去了就来。』

好大圣，跳出门，望空就起。只见那遍地彩霞笼住宅，一天瑞气护元神。众等方才认得是个腾云驾雾之仙，起死回生之圣。这里一一焚香礼拜不题。

那大圣一路筋斗云，直至幽冥地界，径撞入森罗殿上，慌得那：

十代阎君拱手接，五方鬼判叩头迎。千株剑树皆攲侧，万迭刀山尽坦平。枉死城中魑魅化，奈河桥下鬼超生。正是那神光一照如天赦，黑暗阴司处处明。

十阎王接下大圣，相见了，问及何来何干。行者道：『铜台府地灵县斋僧的寇洪之鬼，是那个收了？快点查来与我。』十阎王道：『寇洪善士，也不曾有鬼使勾他，他自家到此，遇着地藏王的金衣童子，他引见地藏也。』行者即别了，径至翠云宫，见地藏王菩萨。菩萨与他礼毕，具言前事。菩萨喜道：『寇洪阳寿，止该卦数，命终，不染床席，弃世而来。我因他斋僧，是个善士，收他做个掌善缘簿子的案长。既大圣来取，我再延他阳寿一纪，教他跟大圣去。』金衣童子遂领出寇洪。寇洪见了行者，声声叫道：『老师，老师，救我一救！』行者道：『你被强盗踢死。此乃阴司地藏王菩萨之处。我老孙特来取你到阳世间，对明此事。既蒙菩萨放回，又延你阳寿一纪，待十二年之后，你再来也。』那员外顶礼不尽。

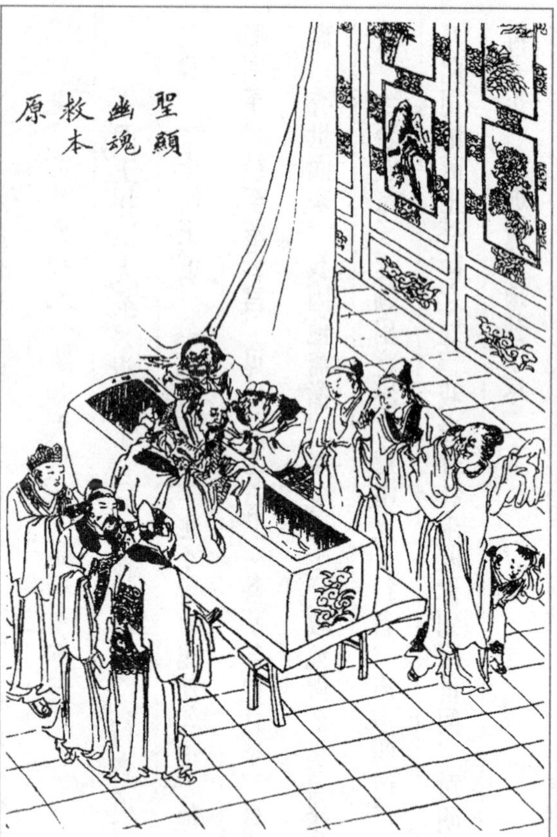


## 圣显幽魂救本原

行者谢辞了菩萨，将他吹化为气，掉于衣袖之间，同去幽府，复返阳间。驾云头，到了寇家。即唤八戒捎开材盖，把他魂灵儿推付本身。须臾间，透出气来活了。那员外爬出材来，对唐僧四众磕头道：『师父，师父，寇洪死于非命，蒙师父至阴司救活，乃再造之恩！』

行者谢辞了菩萨，将他吹化为气，掉于衣袖之间，同去幽府，复返阳间。驾云头，到了寇家。即唤八戒捎开材盖，把他魂灵儿推付本身。须臾间，透出气来活了。

那员外爬出材来，对唐僧四众磕头道：『师父，师父，寇洪死于非命，蒙师父至阴司救活，乃再造之恩！』言谢不已。及回头，见各官罗列，即又磕头道：『列位老爹都如何在舍？』那刺史道：『你儿子始初递失状，坐名告了圣僧，我即差人捕获；不期圣僧路遇杀劫你家之贼，夺取财物，送还你家；是我下人误捉，未得详审，当送监禁。今夜被你显魂，我先伯亦来家诉告；县中又蒙浪荡游神下界；一时就有这许多显应，所以放出圣僧，圣僧却又去救活你也。』那员外跪道：『老爹，其实枉了这四位圣僧！那夜有三十多名强盗，明火执杖，劫去家私；是我难舍，向贼理说，不期被他一脚，撩阴踢死，与这四位何干！』叫过妻子来：『是谁人踢死，你等辄敢妄告？请老爹定罪。』当时一家老小，只是磕头。刺史宽恩，免其罪过。寇洪教安排筵宴，酬谢府县厚恩。个个未坐回衙。至次日，再挂斋僧牌，又款留三藏；三藏决不肯住。却又请亲友，办旌幢，如前送行而去。咦！这正是：

地辟能存凶恶事，天高不负善心人。
逍遥稳步如来径，只到灵山极乐门。

毕竟不知见佛何如，且听下回分解。

## 猿熟马驯方脱壳

行者却引沙僧、八戒，牵马挑担，也上了船，都立在舟早舟唐之上。那佛祖轻轻用力撑开，只见上溜头泱下一个死尸。长老见了大惊。行者笑道：『师父莫怕。那个原来是你。』八戒也道：『是你，是你！』沙僧拍着手，也道：『是你，是你！』那撑船的打着号子，也说：『那是你！可贺，可贺！』

## 第九十八回　猿熟马驯方脱壳　功成行满见真如

话表寇员外既得回生，复整理了幢旛鼓乐，僧道亲友，依旧送行不题。却说唐僧四众，上了大路。果然西方佛地，与他处不同。见了些琪花瑶草，古柏苍松。所过地方，家家向善，户户斋僧。每逢山下人修行，又见林间客诵经。师徒们夜宿晓行，又经有六七日，忽见一带高楼，几层杰阁。真个是：

冲天百尺，耸汉凌空。低头观落日，引手摘飞星。豁达窗轩吞宇宙，嵯峨栋宇接云屏。黄鹤信来秋树老，彩鸾书到晚风清。此乃是灵宫宝阙，琳馆珠庭；真堂谈道，宇宙传经。花向春来美，松临雨过青。紫芝仙果年年秀，丹凤仪翔万感灵。

三藏举鞭遥指道：『悟空，好去处耶！』行者道：『师父，你在那假境界，假佛像处，倒强要下拜；今日到了这真境界，真佛像处，倒还不下马，是怎的说？』三藏闻言，慌得翻身跳下来，已到了那楼阁门首。只见一个道童，斜立山门之前，叫道：『那来的莫非东土取经人么？』长老急整衣，抬头观看。见他：

身披锦衣，手摇玉麈。身披锦衣，宝阁瑶池常赴宴；手摇玉麈，丹台紫府每挥尘。肘悬仙箓，足踏履鞋。飘然真羽士，秀丽实奇哉。炼就长生居胜境，修成永寿脱尘埃。圣僧不识灵山客，当年金顶大仙来。

孙大圣认得他，即叫：『师父，此乃是灵山脚下玉真观金顶大仙，他来接我们哩。』三藏方才醒悟，进前施礼。大仙笑道：『圣僧今年才到。我被观音菩萨哄了。他十年前领佛金旨，向东土寻取经人，原说二三年就到我处。我年年等候，渺无消息，不意今年才相逢也。』三藏合掌道：『有劳大仙盛意，感激，感激！』遂此四众牵马挑担，同入观里。却又与大仙一一相见。即命看茶摆斋，又叫小童儿烧香汤与圣僧沐浴了，好登佛地。正是那：

功满行完宜沐浴，炼驯本性合天真。
千辛万苦今方息，九戒三皈始自新。
魔尽果然登佛地，灾消故得见沙门。
洗尘涤垢全无染，反本还原不坏身。

师徒们沐浴了，不觉天色将晚，就于玉真观安歇。

次早，唐僧换了衣服，披上锦襕袈裟，戴了毗卢帽，手持锡杖，登堂拜辞大仙。大仙笑道：『昨日缆缕，今日鲜明，观此相，真佛子也。』三藏拜别就行。大仙道：『且住，等我送你。』行者道：『不必你送，老孙认得路。』大仙道：『你认得的是云路。圣僧还未登云路，当从本路而行。』行者道：『这个讲得是。老孙虽走了几遭，只是云来云去，实不曾踏着此地。既有本路，还烦你送送。我师父拜佛心重，幸勿迟疑。』那大仙笑吟吟，携着唐僧手，接引

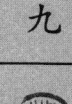

旃坛上法门。

原来这条路不出山门，就自观宇中堂穿出后门便是。大仙指着灵山道：『圣僧，你看那半天中有祥光五色，瑞霭千重的，就是灵鹫高峰，佛祖之圣境也。』唐僧见了就拜。行者笑道：『师父，还不到拜处哩。常言道：「望山走倒马。」离此镇还有许远，如何就拜！若拜到顶上，得多少头磕是？』大仙道：『圣僧，你与大圣、天蓬、卷帘四位，已此到于福地，望见灵山，我回去也。』三藏遂拜辞而去。

大圣引着唐僧等，徐徐缓步，登了灵山。不上五六里，见了一道活水，滚浪飞流，约有八九里宽阔，四无人迹。三藏心惊道：『悟空，这路来得差了。敢莫大仙错指了？此水这般宽阔，这般汹涌，又不见舟楫，如何可渡？』行者笑道：『不差，你看那壁厢不是一座大桥？要从那桥上行过去，方成正果哩。』长老等又近前看时，桥边有一扁，扁上有『凌云渡』三字。原来是一根独木桥。正是：

远看横空如玉栋，近观断水一枯槎。
维河架海还容易，独木单梁人怎踏！
万丈虹霓平卧影，千寻白练接天涯。
十分细滑浑难渡，除是神仙步彩霞。

三藏心惊胆战道：『悟空，这桥不是人走的。我们别寻路径去来。』行者笑道：『正是路，正是路！』八戒慌了道：『这是路，那个敢走？水面又宽，波浪又涌，独独一根木头，又细又滑，怎生动脚？』行者道：『你都站下，等老孙走个儿你看。』

好大圣，拽开步，跳上独木桥，摇摇摆摆。须臾，跑将过去，在那边招呼道：『过来，过来！』唐僧摇手。八戒、沙僧咬指道：『难，难，难！』行者又从那边跑过来，拉着八戒道：『呆子，跟我走，跟我走！』那八戒卧倒在地道：『滑，滑，滑！走不得，你饶我罢，让我驾风雾过去。』行者按住道：『这是甚么去处，许你驾风雾？必须从此桥上走过，方可成佛。』八戒道：『哥啊，佛做不成也罢，实是走不得！』

他两个在那桥边，滚滚爬爬，扯扯拉拉的耍斗，沙僧走去劝解，才撒脱了手。三藏回头，忽见那下溜中有一人撑一只船来，叫道：『上渡，上渡！』长老大喜道：『徒弟，休得乱顽。那里有只渡船儿来了。』他三个跳起来站定，同眼观看，那船儿来得至近，原来是一只无底的船儿。行者火眼金睛，早已认得是接引佛祖，又称为南无宝幢光王佛。行者却不题破，只管叫：『这里来，撑拢来！』霎时撑近岸边，又叫：『上渡，上渡！』三藏见了，又心惊道：『你这无底的破船儿，如何渡人？』佛祖道：『我这船：

鸿蒙初判有声名，幸我撑来不变更。
有浪有风还自稳，无终无始乐升平。
六尘不染能归一，万劫安然自在行。
无底船儿难过海，今来古往渡群生。』

孙大圣合掌称谢道：『承盛意，接引吾师。师父，上船去。他这船儿虽是无底，却稳；纵有风浪，也不得翻。』长老还自惊疑，行者叉着膊子，往上一推。那师父踏不住脚，毂辘的跌在水里，早被撑船人一把扯起，站在船上。师父还抖衣服，垛鞋脚，报怨行者。行者却引沙僧、八戒，牵马挑担，也上了船，都立在舟旱舟唐之上。那佛祖轻轻用力撑开，只见上溜头泱下一个死尸。长老见了大惊。行者笑道：『师父莫怕。那个原来是你。』八戒也道：『是你，是你！』沙僧拍着手，也道：『是你，是你！』那撑船的打着号子，也说：『那是你！可贺，可贺！』

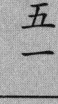

他们三人，也一齐声相和。撑着船，不一时，稳稳当当的过了凌云仙渡。三藏才转身，轻轻的跳上彼岸。有诗为证。诗曰：

脱却胎胞骨肉身，

相亲相爱是元神。

今朝行满方成佛，

洗净当年六六尘。

此诚所谓广大智慧，登彼岸无极之法。四众上岸回头，连无底船儿却不知去向。行者方说是接引佛祖。三藏方才省悟，急转身，反谢了三个徒弟。行者道：『两不相谢。彼此皆扶持也。我等亏师父解脱，借门路修功，幸成了正果；师父也赖我等保护，秉教伽持，喜脱了凡胎。师父，你看这面前花草松篁，鸾凤鹤鹿之胜境，比那妖邪显化之处，孰美孰恶？何善何凶？』三藏称谢不已。一个个身轻体快，步上灵山。早见那雷音古刹：

顶摩霄汉中，根接须弥脉。巧峰排列，怪石参差。悬崖下瑶草琪花，曲径旁紫芝香蕙。仙猿摘果入桃林，却似火烧金；白鹤栖松立枝头，浑如烟捧玉。彩凤双双，青鸾对对。彩凤双双，向日一鸣天下瑞；青鸾对对，迎风耀舞世间稀。又见那黄森森金瓦叠鸳鸯，明幌幌花砖铺玛瑙。东一行，西一行，尽都是蕊宫珠阙；南一带，北一带，看不了宝阁珍楼。天王殿上放霞光，护法堂前喷紫焰。浮屠塔显，优钵花香。正是地胜疑天别，云闲觉昼长。红尘不到诸缘尽，万劫无亏大法堂。

师徒们逍逍遥遥，走上灵山之巅。又见青松林下列优婆，翠柏丛中排善士。长老就便施礼，慌得那优婆塞、优婆夷、比丘僧、比丘尼合掌道：『圣僧且休行礼。待见了牟尼，却来相叙。』行者笑道：『早哩，早哩！且去拜上位者。』

那长老手舞足蹈，随着行者，直至雷音寺山门之外。那厢有四大金刚迎住道：『圣僧来耶？』三藏躬身道：『是弟子玄奘到了。』答毕，就欲进门。金刚道：『圣僧少待，容禀过再进。』那金刚着一个转山门报与二门上四大金刚，说唐僧到了；二门上又传入三门上，说唐僧到了；三山门内原是打供的神僧，闻得唐僧到时，急至大雄殿下，报与如来至尊释迦牟尼文佛说：『唐朝圣僧，到于宝山，取经来了。』佛爷爷大喜。即召聚八菩萨、四金刚、五百阿罗、三千揭谛、十一大曜、十八伽蓝，两行排列，却传金旨，召唐僧进。那里边，一层一节，钦依佛旨，叫：『圣僧进来。』这唐僧循规蹈矩，同悟空、悟能、悟净，牵马挑担，径入山门。正是：

当年奋志奉钦差，领牒辞王出玉阶。
清晓登山迎雾露，黄昏枕石卧云霾。
挑禅远步三千水，飞锡长行万里崖。
念念在心求正果，今朝始得见如来。

四众到大雄宝殿殿前，对如来倒身下拜。拜罢，又向左右再拜。各各三匝已遍，复向佛祖长跪，将通关文牒奉上。如来一一看了，还递与三藏。三藏頫顖作礼，启上道：『弟子玄奘，奉东土大唐皇帝旨意，遥诣宝山，拜求真经，以济众生。望我佛祖垂恩，早赐回国。』如来方开怜悯之口，大发慈悲之心，对三藏言曰：『你那东土乃南赡部洲，只因天高地厚，物广人稠，多贪多杀，多淫多诳，多欺多诈；不遵佛教，不向善缘，不敬三光，不重五谷；不忠不孝，不义不仁，瞒心昧己，大斗小秤，害命杀牲：造下无边之孽，罪盈恶满，致有地狱之灾；所以永堕幽冥，受那许多碓捣磨舂之苦，变化畜类。有那许多披毛顶角之形，将身还债，将肉饲人。其永堕阿鼻，不得超升者，皆此之故也。虽有孔氏在彼立下仁义礼智之教，帝王相继，治有徒流绞斩之刑，其如愚昧不明，放纵无忌之辈何耶！我今有经三藏，可以超脱苦恼，解释灾愆。三藏：有法一藏，谈天；有论一藏，说地；有经一藏，度鬼。共计三十五部，该一万五千一百四十四卷。真是修真之径，正善之门。凡天下四大部洲之天文、地理、人物、鸟兽、花木、器用、人事，无般不载。汝等远来，待要全付与汝取去，但那方之人，愚蠢村强，毁谤真言，不识我沙门之奥旨。』叫：『阿傩、伽叶，你两个引他四众，到珍楼之下，先将斋食待他。斋罢，开了宝阁，将我那三藏经中，三十五部之内，各检几卷与他，教他传流东土，永注洪恩。』

二尊者即奉佛旨，将他四众，领至楼下。看不尽那奇珍异宝，摆列无穷。只见那设供的诸神，铺排斋宴，并皆是仙品、仙肴、仙茶、仙果，珍馐百味，与凡世不同。师徒们顶礼了佛恩，随心享用。其实是：

宝焰金光映目明，异香奇品更微精。
千层金阁无穷丽，一派仙音入耳清。
素味仙花人罕见，香茶异食得长生。
向来受尽千般苦，今日荣华喜道成。

这番造化了八戒，便宜了沙僧：佛祖处正寿长生，脱胎换骨之馔，尽着他受用。二尊者陪奉四众餐毕，却入宝阁，开门登看。那厢有霞光瑞气，笼罩千重；彩雾祥云，遮漫万道。经柜上，宝箧外，都贴了红签，楷书着经卷名目。乃是：

《涅槃经》一部……七百四十八卷

《菩萨经》一部……一千二十一卷

《虚空藏经》一部……四百卷

《首楞严经》一部……一百一十卷

《恩意经大集》一部……五十卷

《决定经》一部……一百四十卷

《宝藏经》一部……四十五卷

《华严经》一部……五百卷

《礼真如经》一部……九十卷

《大般若经》一部……九百一十六卷

《大光明经》一部……三百卷

《未曾有经》一部……一千一百一十卷

《维摩经》一部……一百七十卷

《三论别经》一部……二百七十卷

《金刚经》一部……一百卷

《正法论经》一部……一百二十卷

《佛本行经》一部……八百卷

《五龙经》一部……三十二卷

《菩萨戒经》一部……一百一十六卷

《大集经》一部……一百三十卷

《摩竭经》一部……三百五十卷

《法华经》一部……一百卷

《瑜伽经》一部……一百卷

《宝常经》一部……二百二十卷

《西天论经》一部……一百三十卷

《僧祇经》一部……一百五十七卷

《佛国杂经》一部……一千九百五十卷

《起信论经》一部……一千卷

《大智度经》一部……一千八十卷

《宝威经》一部……一千二百八十卷

《本阁经》一部……八百五十卷

《正律文经》一部……二百卷

《大孔雀经》一部……二百二十卷

《维识论经》一部……一百卷

《具舍论经》一部……二百卷

阿傩、伽叶引唐僧看遍经名，对唐僧道：『圣僧东土到此，有些甚么人事送我们？快拿出来，好传经与你去。』

三藏闻言道：『弟子玄奘，来路迢遥，不曾备得。』二尊者笑道：『好，好，好！白手传经继世，后人当饿死矣！』行者见他讲口扭捏，不肯传经，他忍不住叫噪道：『师父，我们去告如来，教他自家来把经与老孙也。』阿傩道：『莫嚷！此是甚么去处，你还撒野放刁？到这边来接着经！』八戒、沙僧耐住了性子，劝住了行者，转身来接。一卷卷收在包里，驮在马上，又捆了两担，八戒与沙僧挑着，却来宝座前叩头，谢了如来，一直出门。逢一位佛祖，拜两拜；见一尊菩萨，拜两拜。又到大门，拜了比丘僧、尼，优婆夷、塞，一一相辞，下山奔路不题。

却说那宝阁上有一尊燃灯古佛，他在阁上，暗暗的听着那传经之事，心中甚明。原是阿傩、伽叶将无字之经传去，却自笑云：『东土众僧愚迷，不识无字之经，却不枉费了圣僧这场跋涉？』问：『座边有谁在此？』只见白雄尊者闪出。古佛吩咐道：『你可作起神威，飞星赶上唐僧，把那无字之经夺了，教他再来求取有字真经。』白雄尊者即驾狂风，滚离了雷音寺山门之外，大作神威。那阵好风，真个是：

佛前勇士，不比巽二风神。仙窍怒号，远赛吹嘘少女。这一阵，鱼龙皆失穴，江海逆波涛。玄猿捧果难来献，黄鹤回云找旧巢。丹凤清音鸣不美，锦鸡喔运叫声嘈。青松枝折，优钵花飘。翠竹竿竿倒，金莲朵朵摇。钟声远送三千里，经韵轻飞万壑高。崖下奇花残美色，路旁瑶草偃鲜苗。彩鸾难舞翅，白鹿躲山崖。荡荡异香漫宇宙，清清风气彻云霄。

那唐长老正行间，忽闻香风滚滚，只道是佛祖之祯祥，未曾堤防。又闻得响一声，半空中伸下一只手来，将马驮的经，轻轻抢去，唬得个三藏捶胸叫唤，八戒滚地来追，沙和尚护守着经担，孙行者急赶去如飞。那白雄尊者，见行者赶得将近，恐他棍头上没眼，一时间不分好歹，打伤身体，即将经包摔碎，抛落尘埃。行者见经包破落，又被香风吹得飘零，却就按下云头顾经，不去追赶。那白雄尊者收风敛雾，回报古佛不题。

八戒去追赶，见经本落下，遂与行者收拾背着，来见唐僧。唐僧满眼垂泪道：『徒弟呀！这个极乐世界，也还有凶魔欺害哩！』沙僧接了抱着的散经，打开看时，原来雪白，并无半点字迹。慌忙递与三藏道：『师父，这一卷没字。』行者又打开一卷，看时，也无字。八戒打开一卷，也无字。三藏叫：『通打开来看看。』卷卷俱是白纸。长老短叹长吁的道：『我东土人果是没福！似这般无字的空本，取去何用？怎么敢见唐王！诳君之罪，诚不容诛也！』行者早已知之，对唐僧道：『师父，不消说了。这就是阿傩、伽叶那厮，问我要人事，没有，故将此白纸本子与我们来了。快回去告在如来之前，问他掯财作弊之罪。』八戒嚷道：『正是，正是，告他去来！』四众急急回山，无好步，忙忙又转上雷音。

不多时，到于山门之外，众皆拱手相迎，笑道：『圣僧是换经来的？』三藏点头称谢。众金刚也不阻挡，让他进去，直至大雄殿前。行者嚷道：『如来！我师徒们受了万蜇千魔，千辛万苦，自东土拜到此处，蒙如来吩咐传经，被阿傩、伽叶掯财不遂，通同作弊，故意将无字的白纸本儿教我们拿去，我们拿他去何用？望如来敕治！』佛祖笑道：『你且休嚷。他两个问你要人事之情，我已知矣。但只是经不可轻传，亦不可以空取。向时众比丘圣僧下山，曾将此经在舍卫国赵长者家与他诵了一遍，保他家生者安全，亡者超脱，只讨得他三斗三升米粒黄金回来。我还说他们忒卖贱了，教后代儿孙没钱使用。你如今空手来取，是以传了白本。白本者，乃无字的真经，倒也是好的。因你那东土众生，愚迷不悟，只可以此传之耳。』即叫：『阿傩、伽叶，快将有字的真经，每部中各检几卷与他，来此报数。』

二尊者复领四众，到珍楼宝阁之下，仍问唐僧要些人事。三藏无物奉承，即命沙僧取出紫金钵盂，双手奉上道：『弟子委是穷寒路遥，不曾备得人事。这钵盂乃唐王亲手所赐，教弟子持此，沿路化斋。今特奉上，聊表寸心。万望尊者不鄙轻亵将此收下，待回朝奏上唐王，定有厚谢。只是以有字真经赐下，庶不孤钦差之意，远涉之劳也。』那阿傩接了，但微微而笑。被那些管珍楼的力士，管香积的庖丁，香阁的尊者，你抹他脸，我扑他背，弹指的，扭唇的，一个个笑道：『不羞，不羞！需索取经的人事！』须臾，把脸皮都羞皱了，只是拿着钵盂不放。伽叶却才进阁检经，一一查与三藏。三藏却叫：『徒弟们，你们都好生看看，莫似前番。』他三人接一卷，看一卷，却都是有字的。传了五千零四十八卷，乃一藏之数。收拾齐整，驮在马上；剩下的，还装了一担，八戒挑着。自己行囊，沙僧挑着。行者牵了马，唐僧拿了锡杖，按一按毗卢帽，抖一抖锦袈裟，才喜喜欢欢，到我佛如来之前。正是那：

大藏真经滋味甜，如来造就甚精严。
须知玄奘登山苦，可笑阿傩却爱钱。
先次未详亏古佛，后来真实始安然。
至今得意传东土，大众均将雨露沾。

阿傩、伽叶引唐僧来见如来。如来高升莲座，指令降龙、伏虎二大罗汉敲响云磬，遍请三千诸佛、三千揭谛、八金刚、四菩萨、五百尊罗汉、八百比丘僧、大众优婆塞、比丘尼、优婆夷，各天各洞福地灵山大小尊者圣僧，该坐的请登宝座，该立的侍立两旁。一时间，天乐遥闻，仙音嘹喨，满空中祥光叠叠，瑞气重重，诸佛毕集，参见了如来。如来问：『阿傩、伽叶，传了多少经卷与他？可一一报数。』二尊者即开报：『现付去唐朝：

《涅槃经》……四百卷
《菩萨经》……三百六十卷
《虚空藏经》……二十卷
《首楞严经》……三十卷

《恩意经大集》……四十卷

《决定经》……四十卷

《宝藏经》……二十卷

《华严经》……八十一卷

《礼真如经》……三十卷

《大般若经》……六百卷

《金光明品经》……五十卷

《未曾有经》……五百五十卷

《维摩经》……三十卷

《三论别经》……四十二卷

《金刚经》……一卷

《正法论经》……二十卷

《佛本行经》……一百一十六卷

《五龙经》……二十卷

《菩萨戒经》……六十卷

《大集经》……三十卷

《摩竭经》……一百四十卷

《法华经》……十卷
《瑜伽经》……三十卷
《宝常经》……一百七十卷
《西天论经》……三十卷
《僧祇经》……一百一十卷
《佛国杂经》……一千六百三十八卷
《起信论经》……五十卷
《大智度经》……九十卷
《宝威经》……一百四十卷
《本阁经》……五十六卷
《正律文经》……十卷
《大孔雀经》……十四卷
《维识论经》……十卷
《具舍论经》……十卷

在藏总经，共三十五部，各部中检出五千零四十八卷，与东土圣僧传留在唐。现俱收拾整顿于人马驮担之上，专等谢恩。』

三藏四众拴了马，歇了担，一个个合掌躬身，朝上礼拜。如来对唐僧言曰：『此经功德，不可称量。虽为我门之

龟鉴，实乃三教之源流。若到你那南赡部洲，示与一切众生，不可轻慢。非沐浴斋戒，不可开卷。宝之！重之！盖此内有成仙了道之奥妙，有发明万化之奇方也。』三藏叩头谢恩，信受奉行，依然对佛祖遍礼三匝，承谨归诚，领经而去；去到三山门，一一又谢了众圣不题。

如来因打发唐僧去后，才散了传经之会。旁又闪上观世音菩萨合掌启佛祖道：『弟子当年领金旨向东土寻取经之人，今已成功，共计得一十四年，乃五千零四十日，还少八日，不合藏数。望我世尊，早赐圣僧回东转西，须在八日之内，庶完藏数，准弟子缴还金旨。』如来大喜道：『所言甚当。准缴金旨。』即叫八大金刚吩咐道：『汝等快使神威，驾送圣僧回东，把真经传留，即引圣僧西回。须在八日之内，以完一藏之数。勿得迟违。』金刚随即赶上唐僧，叫道：『取经的，跟我来！』唐僧等俱身轻体健，荡荡飘飘，随着金刚，驾云而起。这才是：

见性明心参佛祖，功完行满即飞升。

毕竟不知回东土怎生传授，且听下回分解。

九九數完魔剗盡

## 九九数完魔灭尽

老鼋即知不曾替问，他就将身一幌，唿喇的淬下水去，把他四众连马并经，通皆落水。咦！还喜得唐僧脱了胎，成了道。若似前番，已经沉底。又幸白马是龙，八戒、沙僧会水，行者笑巍巍显大神通，把唐僧扶驾出水，登彼东岸。只是经包、衣服、鞍辔俱湿了。

# 第九十九回　九九数完魔灭尽　三三行满道归根

话表八金刚既送唐僧回国不题。那三层门下，有五方揭谛、四值功曹、六丁六甲、护教伽蓝，走向观音菩萨前启道：『弟子等向蒙菩萨法旨，暗中保护圣僧，今日圣僧行满，菩萨缴了佛祖金旨，我等望菩萨准缴法旨。』菩萨亦甚喜道：『准缴，准缴。』又问道：『那唐僧四众，一路上心行何如？』诸神道：『委实心虔志诚，料不能逃菩萨洞察；但只是唐僧受过之苦，真不可言。他一路上历过的灾愆患难，弟子已谨记在此。这就是他灾难的簿子。』菩萨从头看了一遍。上写着：

蒙差揭谛皈依旨　谨记唐僧难数清
金蝉遭贬第一难　出胎几杀第二难

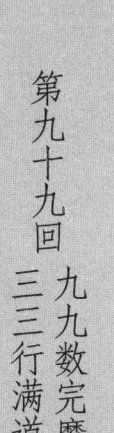

满月抛江第三难　寻亲报冤第四难
出城逢虎第五难　折从落坑第六难
双叉岭上第七难　两界山头第八难
陡涧换马第九难　夜被火烧第十难
失却袈裟十一难　收降八戒十二难
黄风怪阻十三难　请求灵吉十四难
流沙难渡十五难　收得沙僧十六难
四圣显化十七难　五庄观中十八难
难活人参十九难　贬退心猿二十难
黑松林失散二十一难　宝象国捎书二十二难
金銮殿变虎二十三难　平顶山逢魔二十四难
莲花洞高悬二十五难　乌鸡国救主二十六难
被魔化身二十七难　号山逢怪二十八难
风摄圣僧二十九难　心猿遭害三十难
请圣降妖三十一难　黑河沉没三十二难
搬运车迟三十三难　大赌输赢三十四难
祛道兴僧三十五难　路逢大水三十六难

身落天河三十七难　鱼篮现身三十八难

金岘山遇怪三十九难　普天神难伏四十难

向佛根源四十一难　吃水遭毒四十二难

西梁国留婚四十三难　琵琶洞受苦四十四难

再贬心猿四十五难　难辨猕猴四十六难

路阻火焰山四十七难　求取芭蕉扇四十八难

收缚魔王四十九难　赛城扫塔五十难

取宝救僧五十一难　棘林吟咏五十二难

小雷音遇难五十三难　诸天神遭困五十四难

稀柿衕秽阻五十五难　朱紫国行医五十六难

拯救疲癃五十七难　降妖取后五十八难

七情迷没五十九难　多目遭伤六十难

路阻狮驼六十一难　怪分三色六十二难

城里遇灾六十三难　请佛收魔六十四难

比丘救子六十五难　辨认真邪六十六难

松林救怪六十七难　僧房卧病六十八难

无底洞遭困六十九难　灭法国难行七十难

隐雾山遇魔七十一难　　凤仙郡求雨七十二难

失落兵器七十三难　　会庆钉钯七十四难

竹节山遭难七十五难　　玄英洞受苦七十六难

赶捉犀牛七十七难　　天竺招婚七十八难

铜台府监禁七十九难　　凌云渡脱胎八十难

路经十万八千里　　圣僧历难簿分明

菩萨将难簿目过了一遍，急传声道：『佛门中「九九」归真。圣僧受过八十难，还少一难，不得完成此数。』即令揭谛，『赶上金刚，还生一难者。』这揭谛得令，飞云一驾向东来。一昼夜赶上八大金刚，附耳低言道：『如此如此，谨遵菩萨法旨，不得违误。』八金刚闻得此言，刷的把风按下，将他四众，连马与经，坠落下地。噫！正是那：

九九归真道行难，坚持笃志立玄关。

必须苦练邪魔退，定要修持正法还。

莫把经章当容易，圣僧难过许多般。

古来妙合参同契，毫发差殊不结丹。

三藏脚踏了凡地，自觉心惊。八戒呵呵大笑道：『好，好，好！这正是要快得迟。』沙僧道：『好，好，好！因是我们走快了些儿，教我们在此歇歇哩。』大圣道：『俗语云：「十日滩头坐，一日行九滩。」』三藏道：『你三个且休斗嘴。认认方向，看这是甚么地方。』沙僧转头四望道：『是这里，是这里！师父，你听听水响。』行者道：『水响想是你的祖家了。』八戒道：『他祖家乃流沙河。』沙僧道：『不是，不是。此通天河也。』三藏道：『徒弟啊，仔细看在那岸。』行者纵身跳起，用手搭凉篷，仔细看了，下来道：『师父，此是通天河西岸。』三藏道：『我记起来了。东岸边原有个陈家庄。那年到此，亏你救了他儿女，深感我们，要造船相送，幸白鼋伏渡。我记得西岸上，四无人烟。这番如何是好？』八戒道：『只说凡人会作弊，原来这佛面前的金刚也会作弊。他奉佛旨，教送我们东回，怎么到此半路上就丢下我们？如今岂不进退两难！怎生过去！』沙僧道：『二哥休报怨。我的师父已得了道。前在凌云渡已脱了凡胎，今番断不落水。教师兄同你我都作起摄法，把师父驾过去也。』行者频频的暗笑道：『驾不去，驾不去！』你看他怎么就说个驾不去？若肯使出神通，说破飞升之奥妙，师徒们就一千个河也过去了；只因心里明白，知道唐僧九九之数未完，还该有一难，故羁留于此。

师徒们口里纷纷的讲，足下徐徐的行，直至水边，忽听得有人叫道：『唐圣僧，唐圣僧！这里来，这里来！』四

九九数完魔灭尽
三三行满道归根

他四众检看经本，一一晒晾，早见几个打鱼人，来过河边，抬头看见。内有认得的道：『老师父可是前年过此河往西天取经的？』八戒道：『正是，正是。你是那里人？怎么认得我们？』渔人道：『我们是陈家庄上人。』

众皆惊。举头观看，四无人迹，又没舟船，却是一个大白赖头鼋在岸边探着头叫道：『老师父，我等了你这几年，却才回也？』行者笑道：『老鼋，向年累你，今岁又得相逢。』三藏与八戒、沙僧都欢喜不尽。行者道：『老鼋，你果有接待之心，可上岸来。』那鼋即纵身爬上河来。行者叫把马牵上他身。八戒还蹲在马尾之后。唐僧站在马颈左边。沙僧站在右边。行者一脚踏着老鼋的项，一脚踏着老鼋的头叫道：『老鼋，好生走稳着。』那老鼋蹬开四足，踏水面如行平地，将他师徒四众，连马五口，驮在身上，径回东岸而来。诚所谓：

不二门中法奥玄，诸魔战退识人天。
本来面目今方见，一体原因始得全。
秉证三乘随出入，丹成九转任周旋。
挑包飞杖通休讲，幸喜还元遇老鼋。

老鼋驮着他们，蹁波踏浪，行经多半日，将次天晚，好近东岸，忽然问曰：『老师父，我向年曾央到西方见我佛如来，与我问声归着之事，还有多少年寿，果曾问否？』原来那长老自到西天玉真观沐浴，凌云渡脱胎，步上灵山，专心拜佛及参诸佛菩萨圣僧等众，意念只在取经，他事一毫不理，所以不曾问得老鼋年寿，无言可答；却又不敢欺，打诳语，沉吟半晌，不曾答应。老鼋即知不曾替问，他就将身一幌，唿喇的淬下水去，把他四众连马并经，通皆落水。咦！还喜得唐僧脱了胎，成了道。若似前番，已经沉底。又幸白马是龙，八戒、沙僧会水，行者笑巍巍显大神通，把唐僧扶驾出水，登彼东岸。只是经包、衣服、鞍辔俱湿了。

师徒方登岸整理，忽又一阵狂风，天色昏暗，雷闪俱作，走石飞沙。但见那：

一阵风，乾坤播荡；一声雷，振动山川；一个闪，钻云飞火；一天雾，大地遮漫。风气呼号，雷声激烈；炯掣红绡，雾迷星月。风鼓的尘沙扑面，雷惊的虎豹藏形，火闪幌的飞禽叫噪，雾漫的树木无踪。那风搅得个通天河波浪翻腾，那雷振得个通天河鱼龙丧胆；那焖照得个通天河彻底光明，那雾盖得个通天河岸崖昏惨。好风！颓

山烈石松篁倒；好雷！惊蛰伤人威势豪。好闪！流天照野金蛇走；好雾！混混漫空蔽九霄。

唬得那三藏按住了经包，沙僧压住了经担，八戒牵住了白马，行者却双手轮起铁棒，左右护持。原来那风、雾、雷、火闪乃是些阴魔作号，欲夺所取之经。劳攘了一夜，直到天明，却才止息。长老一身水衣，战兢兢的道：『悟空，这是怎的起？』行者气呼呼的道：『师父，你不知就里。我等保护你取获此经，乃是夺天地造化之功，可以与乾坤并久，日月同明，寿享长春，法身不朽：此所以为天地不容，鬼神所忌，欲来暗夺之耳。一则这经是水湿透了；二则是你的正法身压住，雷不能轰，电不能照，雾不能迷；又是老孙轮着铁棒，使纯阳之性，护持住了；及至天明，阳气又盛：所以不能夺去。』

三藏、八戒、沙僧方才省悟，各谢不尽。少顷，太阳高照，却移经于高崖上，开包晒晾。至今彼处晒经之石尚存。他们又将衣鞋都晒在崖旁，立的立，坐的坐，跳的跳。真个是：

一体纯阳喜向阳，阴魔不敢逞强梁。
须知水胜真经伏，不怕风雷焖雾光。
自此清平归正觉，从今安泰到仙乡。
晒经石上留踪迹，千古无魔到此方。

他四众检看经本，一一晒晾，早见几个打鱼人，来过河边，抬头看见。内有认得的道：『老师父可是前年过此河往西天取经的？』八戒道：『正是，正是。你是那里人？怎么认得我们？』渔人道：『我们是陈家庄上人。』八戒

道：『陈家庄离此有多远？』渔人道：『过此冲南有二十里，就是也。』八戒道：『师父，我们把经搬到陈家庄上晒去。他那里有住坐，又有得吃，就教他家与我们浆浆衣服，却不是好？』三藏道：『不去罢。在此晒干了，就收拾找路回也。』那几个渔人，行过南冲，恰遇着陈澄。叫道：『二老官，前年在你家替祭儿子的师父回来了。』陈澄道：『你在那里看见？』渔人回指道：『都在那石上晒经哩。』

陈澄随带了几个佃户，走过冲来望见，跑近前跪下道：『老爷取经回来，功成行满，怎么不到舍下，却在这里盘弄？快请，快请到舍。』行者道：『等晒干了经，和你去。』陈澄又问道：『老爷的经典、衣物，如何湿了？』三藏道：『昔年亏白鼋驮渡河西，今年又蒙他驮渡河东。已将近岸，被他问昔年托问佛祖寿年之事，我本未曾问得，他遂淬在水内，故此湿了。』又将前后事细说了一遍。那陈澄拜请甚恳，三藏无已，遂收拾经卷。不期石上把《佛本行经》沾住了几卷，遂将经尾沾破了。所以至今《本行经》不全，晒经石上犹有字迹。三藏懊悔道：『是我们怠慢了，不曾看顾得！』行者笑道：『不在此，不在此！盖天地不全。这经原是全全的，今沾破了，乃是应不全之奥妙也。岂人力所能与耶！』师徒们果收拾毕，同陈澄赴庄。

那庄上人家，一个传十，十个传百，百个传千，若老若幼，都来接看。陈清闻说，就摆香案，在门前迎迓；又命鼓乐吹打。少顷到了，迎入。陈清领合家人眷，俱出来拜见，拜谢昔日救女儿之恩。随命看茶摆斋。三藏自受了佛祖的仙品、仙肴，又脱了凡胎成佛，全不思凡间之食。二老苦劝，没奈何，略见他意。孙大圣自来不吃烟火食，也道：『够了。』沙僧也不甚吃。八戒也不似前番，就放下碗。行者道：『呆子也不吃了？』八戒道：『不知怎么，脾胃一时就弱了。』遂此收了斋筵，却又问取经之事。三藏又将先至玉真观沐浴，凌云渡脱胎，及至雷音寺参如来，蒙珍楼赐宴，宝阁传经，始被二尊者索人事未遂，故传无字之经，后复拜告如来，始得授一藏之数，并白鼋淬水，阴魔暗夺

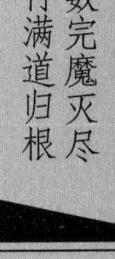

之事，细细陈了一遍，就欲拜别。

那二老举家，如何肯放，且道：『向蒙救拔儿女深恩莫报，已创建一座院宇，名曰救生寺，专侍奉香火不绝。』又唤出原替祭之儿女陈关保、一秤金叩谢，复请至寺观看。三藏却又将经包儿收在他家堂前，与他念了一卷《宝常经》。后至寺中，只见陈家又设馔在此。还不曾坐下，又一起来请。还不曾举箸，又一起来请。络绎不绝，争不上手。三藏俱不敢辞，略略见意。只见那座寺果盖得齐整：

山门红粉腻，多赖施主功。一座楼台从此立，两廊房宇自今兴。朱红隔扇，七宝玲珑。香气飘云汉，清光满太空。几株嫩柏还浇水，数千乔松未结丛。活水迎前，通天叠叠翻波浪；高崖倚后，山脉重重接地龙。

三藏看毕，才上高楼。楼上果装塑着他四众之像。八戒看见，扯着行者道：『兄长的相儿甚像。』沙僧道：『二

### 三三行满道归根

陈澄随带了几个佃户，走过冲来望见，跑近前跪下道：『老爷取经回来，功成行满，怎么不到舍下，却在这里盘弄？快请，快请到舍。』行者道：『等晒干了经，和你去。』陈澄又问道：『老爷的经典、衣物，如何湿了？』

哥，你的又像得紧。只是师父的又忒俊了些儿。』三藏道：『却好，却好！』遂下楼来。下面前殿后廊，还有摆斋的候请。行者却问：『向日大王庙儿如何了？』众老道：『那庙当年拆了。老爷，这寺自建立之后，年年成熟，岁岁丰登，却是老爷之福庇。』行者笑道：『此天赐耳，与我们何与！但只我们自今去后，保你这一庄上人家，子孙繁衍，六畜安生，年年风调雨顺，岁岁雨顺风调。』众等却叩头拜谢。

只见那前前后后，更有献果献斋的，无限人家。八戒笑道：『我的蹭蹬！那时节吃得，却没人家连请十请；今日吃不得，却一家不了，又是一家。』饶他气满，略动手，又吃过八九盘素食。纵然胃伤，又吃了二三十个馒头。已皆尽饱，又有人来相邀。三藏道：『弟子何能，感蒙至爱！望今夕暂停，明早再领。』

时已深夜。三藏守定真经，不敢暂离，就于楼下打坐看守。将及三更，三藏悄悄的叫道：『悟空，这里人家，识得我们道成事完了。自古道：「真人不露相，露相不真人。」恐为久淹，失了大事。』行者道：『师父说得有理。我们趁此深夜，人皆熟睡，寂寂的去了罢。』八戒却也知觉，沙僧尽自分明，白马也能会意。遂此起了身，轻轻的抬上驮垛，挑着担，从庑廊驮出。到于山门，只见门上有锁。行者又使个解锁法，开了二门、大门，找路望东而去。只听得半空中有八大金刚叫道：『逃走的，跟我来！』那长老闻得香风荡荡，起在空中。这正是：

丹成识得本来面，体健如如拜主人。

毕竟不知怎生见那唐王，且听下回分解。

## 径回东土

金刚停在空中叫道：『圣僧，此间乃长安城了。我们不好下去，这里人伶俐，恐泄漏吾像。孙大圣三位也不消去，汝自去传了经与汝主，即便回来。我在霄汉中等你，与你一同缴旨。』大圣道：『尊者之言虽当，但吾师如何挑得经担，如何牵得这马，须得我等同去一送。烦你在空少等，谅不敢误。』

# 第一百回　径回东土　五圣成真

且不言他四众脱身，随金刚驾风而起。却说陈家庄救生寺内多人，天晓起来，仍治果肴来献，至楼下，不见了唐僧。这个也来问，那个也来寻，俱慌慌张张，莫知所措，叫苦连天的道：『清清把个活佛放去了！』一会家无计，将办来的品物，俱抬在楼上祭祀烧纸。以后每年四大祭，二十四小祭。还有那告病的，保安的，求亲许愿，求财求子的，无时无日，不来烧香祭赛。真个是金炉不断千年火，玉盏常明万载灯。不题。

却说八大金刚使第二阵香风，把他四众，不一日，送至东土，渐渐望见长安。原来那太宗自贞观十三年九月望前三日送唐僧出城，至十六年，即差工部官在西安关外起建了望经楼接经。太宗年年亲至其地。恰好那一日出驾复到楼上，忽见正西方满天瑞霭，阵阵香风，金刚停在空中叫道：『圣僧，此间乃长安城了。我

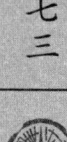

们不好下去，这里人伶俐，恐泄漏吾像。孙大圣三位也不消去，汝自去传了经与汝主，即便回来。我在霄汉中等你，与你一同缴旨。』大圣道：『尊者之言虽当，但吾师如何挑得经担，如何牵得这马，须得我等同去一送。烦你在空少等，谅不敢误。』金刚道：『前日观音菩萨启过如来，往来只在八日，方完藏数。今已经四日有余，只怕八戒贪图富贵，误了期限。』八戒笑道：『师父成佛，我也望成佛，岂有贪图之理！泼大粗人，都在此等我，待交了经，就来与你回向也！』呆子挑着担，沙僧牵着马，行者领着圣僧，都按下云头，落于望经楼边。

太宗同多官一齐见了，即下楼相迎道：『御弟来也？』唐僧即倒身下拜。太宗搀起，又问：『此三者何人？』唐僧道：『是途中收的徒弟。』太宗大喜，即命侍官：『将朕御车马扣背，请御弟上马，同朕回朝。』唐僧谢了恩，骑上马。大圣轮金箍棒紧随。八戒、沙僧俱扶马挑担，随驾后共入长安。真个是：

当年清宴乐升平，文武安然显俊英。
水陆场中僧演法，金銮殿上主差卿。
关文敕赐唐三藏，经卷原因配五行。
苦炼凶魔种种灭，功成今喜上朝京。

唐僧四众，随驾入朝。满城中无一不知是取经人来了。却说那长安唐僧旧住的洪福寺大小僧人，看见几株松树一颗颗头俱向东，惊讶道：『怪哉！怪哉！今夜未曾刮风，如何这树头都扭过来了？』内有三藏的旧徒道：『快拿衣服来！取经的老师父来了！』众僧问道：『你何以知之？』旧徒曰：『当年师父去时，曾有言道：「我去之后，或三五年，或六七年，但看松树枝头若是东向，我即回矣。」我师父佛口圣言，故此知之。』急披衣而出。至西街时，早已有人传播说：『取经的人适才方到，万岁爷爷接入城来了。』众僧听说，又急急跑来，却就遇着。一见大驾，不敢近前，随后跟至朝门之外。

唐僧下马，同众进朝。唐僧将龙马与经担，同行者、八戒、沙僧，站在玉阶之下。太宗传宣：『御弟上殿。』赐坐。唐僧又谢恩坐了，教把经卷抬来。行者等取出，近侍官传上。太宗又问：『多少经数？怎生取来？』三藏道：『臣僧到了灵山，参见佛祖，蒙差阿傩、伽叶二尊者先引至珍楼内赐斋，次到宝阁内传经。那尊者需索人事，因未曾备得，不曾送他，他遂以经与了。当谢佛祖之恩，东行，忽被妖风抢了经去。幸小徒有些神通赶夺，却俱抛掷散漫。因展看，皆是无字空本。臣等着惊，复去拜告恳求。佛祖道：「此经成就之时，有比丘圣僧将下山与舍卫国赵长者家看诵了一遍，保祐他家生者安全，亡者超脱，止讨了他三斗三升米粒黄金，意思还嫌卖贱了，后来子孙没钱使用。」我等知二尊者需索人事，佛祖明知，只得将钦赐紫金钵盂送他，方传了有字真经。此经有三十五部。各部中检了几卷传来，共计五千零四十八卷。此数盖合一藏也。』

太宗更喜，教：『光禄寺设宴开东阁酬谢。』忽见他三徒立在阶下，容貌异常，便问：『高徒果外国人耶？』长老俯伏道：『大徒弟姓孙，法名悟空，臣又呼他为孙行者。他出身原是东胜神洲傲来国花果山水帘洞人氏。因五百年前大闹天宫，被佛祖困压在西番两界山石匣之内，蒙观音菩萨劝善，情愿皈依，是臣到彼救出，甚亏此徒保护。二徒弟姓猪，法名悟能，臣又呼他为猪八戒。他出身原是福陵山云栈洞人氏。因在乌斯藏高老庄上作怪，即蒙菩萨劝善，亏行者收之。一路上挑担有力，涉水有功。三徒弟姓沙，法名悟净，臣又呼他为沙和尚。他出身原是流沙河作怪者，也蒙菩萨劝善，秉教沙门。那匹马不是主公所赐者。』太宗道：『毛片相同，如何不是？』三藏道：『臣到蛇盘山鹰愁涧涉水，原马被此马吞之，亏行者请菩萨问此马来历，原是西海龙王之子，因有罪，也蒙菩萨救解，教他与臣作脚力。当时变作原马，毛片相同。幸亏他登山越岭，跋涉崎岖。去时骑坐，来时驮经，亦甚赖其力也。』太宗闻言，称赞不已。又问：『远涉西方，端的路程多少？』三藏道：『总记菩萨之言，有十万八千里之远。途中未曾记数。只知经过了一十四遍寒暑。日日山，日日岭。遇林不小，遇水宽洪。还经几座国王，俱有照验印信。』叫：『徒弟，将通关文牒取上来，对主公缴纳。』当时递上。太宗看了，乃贞观一十三年九月望前三日给。太宗笑道：『久劳远涉。今已贞观二十七年矣。』牒文上有宝象国印，乌鸡国印，车迟国印，西梁女国印，祭赛国印，朱紫国印，狮驼国印，比丘国印，灭法国印；又有凤仙郡印，玉华州印，金平府印。太宗览毕，收了。

早有当驾官请宴，即下殿携手而行。又问：『高徒能礼貌乎？』三藏道：『小徒俱是山村旷野之妖身，未谙中华圣朝之礼数。万望主公赦罪。』太宗笑道：『不罪他，不罪他。都同请东阁赴宴去也。』三藏又谢了恩，招呼他三众，都到阁内观看。果是中华大国，比寻常不同。你看那：

门悬彩绣，地衬红毡。异香馥郁，奇品新鲜。琥珀杯，琉璃盏，镶金点翠；黄金盘，白玉碗，嵌锦花缠。烂煮蔓菁，糖浇香芋。蘑菇甜美，海菜清奇。几次添来姜辣笋，数番办上蜜调葵。面筋椿树叶，木耳豆腐皮。石花仙菜，蕨粉干薇。花椒煮莱菔，芥末拌瓜丝。几盘素品还犹可，数种奇稀果夺魁。核桃柿饼，龙眼荔枝。宣州茧栗山东枣，江南银杏兔头梨。榛松莲肉葡萄大，榧子瓜仁菱米齐。橄榄林檎，苹婆沙果。慈菇嫩藕，脆李杨梅。无般不备，无件不齐。还有些蒸酥蜜食兼嘉馔，更有那美酒香茶与异奇。说不尽百味珍馐真上品，果然是中华大国异西夷。

师徒四众与文武多官，俱侍列左右。太宗皇帝仍正坐当中。歌舞吹弹，整齐严肃，遂尽乐一日。正是：

君王嘉会赛唐虞，取得真经福有余。
千古流传千古盛，佛光普照帝王居。

当日天晚，谢恩宴散。太宗回宫，多官回宅。唐僧等归于洪福寺，只见寺僧磕头迎接。方进山门，众僧报道：『师父，这树头儿今早俱忽然向东。我们记得师父之言，遂出城来接。果然到了！』长老喜之不胜，遂入方丈。此时八戒也不嚷茶饭，也不弄喧头。行者、沙僧，个个稳重。只因道果完成，自然安静。当晚睡了。

次早，太宗升朝，对群臣言曰：『朕思御弟之功，至深至大，无以为酬。一夜无寐，口占几句俚谈，权表谢意。但未曾写出。』叫：『中书官来，朕念与你，你一一写之。』其文云：

『盖闻二仪有象，显覆载以含生；四时无形，潜寒暑以化物。是以窥天鉴地，庸愚皆识其端；明阴洞阳，贤哲罕穷其数。然天地包乎阴阳，而易识者，以其有象也；阴阳处乎天地，而难穷者，以其无形也。故知象显可征，虽愚不惑；形潜莫睹，在智犹迷。况乎佛道崇虚，乘幽控寂。弘济万品，典御十方。举威灵而无上，抑神力

径回东土
五圣成真

长老捧几卷登台，方欲讽诵，忽闻得香风缭绕，半空中有八大金刚现身高叫道：『诵经的，放下经卷，跟我回西去也。』这底下行者三人，连白马，平地而起。长老亦将经卷丢下，也从台上起于九霄，相随腾空而去。慌得那太宗与多官望空下拜。

而无下；大之则弥于宇宙，细之则摄于毫厘。无灭无生，历千劫而亘古；若隐若显，运百福而长今。妙道凝玄，遵之莫知其际；法流湛寂，挹之莫测其源。故知蠢蠢凡愚，区区庸鄙，投其旨趣，能无疑惑者哉！然则大教之兴，基乎西土。腾汉庭而皎梦，照东域而流慈。古者，分形分迹之时，言未驰而成化；当常见常隐之世，民仰德而知遵。及乎晦影归真，迁移越世，金容掩色，不镜三千之光；丽象开图，空端四八之相。于是微言广被，拯禽类于三途；遗训遐宣，导群生于十地。佛有经，能分大小之乘；更有法，传讹邪正之术。我僧玄奘法师者，法门之领袖也。幼怀慎敏，早悟三空之功；长契神清，先包四忍之行。松风水月，未足比其清华；仙露明珠，讵能方其朗润！故以智通无累，神测未形。超六尘而迥出，使千古而传芳。凝心内境，悲正法之陵迟；栖虑玄门，慨深文之讹谬。思欲分条振理，广彼前闻；截伪续真，开兹后学。是以翘心净土，法游西域。乘危远迈，策杖孤征。积雪晨飞，途间失地；惊沙夕起，空外迷天。万里山川，拨烟霞而进步；百重寒暑，蹑霜雨而前踪。诚重劳轻，求深欲达。周游西宇，十有四年。穷历异邦，询求正教。双林八水，味道餐风；鹿苑鹫峰，瞻奇仰异。承至言于先圣，受真教于上贤。探赜妙门，精穷奥业。三乘六律之道，驰骤于心田；一藏百箧之文，波涛于海口。爰自所历之国无涯，求取之经有数。总得大乘要文，凡三十五部，计五千四十八卷，译布中华，宣扬胜业。引慈云于西极，注法雨于东陲。圣教缺而复全，苍生罪而还福。湿火宅之干焰，共拔迷途；朗金水之昏波，同臻彼岸。是知恶因业坠，善以缘升。升坠之端，惟人自作。譬之桂生高岭，云露方得泫其花；莲出绿波，飞尘不能染其叶。非莲性自洁而桂质本贞，良由所附者高，则微物不能累；所凭者净，则浊类不能沾。夫以卉木无知，犹资善而成善，矧乎人伦有识，不缘庆而成庆？方冀真经传布，并日月而无穷；景福遐敷，与乾坤而永大也欤！』

**写毕，即召圣僧。此时长老已在朝门外候谢。闻宣急入，行俯伏之礼。太宗传请上殿，将文字递与长老。览遍，**

复下谢恩，奏道：『主公文辞高古，理趣渊微。但不知是何名目。』太宗道：『朕夜口占，答谢御弟之意，名曰「圣教序」。不知好否。』长老叩头，称谢不已。太宗又曰：

『朕才愧珪璋，言惭金石。至于内典，尤所未闻。口占叙文，诚为鄙拙。秽翰墨于金简，标瓦砾于珠林。循躬省虑，腼面恧心。甚不足称，虚劳致谢。』

当时多官齐贺，顶礼圣教御文，遍传内外。太宗道：『御弟将真经演诵一番，何如？』长老道：『主公，若演真经，须寻佛地。宝殿非可诵之处。』太宗甚喜。即问当驾官：『长安城寺，有那座寺院洁净？』班中闪上大学士萧瑀奏道：『城中有一雁塔寺，洁净。』太宗即令多官：『把真经各虔捧几卷，同朕到雁塔寺，请御弟谈经去来。』多官遂各各捧着，随太宗驾幸寺中，搭起高台，铺设齐整。长老仍命：『八戒、沙僧，牵龙马，理行囊；行者在我左右。』又向太宗道：『主公欲将真经传流天下，须当誊录副本，方可布散。原本还当珍藏，不可轻亵。』太宗又笑道：『御弟之言，甚当，甚当！』随召翰林院及中书科各官誊写真经。又建一寺，在城之东，名曰誊黄寺。

长老捧几卷登台，方欲讽诵，忽闻得香风缭绕，半空中有八大金刚现身高叫道：『诵经的，放下经卷，跟我回西去也。』这底下行者三人，连白马，平地而起。长老亦将经卷丢下，也从台上起于九霄，相随腾空而去。慌得那太宗与多官望空下拜。这正是：

圣僧努力取经编，西宇周流十四年。
苦历程途遭患难，多经山水受迍邅。
功完八九还加九，行满三千及大千。
大觉妙文回上国，至今东土永留传。

太宗与多官拜毕，即选高僧，就于雁塔寺里，修建水陆大会，看诵《大藏真经》，超脱幽冥孽鬼，普施善庆。将誊录过经文，传布天下不题。

却说八大金刚，驾香风，引着长老四众，连马五口，复转灵山。连去连来，适在八日之内。此时灵山诸神，都在佛前听讲。八金刚引他师徒进去，对如来道：『弟子前奉金旨，驾送圣僧等，已到唐国，将经交纳，今特缴旨。』遂叫唐僧等近前受职。

如来道：『圣僧，汝前世原是我之二徒，名唤金蝉子。因为汝不听说法，轻慢我之大教，故贬汝之真灵，转生东土。今喜皈依，秉我迦持，又乘吾教，取去真经，甚有功果，加升大职正果，汝为旃檀功德佛。孙悟空，汝因大闹天宫，吾以甚深法力，压在五行山下，幸天灾满足，归于释教；且喜汝隐恶扬善，在途中炼魔降怪有功，全终全始，加升大职正果，汝为斗战胜佛。猪悟能，汝本天河水神，天蓬元帅。为汝蟠桃会上酗酒戏了仙娥，贬汝下界投胎，身如畜类。幸汝记爱人身，在福陵山云栈洞造孽，喜归大教，入吾沙门，保圣僧在路，却又有顽心，色情未泯。因汝挑担有功，加升汝职正果，做净坛使者。』八戒口中嚷道：『他们都成佛，如何把我做个净坛使者？』如来道：『因汝口壮身慵，食肠宽大。盖天下四大部洲，瞻仰吾教者甚多，凡诸佛事，教汝净坛，乃是个有受用的品级。如何不好——沙悟净，汝本是卷帘大将，先因蟠桃会上打碎玻璃盏，贬汝下界。汝落于流沙河，伤生吃人造孽，幸皈吾教，诚敬迦持，保护圣僧，登山牵马有功，加升大职正果，为金身罗汉。』又叫那白马：『汝本是西洋大海广晋龙王之子。因汝违逆父命，犯了不孝之罪，幸得皈身皈法，皈我沙门，每日家亏你驮负圣僧来西，又亏你驮负圣经去东，亦有功者，加升汝职正果，为八部天龙。』

长老四众，俱各叩头谢恩。马亦谢恩讫。仍命揭谛引了马下灵山后崖，化龙池边，将马推入池中。须臾间，那马打个展身，即退了毛皮，换了头角，浑身上长起金鳞，腮颔下生出银须，一身瑞气，四爪祥云，飞出化龙池，盘绕在山门里擎天华表柱上。诸佛赞扬如来的大法。孙行者却又对唐僧道：『师父，此时我已成佛，与你一般，莫成还戴金箍儿，你还念甚么紧箍咒儿掯勒我？趁早儿念个松箍儿咒，脱下来，打得粉碎，切莫叫那甚么菩萨再去捉弄他人。』唐僧道：『当时只为你难管，故以此法制之。今已成佛，自然去矣。岂有还在你头上之理！你试摸摸看。』行者举手去摸一摸，果然无之。此时旃檀佛、斗战佛、净坛使者、金身罗汉，俱正果了本位。天龙马亦自归真。有诗为证，诗曰：

一体真如转落尘，合和四相复修身。
五行论色空还寂，百怪虚名总莫论。

## 五圣成真

五圣果位之时，诸众佛祖、菩萨、圣僧、罗汉、揭谛、比丘、优婆夷塞、各山各洞的神仙、大神、丁甲、功曹、伽蓝、土地，一切得道的师仙，始初俱来听讲，至此各归方位。

正果旃檀皈大觉，完成品职脱沉沦。

经传天下恩光阔，五圣高居不二门。

**五圣果位之时，诸众佛祖、菩萨、圣僧、罗汉、揭谛、比丘、优婆夷塞、各山各洞的神仙、大神、丁甲、功曹、伽蓝、土地，一切得道的师仙，始初俱来听讲，至此各归方位。你看那：**

灵鹫峰头聚霞彩，极乐世界集祥云。金龙稳卧，玉虎安然。乌兔任随来往，龟蛇凭汝盘旋。丹凤青鸾情爽爽，玄猿白鹿意怡怡。八节奇花，四时仙果。乔松古桧，翠柏修篁。五色梅时开时结，万年桃时熟时新。千果千花争秀，一天瑞霭纷纭。

**大众合掌皈依。都念：**

『南无燃灯上古佛。南无药师琉璃光王佛。南无释迦牟尼佛。南无过去未来现在佛。南无清净喜佛。南无毗卢尸佛。南无宝幢王佛。南无弥勒尊佛。南无阿弥陀佛。南无无量寿佛。南无接引归真佛。南无金刚不坏佛。南无宝光佛。南无龙尊王佛。南无精进喜佛。南无宝月光佛。南无现无愚佛。南无婆留那佛。南无那罗延佛。南无功德华佛。南无才功德佛。南无善游步佛。南无旃檀光佛。南无摩尼幢佛。南无慧炬照佛。南无海德光明佛。南无大慈光佛。南无慈力王佛。南无贤善首佛。南无广庄严佛。南无金华光佛。南无才光明佛。南无智慧胜佛。南无世静光佛。南无日月光佛。南无日月珠光佛。南无慧幢胜王佛。南无妙音声佛。南无常光幢佛。南无观世灯佛。南无法胜王佛。南无须弥光佛。南无大慧力王佛。南无金海光佛。南无大通光佛。南无才光佛。南无旃檀功德佛。南无斗战胜佛。南无观世音菩萨。南无大势至菩萨。南无文殊菩萨。南无普贤菩萨。南无清净大海众菩萨。南无莲池海会佛菩萨。南无西天极乐诸菩萨。南无三千揭谛大菩萨。南无五百阿罗大菩萨。南无比丘夷塞尼菩萨。南无无边无量法菩萨。南无金刚大士圣菩萨。南无净坛使者菩萨。南无八宝金身罗汉菩萨。南无八部天龙广力菩萨。

如是等一切世界诸佛，

愿以此功德，庄严佛净土。上报四重恩，下济三途苦。

若有见闻者，悉发菩提心。同生极乐国，尽报此一身。

十方三世一切佛，诸尊菩萨摩诃萨，摩诃般若波罗密。』

**《西游记》至此终。**